정조대왕

무예도보통지 속의 '본국검에 숨겨진 검기를 찾아낸 군주'

정조대왕

손정모 역사 장편소설

개미

탄탄한 국가 권력의 구축

　태양이라는 항성(恒星)을 비롯하여 태양계에는 8개의 행성(行星)들이 존재한다. 항성은 스스로 빛을 내는데 행성은 항성의 빛을 반사한다. 태양계가 만들어진 지가 대략 46억 년에 해당한다. 태양계가 만들어질 당시의 태양에 대한 지구의 운행 각도가 문제였다.

　초기에 지구가 태양을 향해 운동했다면 태양 속으로 끌려갔을 터였다. 거듭 강조하지만, 지구의 운행 각도가 문제였다. 그 각도가 조금이라도 태양 쪽으로 치우쳤다면 지구는 없었을 터였다. 태양의 불덩이에 불타 흔적도 남기지 않았을 터였다.

　한국사를 공부하면 중국인들이나 왜구에게 시달리는 국가의 모습을 보게 된다. 한마디로 국력이 약했기 때문이다. 초나라의 항우가 진시황의 왕릉을 파려고 보낸 군사가 10만 명이었다. 고려조에 이성계가 명나라를 치러 위화도까지 동원한 군사가 5만 명이었다. 단순한 국가의 인구 분포의 문제가 아니었다.

조선이 정조 이후에 안정한 국력을 지녔다면 상황은 달랐을 터였다. 한참 후의 경술국치(庚戌國恥)라는 망국의 한을 겪지 않았을 터였다. 운이 좋아서 겨우 해방이 되었을 뿐이라 여겨진다. 나라가 없어진 처지에 도대체 무엇을 할 수 있었겠는가?

사노라면 앞으로도 나라가 망할 일이 또 없으리라고 장담하겠는가? 거듭 아픈 상처를 되살피는 일은 참담한 과정이리라 여겨진다. 무한한 가능성을 지녔던 시기를 조명하여 지혜를 얻을 필요가 있다. 그리하여, 이번에는 조선 정조의 활동에 초점을 맞춰 살펴보기로 했다. 조선왕조실록에 수록된 알찬 내용을 바탕으로 성실하게 글을 썼다. 정조는 슬기로운 임금이었지만 그의 후손들이 곧바로 그의 공적을 훼손시켰다. 참으로 한심한 일이 아닐 수 없지만 어쩌겠는가? 아스라한 과거에 벌어진 일이었으니!

오늘날에도 여전히 미국이나 중국 등의 외세의 눈치를 살피지 않는가? 보다 국가가 강해져야 후손들이 기를 펴고 살지 않겠는가? 강건한 국력 신장의 기원, 이 작품이 산출된 근본 취지이다. 정조 때에 출간되어 지금은 세계문화유산이 된 '무예도보통지(武藝圖譜通志)'라는 책이 있다. 이것은 한국, 중국, 일본의 동양 3국의 무예를 집대성한 것이다. 국방력 강화를 꾀하려 고차원적으로 노력한 정조대왕 님께 거듭 경의를 표한다. 작품에서는 정조대왕과 무예도보통지의 연관성도 세밀히 밝혔다.

1895년부터 한반도에서는 양력을 사용하게 되었다. 그랬기에 그 이전에 기술된 모든 날짜는 음력임을 밝힌다.

2024년 10월
손정모

차례

존현각의 용마루

연이틀째 밤만 되면 휘몰리는 안개처럼 실비가 경희궁(慶熙宮)의 뜰로 흩뿌려진다. 1777년 7월 28일의 썰물 빠진 갯벌처럼 고즈넉한 밤이다. 25살의 정조(正祖)가 존현각(尊賢閣)의 서재에서 촛불을 켜고 독서하는 중이다. 촛불에 휘감기는 밤의 정적을 가늠하니 술시(戌時) 중반쯤 되리라 여겨진다.

등극한 지 1년 4개월째인 시점에서 정조에겐 2가지의 목표가 설정되었다. 첫째는 반역자들을 원천적으로 소멸시키듯 근절시킬 절대적인 왕권의 강화였다. 둘째는 주변국들을 무력화시킬 듯 강력한 국력의 배양이었다. 개미의 행렬처럼 줄지은 역모의 발현은 왕권 약화의 징표라 여겨졌다. 임진왜란이나 병자호란과 같은 외침(外侵)에서 벗어나려면 국력 배양이 시급하다고 생각되었다.

작년 8월의 토역 교문의 반포가 정조에게 왕권을 불길처럼 강화시켰다. 효종의 북벌 의지가 정조에게 조선을 군사 강국으로 이끌도록 부추겼다.

정조가 잠을 내쫓듯 입술을 깨물고는 등극 이후의 정황을 분석한다. 노론 선비들로 인하여 등극도 가까스로 한 정조다. 세손(世孫)으로서 왕위에 오르는 데에도 절벽을 타듯 거센 고비를 넘겼다.

국력에 대한 관심도 주변국들의 횡포를 제압하려는 듯 정조에겐 절실했다. 임진왜란 때에 낡은 토담처럼 무너졌던 원인이 백병전에서의 패전이었음이 드러났다. 조총 탓에 패하지 않았음을 곽재우 같은 의병들이 노도(怒濤)처럼 보여주었다. 무예 서적을 간행하여 병영에서 식사하듯 습관적으로 무술을 훈련시킬 작정이다. 이런 마음이 들면서 근래에 정조가 병법 서적을 탐독하고 있다.

정조에겐 뚜렷한 관점이 산악처럼 곤두서 있다. 왕권 강화와 국력 배양의 근원은 하나로 귀결된다고 여긴다. '힘을 지닌 세력의 강화'가 해결의 본체 같은 핵심이라고 여겨진다. 왕권 강화에는 규장각의 인재를 조정에 절벽의 독수리처럼 배치시켜려 한다. 국력 배양에는 신화처럼 빼어난 무사를 채용하는 방식을 쓰기로 한다. 이들 무사들한테 조선군을 훈련시키도록 만들 작정이다.

새로운 무예서(武藝書)로 신형 군진(軍陣)을 설치하듯 병사들을 훈련시킬 작정이다. 아버지의 출간물인 무예신보(武藝新譜)에는 18가지의 무예가 용(龍)의 숨결처럼 실려 있다. 새로운 무예서의 출간은 신룡(神龍)처럼 문무를 겸비한 인물들에게 맡길 작정이다. 무예서 편집인들을 주변국의 무관들에게 보내어 자문도 받을 계획이다.

새로 출간할 무예서에서는 동양의 무술을 통일된 왕국처럼 집대성할 작정이다. 무예신보의 내용만으로도 동양의 무예가 표본으로 채집되듯 망라되었다고 여겨진다. 6종의 마상 무예만 첨가되면 보물처럼 소중한 무예서가 되리라 여겨진다. 그리하여 세월이 흐른 후에는 세계적인 보배가 되기를 정조가 바란다.

한창 책을 읽던 중에 밀물처럼 슬그머니 졸음이 밀려드는 느낌이다. 그대로 서안(書案) 앞에 앉았다가는 졸음의 소용돌이에 휩쓸릴 지경이다. 정조가 자리에서 일어나 창가로 떠밀리는 안개처럼 다가간다. 창가에서 팔짱을 낀 자세로 창밖을 내다본다. 하지만 창가에서 물결처럼 나붓대는 수양버들로 인하여 시야가 차단된 느낌이다. 실올처럼 나붓대는 비와 비단결처럼 흐느적대는 수양버들이 어지러움을 자아낸다.

나붓대는 실비의 파동을 지켜보다가 실타래처럼 뒤얽힌 상념의 소용돌이에 휩쓸린다. 할아버지와의 약속으로 잊으려고 할수록 잊히지 않는 가슴 답답한 굴레다. 떠올리는 것만으로도 잠든 재앙을 송곳처럼 들쑤시리라 여겨지는 사건이다. 세월이 아무리 흘

러도 늪에 빠지듯 헤어나지 못할 악연임에는 틀림없다. 왕권을
강화하겠다는 마음이 해일처럼 치솟아 정조가 수시로 과거를 떠
올린다.

금기 사항을 위반하는 듯 마음이 쓰라렸지만 상념이 물결처럼
휩쓸린다. 세손(世孫)인 이산(李祘)이 11살이었던 1762년 윤달 5
월 13일의 일이었다. 11살의 세손을 무지한 어린애로 여기는 듯
할아버지와 신하들이 무시했다. 그날 벌어진 일은 세상을 뒤엎는
듯 무서운 소용돌이였다.
　노론에 속한다는 선비들이 세자인 아버지를 할아버지한테 자꾸
만 고자질해 대었다. 반복되는 행위로 왕인 할아버지와 아버지
사이의 정감이 파편처럼 깨어졌다. 노론의 고자질로 자꾸만 할아
버지와 아버지의 감정의 골이 심해처럼 깊어졌다.

　8살에 왕세손으로 책봉된 이산이다. 11살의 나이인 당시에 세
손의 시야로 밀려드는 분위기는 얼음장처럼 서늘했다. 바늘로 찌
르듯 구체적으로 알아차릴 수는 없지만 불안감이 자꾸만 밀려들
었다. 그랬는데 결국은 무서운 일이 윤달인 5월 13일에 벌어지고
말았다. 그날의 일만 떠올리면 벼랑 아래로 떠밀리듯 질식할 느
낌이다.
　윤달 5월 13일의 햇살이 궁궐의 뜰을 불사르듯 달굴 때다. 할
아버지가 경희궁에서 창덕궁으로 건너와서는 아버지를 세자 신

분에서 서인으로 만들었다. 그러고는 생명줄을 끊듯 뒤주 속에다 아버지를 가두고는 자물쇠를 채웠다. 마지막 이 장면은 할아버지로 말미암아 직접 보지 못했다. 궁녀와 내시들을 통하여 저승에 가서야 알아차리듯 나중에서야 알게 되었다.

아버지는 1749년인 15살 때부터는 왕위를 물려받듯 대리청정(代理聽政)을 하게 되었다. 대리청정을 한 이후의 이산의 아버지는 분노 조절이 어려운 상태였다. 불길을 추스르듯 분노 조절이 어려워지게 되었다. 노론의 선비들은 아버지한테 광증(狂症)이 생겼다고 할아버지에게 나팔을 불듯 고자질했다. 고치기 어려운 광증으로 치닫는다고 노론이 수시로 할아버지한테 미치광이들처럼 떠들었다.

1757년과 1758년에 아버지가 광증으로 궁녀와 내시를 죽였다고 노론에서 떠들었다. 죽은 궁녀와 내시 근처에 아버지가 있었다는 점이 솜덩이처럼 부풀려졌다. 사람을 죽였다는 오해에 떠밀려 아버지는 자해하듯 괴로워했다. 세자로서 사람을 죽였다는 오해를 산 것은 커다란 허점이 되었다.

아버지가 뒤주에 갇힌 일은 죽음에서 깨어나듯 잊히기 어려운 대사건이었다. 세월이 흐른 뒤에야 그날의 정경을 손금을 들여다보듯 파악했다. 당시에는 몸을 움직이는 자유마저도 통제된 터였다. 창밖의 흔들거리는 수양버들처럼 기억의 실타래가 뒤틀리면서 과거의 기억을 내쏟는다.

5월 22일에 나경언(羅景彦)이 세자가 역모했다고 참새가 쪼아대듯 조정에 고변했다. 무함 사실이 드러났기에 나경언은 우주와 격리되듯 처형되었다. 하지만 이때부터 세자는 할아버지인 왕에게서 축출의 대상이 되었다.

창밖의 흩날리는 실비를 바라보며 정조의 마음이 더욱 혼란에 빠진다. 흩날리는 빗줄기의 모습이 과거의 고통을 쥐어짜는 듯 괴롭게 여겨진다. 아버지가 세상을 내려놓듯 뒤주에 갇힌 그날이었다. 나경언(羅景彦)이 고변(告變)한 이후부터 임금인 할아버지의 마음이 갈잎처럼 흔들렸다. 마음속으로 세자를 폐해야겠다고 작정했지만 내색하지는 않았다. 혼을 뺄 듯 기괴한 유언비어가 기포가 치솟듯 조정에서 퍼졌다.

세상의 기강을 웅덩이의 물처럼 장악했다고 여기는 할아버지였다. 그랬는데 느닷없이 조정에서 퍼뜨려진 유언비어에 질식할 듯 할아버지가 놀랐다. 먼저 창덕궁의 선원전(璿源殿)에 괴로움을 고하듯 전배(展拜)하고는 세자의 대명(待命)을 풀어주었다. 중대한 일의 발생을 신고할 때에는 왕이 선원전에 전배했다. 할아버지가 세손의 아버지인 세자에 대해 뭔가를 결행할 의지를 나타내었다.

왕이 의식을 진행하듯 세자를 휘령전(徽寧殿)의 정성왕후(貞聖王后)의 혼령에게 배례하도록 시켰다. 세자가 뜰의 중앙에서 휘령전을 향해 4차례의 절을 한 뒤였다. 누구한테 조종을 당하듯 왕이 갑자기 손뼉을 치며 말했다.

"여러 신하들이여, 왕후 신(神)의 말을 들었는가? 정성왕후(貞聖王后)께서 '변란이 호흡 사이에 달려 있다.'고 방금 말했느니라."

누구한테 내쫓기듯 왕이 고함을 질러 조신들에게 명령했다. 협련군(挾輦軍)에게 전문(殿門)을 4, 5겹의 인간 장막으로 내두르듯 막으라고 말했다. 총관(摠管) 등을 배열시켜 담 쪽을 향하여 칼을 뽑아 들게 했다. 외부로부터 궁궐로 들어서려는 사람들을 물줄기를 자르듯 차단하려는 취지에서다. 궁궐 문을 막고 나팔을 불어 군사를 모아 대궐을 지켰다.

성벽 같은 군졸들의 장벽으로 대궐 출입이 일시적으로 차단되었다. 궁궐 바깥의 백성들의 분위기마저 일시에 서릿발처럼 차갑게 굳었다. 경재(卿宰)라 불리는 2품 이상의 관리들마저 모두 출입이 통제되었다. 왕이 자신의 뜻을 치솟는 불길처럼 펼치려고 작정을 한 명령이었다.

궁궐 출입문이 통제될 지경이었으니 세손인 이산의 거동도 결빙(結氷)처럼 묶였다. 박쥐들이 설치듯 궁궐이 소란스러워도 함부로 뛰쳐나갈 처지가 아니었다. 세손궁 부근에도 군졸들이 위협하듯 창검을 들고 지키고 서 있었다.

평소와는 공기부터가 계절이 바뀐 듯 확연히 다르게 느껴졌다. 세손인 이산의 머릿속으로 황토물이 쏟아지듯 불길한 느낌이 마구 휘몰려 들었다.

'뭐냐? 결국 아버지한테 무슨 일이 생겼을까? 할아버지가 왕이라면 중심이 있어야지 노론의 말에만 귀를 기울이다니? 언제부터 왕이 아들의 말보다도 신하들의 말에 귀를 더 기울였을까? 참으로 말리지 못할 일이지만 이것도 큰 비극이야. 왜 할아버지가 제대로 된 판단을 못할까?'

대궐에서 죽이 들끓듯 급박하게 터지던 나팔 소리부터가 불안하게 느껴졌다. 내전에서 세손이 서책을 펼치고 앉았지만 마음은 미칠 듯 불안했다. 세손의 품위를 내팽개치고서라도 당장 대궐 마당으로 달려 나가고 싶었다. 선회하는 고공의 매처럼 무슨 일이 벌어졌는지 눈으로 확인하고 싶었다.

아버지인 세자의 품격이 엉망이라는 말을 곧잘 듣던 세손이었다. 틈만 나면 들새가 지저귀듯 궁궐의 사방에서 비난의 말이 밀려들었다. 들을수록 가슴을 할퀴듯 뼈아픈 이야기였기에 세손의 마음은 항상 불안했다. 세자가 사람들을 살해했다는 소문은 절벽에서 뛰어내리듯 치명적인 명예의 손상이었다. 왕이 백성들한테 지지받지 못하면 증발된 물처럼 의미가 없다고 여겨졌다. 진시황의 고사가 살아서 불길처럼 날름대는 표본이라 여겨졌다.

아무래도 아버지인 세자가 사람들을 죽였다는 소문이 문제가 되리라 여겨졌다. 땅을 빼앗기듯 세자의 직위가 박탈당할 위험이 크다고 여겨졌다. 세자의 직위를 박탈당하면 독사처럼 매서운 노론한테 생명마저도 탈취되리라 예견되었다.

탈출구를 찾듯 세손이 창가에 서서 창밖을 내다보는 중이었다. 급박한 일이 벌어지면 언제든 노도처럼 달려 나가겠다고 별렀다. 아버지인 세자를 끝까지 보호하고 싶었다. 무슨 일이 벌어질지라도 세자를 보호해야겠다고 세손이 별렀다. 어지간하면 선계의 신선처럼 세자라는 특수성으로 벗어날 수도 있으리라 여겨졌다. 걸레를 주워 들듯 세자는 결코 아무나 맡는 직위가 아닌 탓이었다.

강물에 떠밀리듯 세손이 세자에 대해 불안하게 여길 때였다. 창밖 군졸들의 입에서 쏟아진 낮은 목소리의 얘기들이 분절들처럼 날아들었다.

"뭐라고? 왕이 세자한테 자결을 명했다고?"

"세자가 거부하자 뒤주에 가두려고 한다고?"

"뒤주는 어디에 설치해 둔 거냐?"

여기까지의 말에 금세 세손의 눈알이 빠지려는 듯 튀어나올 지경이었다. 직감적으로 인정전과 휘령전 사이의 마당이라 여겨졌다. 우려했던 일이 둑이 터지듯 벌어졌다고 여겨졌다. 세손이 미친 듯 격렬하게 세손궁에서 벗어나 마당으로 내려설 때였다. 군졸 2명이 세손을 제지하려고 막 다가섰다. 세손이 자신을 만류하는 군졸의 팔을 확 깨물었다.

"어윽!"

기를 쓰고 깨물었기에 순간적으로 군졸의 팔에서 핏물이 흘렀다. 세손이 정신없이 인정전 앞의 마당으로 내쫓긴 사슴처럼 냅

다 달렸다. 군졸 두어 명이 뒤쫓으려고 눈치를 살피다가 그만두
었다. 쫓기는 것처럼 세손이 전속력으로 인정전의 마당으로 내달
렸다.

　예측했듯 인정전과 휘령당 사이의 뜰에 거무칙칙한 뒤주가 놓
여 있었다. 28살의 아버지인 세자가 갈대처럼 엎드려 땅바닥에
이마를 짓찧고 있었다. 세손이 신속히 모자와 두루마기를 벗고는
세자 뒤에 엎드렸다. 인정을 베풀듯 할아버지인 왕이 세자를 용
서해 주기를 바라는 마음에서였다. 세손이 땅바닥에 무릎을 꿇고
엎드려 벼랑의 매처럼 상황을 살폈다. 통제된 궁궐 문을 단지 5명
의 신하만 뚫고 들어왔다.

　영의정 신만(申晚)과 좌의정 홍봉한(洪鳳漢)과 판부사 정휘량(鄭
翬良)이 들어와 있었다. 도승지 이이장(李彝章)과 승지 한광조(韓光
肇)도 궁궐을 보호하듯 들어와 있었다. 거울을 들여다보듯 이들의
얼굴은 세손이 조정에서 자주 접하던 터였다. 왕명을 무시하고
궁궐에 들어섰다는 이유로 도승지를 빼고는 현장에서 삭직되었
다. 삭직된 신만, 홍봉한, 정휘량, 한광조가 뜰에서 안개가 스러
지듯 사라졌다.

　세손이 엎드려서 상황을 분석하듯 현장 분위기를 살필 때였다.
꿇어 엎드린 세손이 불쌍하게 비쳤던 듯 왕이 다가왔다. 왕이 세
손을 땅바닥의 가랑잎처럼 달랑 들고는 시강원으로 갔다. 김성응
(金聖應) 부자(父子)에게 세자가 못 나오게 시강원을 문지기처럼 지

키라고 명령했다.

 세손이 급류에 떠밀리듯 시강원으로 내쫓긴 뒤에 주변의 상황이 급변했다. 우주에서 내쫓긴 듯 뜰에 왕과 세자와 도승지만 남았을 때였다. 세상과의 인연을 끊는 듯 왕이 세자한테 자결하라고 명령했다. 그러면서 보물을 전승하듯 휴대했던 칼을 세자한테 건네주었다. 세자가 막다른 절벽처럼 길이 없음을 느끼곤 자결하려 했다. 이때에 뜰로 몰려온 시강원의 신하들이 세자를 말렸다. 신발을 갈아 신듯 왕이 세자를 서인으로 신분을 변동시킨다고 선언했다.

 수로가 차단되듯 점차 세자한테는 회생의 길이 차단되려는 터였다. 그 무렵에서야 세자는 판단했다.
 '진정으로 내 삶의 인연은 오늘이 끝장이구나. 설마 세자인 나한테 이런 곤경이 밀려드리라고는 생각지 못했어. 이럴 줄 알았더라면 보다 아버지를 이해하고 살았어야만 했어. 하지만 이것도 내 운명이라면 어쩌겠는가? 후생이 있을지는 모르겠지만 세손이라도 피해가 없기를 바랄 뿐이야.'
 잠시 세자의 생각이 뒤집히는 가랑잎처럼 변할 무렵이었다. 삭직된 신만, 홍봉한, 정휘량, 한광조가 재차 세자 곁으로 몰려왔다. 파리가 부딪혀 으깨어지듯 변고를 당할까 봐 왕에게 간언하지는 못했다. 시강원의 신하들을 왕이 병사들을 동원하여 부랑자

들처럼 내쫓았다. 한림(翰林)인 임덕제(林德躋)는 세자를 보호하려
는 듯 끝까지 버티다가 내쫓겼다. 임덕제까지 내쫓기자 세자가
서러워서 통곡했다.

　세자가 절박한 듯 시강원의 선비들에게 도움을 청했다. 어떻게
해야 난국을 해결하겠느냐고? 사서(司書)인 임성(任城)이 은혜를
베풀듯 말했다. 인정전 뜰로 되돌아가 해결하라고 조언했다. 쓰
러진 갈대처럼 세자가 땅바닥에 엎드려 곡하면서 용서해 달라고
부탁했다. 세자의 탄생모(誕生母)인 영빈(暎嬪)이 밀고한 내용을 왕
이 들쑤시듯 말했다. 왕을 말리려고 도승지 이이장(李彝章)이 말했
다.

　"궁궐 여인의 말만으로 어떻게 국본(國本)을 흔들려 하십니까?"
　도승지의 말에 왕이 치솟는 불길처럼 울컥하여 도승지를 벌하
려다가 참았다. 그러면서 도승지에게 세자를 뒤주에 가두라고 명
령했다.

　시강원에서 기회를 엿보던 세손이 허공을 가르는 화살처럼 내
달렸다. 김성응 부자가 막으려고 하다가 천륜이라면서 양보하듯
물러섰다. 세손이 안개가 다가서듯 현장에 도착할 때였다. 세상
과 격리하듯 세자를 뒤주에 가두라는 왕명이 떨어졌다. 세손이
왕에게 하소연하려고 할 때였다. 왕이 세손과 빈궁(嬪宮)을 바람
에 날리듯 홍봉한의 집으로 보내라고 명했다. 이때는 밤이 절반

　　　　　　　　　　　　　　　　　　　　　정조대왕

이나 지난 시점이었다.

　세자는 세월의 강을 건너듯 뒤주에서 9일 만에 시신으로 변했
다. 세자가 죽자 약정한 듯 신분이 환원되었고 사도세자(思悼世子)
라는 존호도 부여되었다. 11살의 세손에게는 통곡할 듯 처절한
과거사였다. 세자가 죽은 날이 윤달 5월 21일이었다. 넋을 잃은
듯 왕은 거처를 창덕궁에서 경희궁으로 옮겼다. 세자가 죽었을
당시에 영의정은 신만이었다. 좌의정은 홍봉한이었고 우의정은
윤동도가 맡았다. 당해 6월 22일에는 판부사인 조재호가 망언을
방귀처럼 퍼뜨려 사사되었다.

　궁지에 몰린 남인들이 독사처럼 벼르기에 언젠가는 노론이 주
살되리라고 말했다. 강물이 뒤집히듯 남인이 붕당을 장악하리라
고 자신의 견해를 말했다. 이 말이 왕의 귀에 들어가게 되어 관련
된 사람들이 처형되었다. 세상을 제대로 살려면 발언이 중요함을
수행하는 승려처럼 세손이 체득했다.

　당해 7월 23일에 사도세자는 양주 배봉산에 잠자듯 묻혔다. 정
조에겐 사도세자를 죽인 노론이 뇌리에 각인된 듯 잊히지 않았
다. 사도세자 친모의 혈족이 노론의 선비들이었다. 사도세자의
누나 및 여동생의 배우자 가족들 또한 노론이었다. 1761년의 꿈
결처럼 비밀스러웠던 세자의 관서 여행도 문제가 되었다. 1762
년 5월 22일의 나경언의 상소는 운명을 바꿀 듯 치명적이었다.

노론에 의해 세자에 대한 감정이 원수처럼 좋지 않았던 영조였다.

권력에 있어서는 혈연관계마저 방출된 방귀처럼 무시한 여심도 커다란 원인이었다. 사도세자의 생모인 영빈(暎嬪)마저도 벼랑 아래로 내던지듯 아들을 죽음으로 내몰았다. 급보를 전하듯 조만간 세자가 왕을 시해하리라고 영조에게 밀고했다. 혈연을 무너뜨리는 권력욕으로 인하여 결국 세자는 죽음을 맞았다.

세손인 이산이 왕위에 오르면서부터 세상은 한결 험악한 분위기로 술렁대었다. 반역을 꾀했던 노론의 무리들이 응징당하듯 처형되었다. 원인을 제공했던 요인들은 사라진 연기처럼 철저히 감취졌다. 정조가 노론을 탄압한다는 소문이 연막처럼 서서히 확산되었다. 노론에 속하여 세상을 조정하듯 사도세자와 세손을 겨누었던 세력들이 처벌받았다. 그랬음에도 정조가 선량한 노론을 탄압한다는 소문이 바람결처럼 퍼졌다. 노론에게는 산사태 같은 위기가 닥치리라고 노론에서 떠들어대었다.

사회가 강풍을 맞은 수면처럼 술렁거릴수록 정조에게는 왕권의 안정이 절실해졌다. 돌파구를 찾듯 궁궐의 친위군을 보강하고 규장각이란 새로운 조직을 운영했다. 규장각은 1776년 3월에 창덕궁에 설치되어 혁신 정치의 요람이 되었다. 척신과 환시(宦侍)들의 권력을 공기를 압축하듯 위축시키고 정치의 혁신을 꾀했다.

　1776년 3월 10일에 즉위한 정조의 번민이 심해(深海)의 밑바닥처럼 깊어졌다. 즉위하자마자 숱한 반역자들을 산사태로 뒤덮듯 처벌했기 때문이다. 다수의 죄인들이 처형되니 험악한 소문이 밀려드는 태풍처럼 회오리쳤다. 덕으로 정치를 실행하려는 정조를 노리는 무리들은 개미굴의 개미들처럼 많았다. 위기를 예방하듯 정조가 떠올린 것이 규장각과 새로운 친위병이다. 규장각은 새로운 세상을 펼치듯 혁신적인 정치 기구가 되었다. 친위병은 차후에 새롭게 무장시킬 작정이었다.

　아버지인 사도세자에 대해서는 수시로 마음이 폭염(暴炎)의 열기처럼 들끓는 정조다. 한창인 28살에 시신처럼 뒤주에 갇혔다는 사실에 치를 떤다. 왕세자를 입관(入棺)하듯 뒤주에 갇히게 만들다니? 바스러지는 살얼음처럼 9일 만에 굶겨 죽이다니? 그렇게 만든 최고의 공로자가 세자의 부모였지 않은가? 세자의 생모가 자신의 남편인 왕이 살해되리라고 여겨 세자를 밀고했다니? 아내의 말에 현혹되어 세자를 죽이려고 작정한 영조였다니?
　세자의 생부모가 세자를 죽이려고 뒤주에 가두다니? 정말 영조가 세자에게 살해되리라고 여겼을까? 가래처럼 내뱉긴 노론의 참언에 현혹되어 세자를 죽이지 않았던가? 반역의 확실한 근거가 있어야 하는데 정조에겐 근거가 보이지 않았다. 노론의 입김에 허수아비처럼 놀아난 영빈의 고자질만 부각될 따름이었다.

아버지의 경우에는 억울함이 시궁창에서 배출되는 기포들처럼 많다고 귀결된다. 억울하다고 묻어 버리기만 하면 끝나지 않음이 감춰진 동굴처럼 드러난다. 사도세자의 자식인 자신에 대한 역모가 머리를 들기에 신경이 쓰인다. 사도세자와 무관하게 독립적으로 일어난 역모는 가문 날의 우물물처럼 드물었다. 그렇기에 아버지인 사도세자 문제를 새삼 분석해야 하는 터다.

즉위년인 1776년 8월 24일의 일이 가슴을 아프게 했다. 즉위하여 5달 만에 모역(謀逆) 죄인이 불길이 치솟듯 대규모로 발생했다. 모역 죄인은 처단하지 않을 수가 없었다. 처벌하지 않으면 광해군처럼 권좌에서 내쫓기기 십상이었다. 죄인들을 죄질을 가늠하듯 원색적으로 분류할 필요가 있었다. 처벌 과정에서 억울한 일은 생기지 않았는지를 명백히 규명해야 했다. 억울한 처벌은 새로운 원한의 불씨를 만드는 터였다.

8월 24일에 경희궁에서 왕권을 과시하듯 정조가 토역 교문을 반포했다. 왕조를 전복하려는 무리들을 섬멸했음을 천지신명에게 보고하듯 발표한 일이었다. 반역이 도모되었다는 사실이 궁궐을 빼앗기듯 충격적인 일이었다. 미연에 방지했다는 것이 안심할 거리는 아니라 여겨졌다. 언제든 유사한 형태의 모역이 불길처럼 번지리라 여겨져 근심스러웠다. 그리하여 근원을 캐서 알아보았다. 척족(戚族)과 권간(權奸)이 나라를 어지럽히는 요인임이 드러났다. 척족과 권간을 통제하려면 정치 개혁이 필요했다.

정치 개혁에 있어서 태풍의 눈처럼 새로운 중심부가 필요했다. 이러한 목적에서 성곽을 쌓듯 새로 만들어진 기관이 규장각이었다.

창가에서 물결처럼 나붓대는 수양버들의 나뭇가지를 바라보며 정조가 생각에 잠긴다.

'우리나라가 임진왜란 때에 왜국과의 백병전에서 참패를 당하고 말았어. 원거리에서 활을 쏘는 병법이었기에 백병전에서는 취약하기 그지없었어. 백병전을 제대로 치르려면 병법서가 아닌 무예의 서적이 보급되어야만 해. 병법으로써 원거리에서 적을 제압하고 무예로써 백병전에서 적을 물리쳐야만 해.'

수양버들을 바라보며 잎을 헤아리듯 과거의 일을 떠올릴 때다. 밤이 되니 어두움에 삼켜지듯 수양버들 이외에는 잘 보이지 않는다. 시각이 해시 말쯤 되었으리라 여겨진다. 정조가 서안 앞에 도인처럼 단정히 앉는다. 무예를 탐미하듯 18권짜리의 척계광(戚繼光)이 쓴 '기효신서(紀效新書)'라는 병서(兵書)를 읽는다.

원거리의 화살만으로는 왜적을 상대하기가 연로한 병자(病者)들처럼 버거웠다. 무너지려는 토담을 떠받치듯 적병과 맞서서 제압할 무예가 필요한 시점이다. 정조가 병서를 들여다보며 핵심을 파악하려는 듯 집중하려고 한다. 문득 금위영의 병사들이 궁궐을 제대로 지키는지 궁금해진다. 암행 감찰을 시키듯 곁의 내시한테 둘러보고 오라고 명령한다. 내시가 곧바로 어두움 속으로 조용히 자취를 감춘다.

존현각(尊賢閣)의 서재 내부에는 우주의 미아처럼 정조만 남아 있다. 장창(長槍)의 무예가 물이 흐르듯 상세하게 기술된 부분을 읽을 때다. 느닷없이 미세하게 청각을 간질이듯 은밀한 사람의 발소리가 들린다. 그것도 땅을 밟는 소리가 아니라 기와지붕을 밟는 경미한 소리다. 물결처럼 번지는 불길한 생각에 벽에 걸린 장검을 손에 쥔다. 장검을 쥐고는 정신을 쏟아 귀를 기울인다. 그러다가 정조가 놀라 중얼댄다.

'아니, 늦은 밤에 대궐의 지붕을 밟는 발소리가 들리다니? 이게 무슨 되지 못한 변고란 말인가? 일단 순찰 나간 내시가 돌아올 때까지 차분히 기다려 보자.'

발소리는 점차 크게 귓전으로 밀려든다. 보장문(寶章門) 북동쪽에서 회랑(回廊) 위를 따라 물결처럼 밀려드는 은밀한 소리다.

'밤 시간에 대궐 지붕을 타는 인간의 정체가 뭘까? 단순한 도적이 아니면 음흉한 마음을 지닌 자객일지도 몰라. 이것 참 보통 일이 아닌데?'

정조가 잠시 촛불을 꺼 버릴까 생각하다가 그대로 두기로 한다. 순찰 나간 내시가 아직 돌아오지 않았기 때문이다. 금위영 병사들의 숙소는 외치면 들릴 듯 멀지 않은 거리다. 그럼에도 불구하고 아직 내시는 돌아오지 않은 터다.

'이상하다? 벌써 돌아오고도 남을 시간인데 왜 기척이 없지?'

정조가 불안한 생각에 잠겼을 때다. 존현각으로 다가서는 발소리가 해안의 밀물처럼 가까워진다. 당연히 내시라고 여겨지지만 만약의 경우를 떠올린다. 정조가 왼손에 장검을 쥔 채 문을 노려본다. 존현각으로 다가드는 소리의 근원이 2곳이어서 협공당한 듯 가슴이 섬뜩해진다. 어느 쪽의 경우이든 상대가 괴한이라면? 장검으로 무를 자르듯 괴한들을 베어야 한다. 그렇지 못하면 정조가 살해될 형국이다.

쿵쿵거리며 다가들던 발소리가 존현각 방문 앞에서 잠시 멈춘다. 정조가 오른손으로 장검의 손잡이를 쥔다. 언제든 섬광을 가르듯 날렵하게 빼어 들려는 마음에서다. 문 앞에서 멈췄던 발소리 대신에 내시의 목소리가 먼저 날아든다.

"전하, 상선이옵니다. 들어가도 되겠사온지요?"

정조가 물줄기를 자르듯 당찬 자세로 응답한다.

"그래, 들라."

상선이 들어서자마자 정조가 적장을 위협하듯 근엄하면서도 나지막하게 말한다.

"누군가 지붕을 타고 지금 전각으로 다가들고 있다. 일체 소리를 내지 말고 동정을 지켜보자."

상선의 표정도 크게 달라지더니 정조처럼 바싹 귀를 기울인다. 행랑의 지붕을 밟던 발소리가 증발하듯 뚝 멈춘다. 그러더니 담장을 거쳐 존현각의 지붕으로 뛰어오르는 느낌이 전해진다. 상선이 섬광처럼 밀려드는 느낌을 말하려고 할 때다. 정조가 입에 손가락을 갖다 대며 침묵하라는 신호를 보낸다. 상선도 고개를 끄떡이고는 계속해서 귀를 기울인다.

발소리로는 2명이 움직이는 것으로 느껴진다. 행랑의 지붕으로 올 때엔 발소리가 밤을 깨우듯 컸다. 존현각 지붕 위에서부턴 소리를 감추려는 듯 작아졌다. 내시와 정조가 여전히 귀를 기울인다. 느닷없이 지붕에서 커다란 소리가 폭음(爆音)처럼 주변으로 흘러 퍼졌다. 기와 부서지는 소리와 흙을 뿌리는 음향이 사방으로 퍼진다. 누군가 의도적으로 지붕에 올라가 소리를 내는 것이라 여겨진다.

상황 분석을 끝냈다는 듯 정조가 창밖을 향해 고함을 지른다.
"여봐라! 게 아무도 없느냐?"
왕의 목소리에 전각 사방으로부터 궁노들과 내시들이 파도 더미처럼 몰려든다. 왕이 수십여 명의 궁노들과 내시들을 향해 지시한다. 일행이 등롱을 들고 존현각의 지붕으로 해일이 휘몰리듯 몰려간다. 내시들로부터 연락받은 훈련도감과 금위영의 병사들이 존현각으로 몰려온다. 지붕에 올라가 보니 기왓장이 깨어져 나뒹굴고 흙이 뿌려져 있다. 누군가 발광하듯 기왓장을 깨뜨리고 흙을 뿌린 모양이다.

도승지이자 금위대장인 홍국영이 단서를 찾은 듯 남서쪽을 가리키며 말한다.

"붙잡아라! 남서쪽 방향으로 도적들이 달아난다."

금위영의 군인들이 급류처럼 남서쪽을 향해 내달린다. 지붕에서 뛰어내린 2명의 괴한들이 남서쪽으로 떨어지는 별똥처럼 전속력으로 질주한다. 이들을 금위영의 병사들이 벌떼처럼 몰려 뒤쫓는다. 이때 훈련도감의 병사들은 전각 주변을 에워싸서 왕의 일행을 보호한다. 잠시 후에 숨을 헐떡이며 금위대장인 홍국영이 나타나 정조에게 보고한다.

"전하, 괴한들을 추격했사오나 놓치고 말았사옵니다. 밤이 깊고 숲이 울창하여 종적을 놓치고 말았사옵니다."

밤이 심연(深淵)의 밑바닥처럼 깊고 숲이 울창하여 놓쳤다지 않은가? 왜 놓쳤느냐고 다그칠 형편이 아님을 알아차리자 정조도 입을 다문다.

모든 병사들과 신하들이 연기처럼 흩어진 뒤다. 도승지이자 금위대장인 홍국영이 정조에게 말한다.

"전하, 금위영의 병사들을 전각 주변에 은밀히 배치시켜 놓았사옵니다. 안심하고 주무시기 바랍니다."

정조에겐 똥물에 내던져지듯 치욕적인 밤이다. 자객이 대궐 지
붕에서 도깨비처럼 장난을 쳤는데도 병사들이 알아차리지도 못
했다니? 이러고도 궁궐 수비를 한다고 말할 수가 있을까 의아스
러울 지경이다. 하여간 날이 밝으면 중대한 조처를 취해야겠다고
작정한다.

실타래의 근원을 헤아리듯 정조가 서안 앞에 앉아 생각에 잠긴
다.

'오늘 용마루에 올랐던 자들은 아무래도 자객들임에 분명해.
단순한 도적들로는 보이지 않았어. 붙잡히면 목숨이 달아날 줄을
알 텐데 누가 들어오겠어? 그럼에도 용마루까지 올랐다면 필시
무예에도 통달한 자객들이었을 거야. 이들을 붙잡았어야 했는데
놓치고 말았으니 앞날이 무척 걱정스럽구나.'

정조는 오늘 발생한 일을 거듭 헤아려 본다. 왕이 독서하는 용
마루까지 굿을 하는 무당처럼 오른 사내들이라니? 도저히 있을
수 없는 일이 벌어졌기에 치가 떨린다. 생각 같아서는 금위대장
인 홍국영을 불러 야단을 치고 싶다.

'네가 금위대장이냐? 왕궁의 호위를 하라고 금위병을 두었잖
아? 대궐 지붕의 기왓장이 박살 날 때까지 너는 무엇을 했니? 입
이 있으면 말을 좀 해 보라고?'

하지만 노론 선비들로부터 생명을 지키듯 정조를 보호하지 않

왔던가? 군신 간의 신뢰를 바탕으로 정조를 무관(武官)들처럼 육신으로 지켰다. 정조보다 4살 연상이지만 친구처럼 마음이 통하는 사이다. 즉위한 뒤로도 모반 사건들이 머리를 들이밀었지만 홍국영이 잘 대처했다. 홍국영을 음해하려는 세력들이 적지 않음을 정조도 알고 있다. 현재로서는 정조가 믿을 수 있는 신하는 홍국영밖에는 없는 처지다.

문득 1771년의 춘당대의 무과 시험 현장의 일이 떠오른다. 19살이었던 세손이 인재를 찾으려는 듯 무과의 시험 현장을 둘러보았다. 궁술(弓術)과 마술(馬術)에 있어서 어둠에서 발산되는 섬광처럼 발군의 실력자가 발견되었다. 하도 감탄할 정도였기에 급제된 이후에 밀정을 호출하듯 개별적으로 불렀다. 놀랍게도 영조의 군계일학 같은 호위 무관인 김광택(金光澤)의 제자였다. 그의 이름은 백동수(白東脩)라고 했으며 정조보다 9살 연상인 29살이었다. 정조가 당시에 그에게 말했다.

"급제되었으니 언젠가는 무관으로 제수될 것이외다. 급제자가 많아서 임명이 늦어질지라도 충분히 기다려 주기 바라외다. 빼어난 실력의 그대를 기억하겠소이다."

당시의 백동수가 왕을 대하듯 공손히 허리를 굽히며 대답했다.

"세손 저하, 언제든 불러만 주시면 나라를 위해 충성을 다하겠사옵니다."

황룡이 움직이듯 당당한 태도가 정조에게 강한 신뢰심을 불러 일으켰다.

정조가 서안 앞에서 심연으로 내몰리듯 깊은 상념의 물결에 휩쓸린다.

'나라의 기풍을 진작하려면 좀 더 앞당겨 변화를 시켜야겠어. 규장각의 기능을 더욱 강화해야겠어. 금위영의 구성원들도 빠른 시일 내에 교체해야 되겠어. 백동수 같은 무관이 필요한데 심성을 파악할 때까지는 충분히 기다려야겠어.'

정조가 국력의 상징 같은 중앙의 군대를 떠올린다. 중앙의 군대로는 훈련도감과 금위영과 어영청이 있다. 금위영은 궁궐 수비를 전담하고 훈련도감과 어영청은 서울을 수비한다. 나라를 보호하듯 궁궐을 지킬 군대는 훈련도감과 어영청과 금위영이다. 어쨌든 3개의 군대가 궁궐 수비 병력으로 동원될 수가 있다.

자객의 침입으로 심연으로 내던져지듯 정신적으로 흠뻑 충격받은 정조다. 당장 자객을 찾아내어 목을 베고 싶다. 악의 근원을 제거하듯 목을 효시하여 유사한 일을 방지하고 싶어진다. 불안감에서 벗어나려면 백동수(白東脩) 같은 빼어난 무관을 불러들이고 싶다. 문제는 심성 파악이 안 되면 채용하기가 어려워진다는 점이다. 다소 시간이 걸리더라도 충분히 인물의 심성을 파악하고서 불러들일 작정이다.

작년 8월 24일에 악을 차단하듯 숭정전에서 토역 교문을 반포했다. 즉위한 지 5개월이 강물처럼 흘러간 시점이었다. 즉위한 뒤로도 5개월간 꾸준히 모반을 꾀했던 무리들이 적발되었다. 모반죄의 처벌은 참수형이 원칙이다. 죄인의 참수(斬首)가 일어나면 관련자들의 불만이 들끓기 마련이다.

기억을 더듬듯 토역(討逆) 교문을 발표할 때의 관련자들을 헤아려 본다. 3월 10일에 등극하고 8월 24일에 토역 교문을 반포했다. 사건을 반추하듯 8월에 발표된 명단들을 정조가 분석해 본다. 이들의 대부분은 1775년의 정조의 대리청정을 훼방했던 무리들이다. 심술부리는 도깨비처럼 정조에게는 일체의 권한을 안 기지 않으려는 처사였다. 대리청정의 체제에서 영조가 승하하면 왕권은 세손에게 가는 터였다.

사도세자를 죽음으로 내몰았던 노론들에겐 세손이 마귀(魔鬼)처럼 불편한 존재였다. 먼지를 털듯 과거를 들추어 관련자들에게 보복하리라 여겨지기 때문이었다. 세손에게 대리청정의 권한이 위임되지 않게 하려고 노론들이 미치광이들처럼 날뛰었다. 물길이 갈라지듯 노론이 벽파와 시파로 갈라졌다. 벽파는 개를 내쫓듯 정조를 왕위에서 몰아내려는 패거리들이었다. 시파는 정조에게 왕권을 보장해 주려는 무리들이었다. 시파의 핵심 인물이 사도세자의 장인이었던 홍봉한이었다.

벽파의 대표적인 인물로는 홍인한과 정후겸이었다. 이들이 머리를 짜서 세손을 절벽 밑으로 내던지듯 내쫓으려고 애썼다.

정조가 존현각의 서재에서 나와 휩쓸리는 안개처럼 침실로 향한다. 장검을 침상 곁으로 옮겨 둔다. 비상시에 몸을 보호할 무기로 사용하려는 의도에서다. 훈련도감의 군졸들도 주변의 전각에 은신한 듯 존현각을 은밀하게 지킨다. 정조도 하루를 정리하듯 잠자리에 들려고 한다. 엄청난 일이 벌어진 하루였지만 경건히 눈을 감고 잠을 청한다. 생각 이외로 정조가 금세 잠의 미궁 속으로 휩쓸려 들어간다.

모반자 처벌

회오리바람에 휩쓸리는 나뭇잎처럼 빠르게 움직이는 세월이다. 산야에 단풍이 물들어 사람들을 매혹시키는 1777년의 9월 하순의 오후이다. 선정전에서 결을 고르듯 세밀히 몇 가지 업무를 윤허한 뒤다. 즉위한 이후에 1년 6개월이 물 흐르듯 흘렀다. 역모 사건이 심신을 위협할 듯 섬뜩할 지경으로 줄을 이었다. 모역(謀逆) 상황을 정확히 파악하려고 국청을 열었다. 왕권 강화의 일환이었다. 9월 11일에야 국청을 철거하기에 이르렀다.

선비들의 당색(黨色)으로 말미암아 나라에 커다란 변고가 일어났다고 여겨진다. 정조가 중얼대듯 마음속으로 생각에 잠긴다.

'나의 2가지 노선은 왕권 강화와 국력 배양이잖아? 일단은 왕권 강화의 기틀부터 먼저 구축해야겠어. 감히 왕권에 도전한 모

역의 근원을 과감히 제거해야겠어. 내가 즉위한 이후부터 오늘날까지 이어진 모역의 흐름을 분석해 봐야겠어.'

정조의 머릿속으로 태산처럼 높다란 봉우리 3개가 밀려든다. 모역의 성격이 3갈래로 갈라짐을 정조가 느낀다. 한 갈래는 아버지를 절벽에서 추락시키듯 죽음으로 내몬 인물들이다. 1775년에 대리청정을 못하도록 훼방한 집단은 두 번째 부류의 인물들이다. 세 번째 집단은 독수리처럼 궁궐에 날아들어 정조를 살해하려던 무리다. 모역이지만 3갈래의 유형이 다들 다르다는 점에 신경이 쓰인다.

오후에 조신들이 귀소(歸巢)하는 새들처럼 다들 궁궐을 떠난다. 정조가 선정전에서 발원지를 탐색하듯 역변(逆變)에 대해 곰곰이 생각한다. 아버지인 사도세자를 죽음으로 내몬 무리를 떠올린다. 아버지를 죽인 무리들은 정조마저 제거하려고 용을 썼으리라 여겨진다. 달아나는 모기의 소리처럼 나지막한 음성으로 정조가 중얼댄다.

"아버지를 죽음으로 내몰고 자식인 나까지도 제거하려고 날뛰었다니? 용서한다고 다 좋은 것은 아니야. 용서해도 그들 가족들이 앙심을 품고 보복하려고 날뛰었잖아? 후환이 무섭다고 죄 없는 생명들까지 죽인다는 것도 문제야."

기억을 반추하듯 3가지 봉우리들 중에서 제일 앞머리를 살펴보기로 한다. 아버지를 벼랑에서 떨어뜨리듯 죽음으로 내몬 무리들을 살펴본다. 김귀주(金龜柱)를 비롯하여, 김한록(金漢祿), 김상로(金尙魯), 홍계희(洪啓禧), 정휘량(鄭翬良), 신만(申晩)이 대표적인 인물들이다. 정조가 그간 찾아내어 살펴본 정보들을 떠올린다.

38살인 김귀주(金龜柱)는 영조가 보살처럼 떠받드는 계비인 정순왕후(貞純王后)의 오빠다. 비밀이 노출되듯 공조참판이었을 때에 청명류(淸名流)의 소속임이 밝혀져 유배되었다. 영조의 탕평책에 대한 역심(逆心) 같은 배신으로 여겨져 유배되었다. 청명류는 청의(淸議)와 명절(名節)을 중시하는 정치적 단체였다. 귀주는 홍봉한이 자신을 유배시켰으리라 여겼다.

귀주와 관주가 음식물에서 파리를 내쫓듯 홍봉한을 내쫓아야 한다고 상소했다. 청명류의 선비들은 세속에 초월하여 군자의 도를 닦는 사람들이라고 밝혔다. 이런 선비들이 인척의 영향으로 고도(孤島)로 내쫓기듯 유배되었다고 주장했다. 그리하여 사도세자의 장인인 홍봉한을 조정에서 내쫓으라고 상소했다.

사도세자의 아들이 이산이 아닌가? 김귀주는 모험을 하듯 홍봉한과 연계시켜 세손마저도 적으로 삼았다.

1777년 7월 28일의 존현각 사건이 일어난 뒤였다. 나라가 붕괴하듯 궁궐의 방위에 구멍이 뚫린 셈이었다. 외부에서 2명의 자객이 존현각의 용마루에 뛰어 오르도록 경비하지 못했다. 자객들이 정조를 공격했더라면 나라가 무너지듯 변이 생겼을지도 모를 일이었다. 포탄을 피하듯 나라의 안전을 위해서 궁궐을 옮기자는 의견이 나왔다. 정조의 생각으로도 궁궐을 옮기는 게 나으리라 여겨졌다.

그리하여 사건이 일어난 지 8일 만에 경희궁에서 창덕궁으로 이사했다. 8월 6일에 세상마저 두려워서 피하듯 벌어진 일이었다. 왕의 모든 혈족이 짐을 챙겨 창덕궁으로 이사했다. 국왕의 이사이기에 병사들을 배치한 장중한 행렬이 이루어졌다.

창덕궁의 새로운 궁궐 분위기를 익혀 가려는 때였다. 이사를 했음에도 이번에는 창덕궁의 편전으로 미친개가 달려들듯 자객들이 침투했다. 이사한 지 며칠도 안된 8월 11일에 벌어진 일이었다.

그날의 일을 떠올리자 정조의 가슴속에 울화가 불길처럼 치솟는다. 있을 수 없는 일이 두 번씩이나 일어난 터였다. 생매장당하듯 모욕당했기에 묵과할 수 없는 대사건이었다. 자객이 노리는 것은 오로지 정조의 목숨이었다. 자객이 왕궁까지 잠입하여 왕을 살해할 생각을 하다니? 생각할수록 치가 떨려 발광할 지경이었다.

'내가 남을 죽이려고 하지 않는데도 자객들이 궁궐로 들어섰잖아? 내가 죽었다면 왕조가 무너졌을지도 모르잖아? 임진(1,592)년에 부산성과 동래성이 함락되어 조선에 피바람이 불었잖아? 왕과 나라를 지키는 데 필요한 무예가 어떤 게 현실적인가? 권술(拳術)인가 검술(劍術)인가? 조총을 든 왜적과 칼을 든 자객을 어찌 맨손으로 대적하겠는가? 왜적이나 자객을 상대할 무예로는 권술보다는 검술이 더 현실적이라 여겨져. 차후에는 무기를 높은 비중으로 다루는 무술 서적을 만들어야겠어.'

시대의 요청처럼 저술된 아버지의 '무예신보(武藝新譜)'를 들여다보다가 생각에 잠긴다. 1598년에 간행된 무예제보(武藝諸譜)의 내용에 12기(技)를 추가시켜 만들어진 무예 서적이다.

한교(韓嶠)의 무예제보의 6기(技)에 도로를 확장하듯 12기를 추가시킨 거다. 18기(技)의 무예가 생생하게 담긴 서적이다. 백병전에 취약한 조선군을 숙달된 정예병처럼 강화하는 데 필요한 무술이다. 무예신보는 1759년에 대리청정을 하던 사도세자의 명령으로 발간된 무예 서적이다.

무예신보 무술의 실체를 거미줄의 진동을 가늠하듯 헤아리며 정조가 독서한다. 무예제보에는 생존의 절규가 담긴 듯 6기(技)가 실려 있다. 6기란 곤봉(棍棒), 등패(藤牌), 장창(長槍), 당파(鐺鈀), 낭선(狼筅), 쌍수도(雙手刀)를 가리킴을 안다. 유성이 흐르듯 정조의 눈길이 빠르게 등패의 시연 동작에 이른다. 등나무로 만들어진 방패인 등패로 몸을 지키면서 칼로 공격하는 무술이다.

정조가 과거를 회상하듯 깊은 생각에 잠겨 든다.

'6기의 무예만이라도 조선에 보급되고 훈련되었더라면 왜적들에게 당했겠는가?'

이때 문득 6년 전인 1772년 2월 중순의 일이 밀려들었다. 29살에 황해도의 병사들을 호랑이처럼 매섭게 훈련시킨다고 알려진 신대현(申大顯)이었다. 정조가 미래의 인재를 탐색하듯 잠깐 동궁에서 만나 대화를 나누었다. 국가 수호의 의욕이 화산(火山)의 불길처럼 타오르는 조선의 명장(名將)으로 비쳤다. 그는 당시에 황해도의 병마절도사를 맡고 있었다. 당시의 동궁에서 세손이 신대현에게 말했다.

"혹시 작년에 급제한 백동수에 대해서 아는 게 있소이까?"

신대현이 한밤에 지기를 만난 듯 반색을 하며 응답했다.

"당시 과거의 시험장에 저도 참관했사옵니다. 왕의 호위 무사인 김광택(金光澤)의 제자가 응시한다고 들었기 때문이옵니다. 백동수를 통해서 그의 스승의 무술을 평가하고 싶었사옵니다. 정말 환상적으로 느껴질 듯 훌륭한 무인이었사옵니다. 당장 무관으로 채용되리라 여겼는데 아직까지도 기별이 없다고 들었사옵니다."

당시에 세손이었던 정조가 아쉬운 듯 미소를 머금으며 응답했다.

"무관들에겐 무술도 중요하지만 심성이 검증되어야만 하외다. 특히 무술 실력이 탁월할수록 사람의 품격이 더욱 중요해지외다. 내가 계속 지켜보는 중이외다. 스스로를 잘 다듬으면 차후에 귀하게 대접받게 될 것이외다."

정조가 미래에 백동수와 신대현을 하늘의 별처럼 중히 기용하리라 생각한다.

'병마절도사인 신대현의 눈에도 백동수가 탁월하게 보였다면 백동수는 빼어난 무인(武人)이야. 요즘처럼 어수선한 시기에 있어서는 더욱 백동수의 품격을 지켜봐야겠어. 잘못 뽑아서 백동수가 반역이라도 주도한다면 대책이 없을 거잖아?'

정조가 피로를 떨쳐 내고는 꿈꾸듯 상념의 물결에 휩쓸린다.

'분석해야 할 3무리의 모반 세력 중의 첫 번째 부류이잖아? 차분히 뿌리를 파악해야 반복될 모반을 예방할 수 있을 거야.'

정조의 생각이 과거의 공간으로 빛살처럼 스며든다.

김귀주는 정순왕후의 오빠라는 신분으로 20살 때부터 궁궐에 드나들었다. 등과하기 전이었지만 노론 선비들과 조신(朝臣)들처럼 교류했다. 조정에 담처럼 포진된 노론의 선비들과 친분을 쌓았다. 22살의 김귀주가 1761년에는 밀정처럼 기밀 사항을 적어서 왕에게 전했다. 김귀주의 서한으로 왕이 화를 불길처럼 격렬하게 내었다는 얘기까지 들렸다. 기밀 서한의 내용이 무엇이었는지는 당시에 정조도 몰랐다.

김귀주는 왕비의 오빠라는 신분으로 사신들과 교류하듯 노론의 영수들과 사귀었다. 김상로(金尙魯), 홍계희(洪啓禧), 정휘량, 신만(申晩), 김한록(金漢祿) 등의 인물들과 친분을 쌓았다. 이들은 황소처럼 고집이 센 노론의 선비들이었다. 김한록은 정조의 장인인 김한구(金漢耉)의 사촌 동생이다. 김귀주와 함께 노론의 선비들을 거미줄에 매달듯 자기들 편으로 포섭했다. 세자익위사세마(世子翊衛司洗馬)이라는 하찮은 직위였지만 노론의 선비들을 소를 이끌듯 마음대로 조종했다.

김한록과 김귀주가 마법을 펼치듯 노론의 영수들에게 입김을 불어넣었다. 사도세자의 허점을 뼈처럼 까발려서 세자의 지위를 박탈하려고 애썼다. 김귀주를 치솟는 파도처럼 날뛰게 조정한 인물은 김한록이었다. 조정의 경륜을 바탕으로 당질에게 세뇌 교육을 시켰다.

김상로(金尙魯)는 재능을 펼치듯 33살의 나이로 문과에 급제해 검열이 되었다. 1759년에는 영의정이 되었다. 노론의 영수로서 산악의 최고봉 같은 최상의 관직에 올랐다. 들판의 허수아비처럼 김귀주와 김한록의 조종을 받아 세자를 헐뜯으려고 애썼다. 그러다가 정조가 즉위하기 전에 병사했다.

홍계희(洪啓禧)는 문과에 장원급제하여 사간원의 정언이 되면서 재능을 불길처럼 토했다. 경기도 관찰사로 있으면서 사도세자(思悼世子)를 고변하여 골짜기로 내던지듯 죽음으로 내몰았다. 이조판서와 예조판서를 거쳐서 판중추부사로서 가문의 영예 같은 봉조하(奉朝賀)가 되었다. 그러다가 1771년에 사망했다.

정휘량은 1737년의 32살에 별시문과에 을과로 급제했다. 화완옹주의 남편인 정치달의 숙부로서 권력의 상징 같은 좌의정에 올랐다. 이때부터 사도세자를 맹렬히 공격하여 위험에 빠뜨렸다.

그러다가 1762년에 사망했다.

신만(申晩)은 1726년의 24살에 알성문과에 급제했다. 절벽을 타오르듯 1758년에 좌의정을 거쳐서 1762년에 영의정에 올랐다. 사도세자(思悼世子)가 뒤주에 갇힐 때에 은근히 방조하듯 왕을 만류하지 않았다. 이로 인하여 일시적으로 파직되었지만 예견된 절차처럼 곧바로 영의정에 복위되었다. 그러다가 1765년에 사망했다.

사도세자를 죽음으로 내몬 대부분의 일당은 정조가 즉위하기 전에 사망했다. 고의로 보복에서 벗어난 듯 정조로부터 별다른 공격을 받지 못했다. 김한록과 김귀주는 정순왕후의 지친이어서 싹이 잘리듯 과감하게 처벌되지 못했다. 한성좌윤으로 있던 김귀주는 1776년 9월 9일에 흑산도로 귀양 갔다.

정순왕후와는 일체의 감정을 배제한 듯 잘 지냈던 정조였다. 하지만 아버지를 죽인 김귀주를 정순왕후의 오빠라는 이유로 용서하기는 버거웠다. 일단 귀양을 보내 놓고 상황을 지켜보기로 했다.

아버지인 사도세자를 죽음으로 내몬 무리들에 대해서는 윤곽이 잡혔다. 대다수는 정조가 즉위하기 전에 죽었기에 보복하기가 어려웠다. 기껏 김귀주만 선별된 보복의 대상처럼 흑산도로 귀양 보냈을 따름이다.

정조는 혼미한 정신을 가다듬듯 크게 숨을 한 번 들이쉰다. 새로운 동굴을 탐색하듯 모반의 두 번째 무리들에 대해 살펴본다. 이들은 정치를 단절시키려는 듯 정조의 대리청정을 집요하게 방해했다. 세손의 권리를 차단하듯 대리청정을 방해하여 왕위 계승을 훼방하려는 패거리였다. 어려운 상황에서 정조를 지켜 준 신하는 홍국영이었다. 홍국영과는 조정에서 처음 만나면서부터 마음이 통했던 터다. 홍국영과 또 다른 지원 세력은 7살 연상의 정순왕후였다.

1775년에 대리청정이 제기되자 노론이 나방처럼 사방으로 나다니며 불합리하다고 떠들어대었다. 홍봉한과 정조를 관련시켜 무함하려는 분위기마저 치솟는 불길처럼 감돌았다. 돌파구를 개척하듯 왕에게 대리청정의 필요성을 강조한 사람은 홍국영이었다. 홍봉한이 노론에 밀려서 잠시 주춤거렸지만 홍국영이 기민하게 대처했다. 그리하여 홍국영으로 말미암아 홍봉한과 정조가 무사할 수 있었다.

몸이 쇠진한 왕에게도 대리청정은 필요한 시점이었다. 이런 상황을 팔의 혈맥처럼 명료하게 파악한 사람이 정순왕후였다. 정순왕후가 왕을 설득하여 승계의 사다리를 구축하듯 대리청정을 시행하도록 확정했다. 왕위 계승을 목전에 둔 정조는 산사태에서 벗어나려는 사람처럼 절박했다. 정순왕후의 조언으로 왕이 대리청정을 하겠다고 선언했다. 1775년 12월 7일에 발생한 일이었다. 이때부터 조정의 분위기는 숨 막힐 듯 다급하게 변했다.

정조대왕

홍국영이 정조를 호위하듯 곁에서 지키면서부터 정국은 나날이 신묘하게 변했다. 폭풍의 소용돌이처럼 거대한 정국의 변환이 예견되는 상황이었다. 이때부터 홍국영과 정조는 마음을 열고 긴밀하게 교류했다. 이때의 정조는 23살이었다. 홍봉한은 1770년에 봉조하를 제수받아 내쫓기듯 정계에서 물러났다. 정조 곁의 믿을 만한 신하는 홍국영밖에 없었다. 아무한테나 마음을 터놓기에는 너무나 위험한 정국이었다. 정조와 홍국영이 새로운 세상을 개척하듯 정국을 잘 이끌어야만 했다.

대리청정을 실시한 뒤부터 정조는 표정 관리에 신경을 썼다. 자신을 비방한 무리들에 대해서도 동지를 대하듯 노여움을 내색하지 않았다. 정청에 들어서기 전에 항시 거울을 보면서 표정을 가다듬었다. 일체의 희로애락이 배제된 목석같은 표정을 가꾸도록 애썼다.

1775년 12월에 언론의 상징처럼 홍국영은 종4품인 홍문관 부응교를 맡았다. 왕의 측근에서 주변의 공격을 예방하듯 왕에게 주기적으로 간언했다. 28살에 종4품의 벼슬을 한다는 것은 세상을 바꾸듯 발군의 실력이다. 급제하여 4년 만에 종4품까지 승진하기란 불가능에 가까웠다. 그럼에도 홍국영은 문무를 겸한 듯 당당한 실력과 대범함을 갖추었다. 그의 언변은 부드러우면서도 지극히 논리적이어서 누구도 맞서기를 망설일 지경이었다.

그뿐이랴? 호랑이처럼 당당한 체격에 문무를 갖춘 품격이 주변을 항시 압도했다. 그러면서도 왕과 정조에 대해서는 예절을 깍듯 표했다.

정조가 무예제보를 바라보다가 바람의 소용돌이에 떠밀리듯 상념에 잠겨 든다.

'그간 정리하지 못했던 윤곽을 확실히 점검해야겠어. 원인을 정확히 분석해야만 후속적인 모반을 방지할 수가 있어. 일단 아버지의 죽음과 관련된 무리들의 분석은 끝났어. 이제부턴 대리청정을 방해한 무리와 자객을 보낸 무리를 분석해야 해.'

1775년 12월과 1776년 4월 사이의 일이 해안의 밀물처럼 밀려든다. 상당히 시간적으로 다급했던 시기라 여겨진다.

먼저 외조부의 동생인 홍인한(洪麟漢)의 얼굴이 떠밀리는 안개처럼 밀려든다. 화완옹주의 양아들인 정후겸(鄭厚謙)과 주모자가 되어 장애물을 설치하듯 대리청정을 방해했다. 홍인한은 32살에 문과에 급제했다. 기운차게 치솟는 물줄기처럼 1774년에는 우의정이 되었고 1775년에는 좌의정이 되었다. 정조의 외종조부가 되는 점을 기화로 정후겸(鄭厚謙)과 화완옹주와 손을 잡았다. 윤양후(尹養厚)와 홍지해(洪趾海) 등과 결탁하여 약자를 윽박지르듯 권세를 휘둘렀다.

세손과 나이 차이가 많이 난다고 어린애를 대하듯 거드름을 피웠다. 동궁을 보호하려고 처신했다면서 안면을 바꾸듯 군신의 예

까지도 무시하곤 했다. 이런 일로 인하여 정조와의 인간관계가
껄끄러워졌다. 정조와 사이가 나빠지면서부터 도피처를 찾듯 노
론의 벽파에 뛰어들었다. 이때부터 수시로 권좌를 뒤흔들듯 정조
의 즉위를 반대했다. 정조가 즉위하자 고금도에 유배되었다가 7
월 5일에 사사(賜死)되었다.

정후겸(鄭厚謙)은 자식이 없던 화완옹주에게 희망을 안겨주듯
양자로 들어갔다. 왕의 총애로 16살에 장원봉사(掌苑奉事)가 되
면서부터 운명을 개척하듯 벼슬길에 올랐다. 정조보다는 3살 연
상임에도 인성이 여우처럼 교활하여 홍인한과 손을 잡았다. 심상
운(沈翔雲)을 시켜 정조를 보호하는 홍국영을 조정에서 격리시키
듯 탄핵했다. 그러고도 정조의 즉위를 화완옹주와 함께 적극적으
로 막으려고 했다. 결국 정조가 즉위하자 경원으로 유배를 가서
거기에서 사사되었다.

화완옹주는 유배되었지만 스러지는 이슬처럼 사사되지는 않았
다. 심상운(沈翔雲)은 사축서별제(司畜署別提)를 시작으로 산길을
타듯 관직에 올랐다. 대리청정 기간에는 부사직(副司直)으로서 정
후겸의 사주로 화살을 날리듯 흉서를 올렸다. 세손을 온실수(溫室
樹)에 비유하여 비방하는 글을 올렸다. 삼사의 대간들이 들고 일
어나서 심상운을 사지로 내몰듯 탄핵했다. 차후에는 흑산도로 유
배되었다가 제주도의 배소로 옮겨졌다. 정조가 즉위하자 조정으
로 호출되어 친국을 받고는 주살되었다.

홍지해(洪趾海)는 홍계희의 아들로서 33살에 가문을 일으키듯 급제했다. 노론의 벽파에 가담했다가 홍인한(洪麟漢)과 정후겸(鄭厚謙) 등과 세손의 즉위를 반대했다. 정조가 즉위하자 북도(北道)에 유배되었다가 시궁창으로 배출되듯 추자도로 옮겨졌다. 이후에 아들인 홍상간이 모반죄로 처형되자 홍지해도 주살되었다.

정조가 무예신보를 펼쳐 본국검(本國劍)의 32동작을 감탄한 듯 눈여겨본다. 무예제보에는 없던 12가지의 무술이 비장의 무기처럼 추가되었다. 추가된 12가지 중의 하나가 본국검이다. 신라 시대부터 전승되어 민족의 영혼이 실타래처럼 휘감긴 검술이라고 알려졌다. 본국검은 1621년에 명나라 모원의(茅元儀)가 저술한 무비지(武備誌)에 실려 있었다. 무비지 이전의 우리나라의 고서에는 귀신의 흔적처럼 드러나지 않았다. 무비지에서는 조선에서 입수된 검보(劍譜)가 실렸다고 기록되었다.

신라의 검술이 무비지를 거쳐서 고향을 찾듯 조선에 거듭 소개되었다. 정조는 취한 듯 본국검의 동작들을 훑어본다. 칼에서 검풍(劍風)이 발출되듯 동작마다 날카롭고 세련됨이 그지없다. 이런 기묘한 검술이 여태껏 숨겨졌다가 무비지에 의해 세상에 알려졌다니? 뛰어난 검술을 지녔어도 훈련되지 않았기에 조선군이 풀잎처럼 짓밟혔으리라 여겨진다. 정조에게는 무장한 적을 제압하기에는 검술이 권술보다 낫다고 여겨진다.

세 번째 집단의 존재는 올해 8월 11일 밤에 드러났다. 지난 8월 6일에 창덕궁으로 모든 왕족(王族)이 개미 행렬처럼 이사했다. 그랬는데 이사한 지 닷새 만에 사건이 폭발물처럼 터졌다. 정조의 머릿속으로 수차례나 죄인들을 형문하여 밝힌 내용들이 밀려든다.

8월 11일의 밤안개가 대궐의 담장에 밀물처럼 밀려들 무렵이었다. 경추문(景秋門) 옆의 수포군(守鋪軍)들이 숙직하는 방에서였다. 휴식을 취하려고 수포군들이 들판의 갈대처럼 드러누워 있을 때였다. 김춘득(金春得)과 김세징(金世徵)을 향해 누군가 나방이 팔랑대듯 나지막한 목소리로 불렀다. 두세 차례에 걸쳐서 경계하듯 나지막하면서도 신중한 목소리로 수포군을 불렀다. 김세징이 일어나면서 대답하려고 했다. 이때 17살의 김춘득이 김세징을 제지하면서 나지막하게 말했다.

"분명히 못 듣던 목소리야. 분위기가 수상하니 잠깐 바깥 동정을 살펴보자."

김세징도 고개를 끄떡이더니 금세 표범처럼 달려 나갈 자세였다. 김춘득과 김세징의 손에는 당장 공격하려는 듯 장검이 들려 있었다. 둘은 방문을 열고 빛살처럼 날렵하게 경추문으로 다가갔다. 이때 둘의 시야에 어떤 괴한이 눈에 띄었다. 괴한이 경추문의 북쪽 담장으로 접근하다가 침투하는 자객처럼 넘어가려고 했다. 김춘득이 옆방의 수포군 김춘삼(金春三)과 이복재(李福才)를 깨워 불러냈다. 그러고는 넷이서 신속히 달려가 괴한을 붙잡았다.

괴한은 병조를 거쳐서 포도청(捕盜廳)으로 짐짝처럼 보냈다. 포도청에서 실상을 파헤치듯 취조하니 원동(院洞)의 임장(任掌)인 전흥문(田興文)으로 밝혀졌다. 지난 7월 28일에 존현각(尊賢閣) 용마루에 올랐던 2괴한들 중의 하나였다. 2괴한은 전흥문(田興文)과 궁궐 호위병인 강용휘(姜龍輝)였다. 지난 7월에 2괴한이 세상을 뒤흔들듯 일을 벌이려다가 실패했다. 그리하여 창덕궁으로 잠입하려다가 붙잡혔다.

포도청에서 '죄인을 어떻게 처리할까?'라고 조정에 물었다. 병조에서는 '왕이 진상을 밝히려는 듯 친국하기로 했다.'고 통보했다. 이날 정조는 숙장문(肅章門)에서 공을 세운 수호군들에게 상을 주었다. 그러고는 정조가 악의 근원을 후벼 파듯 직접 전흥문을 취조했다. 숱하게 매질을 당한 뒤에 전흥문이 범행 경위를 털어 놓았다.

홍술해(洪述海)의 아들인 홍상범(洪相範)은 세상을 뒤엎듯 반역을 꾀하려고 사병(私兵)을 양성했다. 호위 군관(扈衛軍官)인 강용휘(姜龍輝)는 표범처럼 날랜 무장(武將)으로서 홍상범과 친했다. 강용휘와 홍상범이 마(魔)의 늪 같은 벼슬자리로 유혹하여 전흥문을 포섭했다. 강용휘가 아름다움이 별빛처럼 눈부신 여노(女奴)를 주어서 전흥문의 아내로 삼았다. 전흥문에게 1,500문(文)의 돈도 주면서 그와 함께 일하자고 꾀었다. 그래서 전흥문은 강용휘가 시키는 대로 응하기로 했다.

강용휘와 함께 홍상범이 머무는 홍대섭(洪大燮)의 집에 자주 갔다. 거기에는 홍상범의 삼종숙인 홍계능(洪啓能)이 은신하는 맹수처럼 머물고 있었다. 홍계능의 아들인 홍신해(洪信海)와 조카인 홍이해(洪履海)도 물체와 그림자처럼 행동을 함께했다. 김흥복(金興福)도 이들과 함께 배를 좌초시키듯 역모를 꾀했다. 전흥문이 홍대섭의 집에서 이틀을 머물면서 모의하는 얘기를 들었다. 20명의 금위병을 역모에 동원시키겠다고 강용휘가 위세를 과시하듯 홍상범에게 말했다.

홍상범이 20명의 명단을 적어 상자 속에 보물처럼 간수했다.

절벽을 뛰어내릴 듯 비장한 표정으로 홍상범이 침묵했다가 말했다. 길을 뚫듯 계획을 곧바로 착수해야겠다고 모반자 일행에게 들려주었다. 구체적인 날짜를 정하여 궁궐에 동굴로 파고드는 박쥐처럼 잠입하기로 했다. 홍상범이 제시한 날짜는 7월 28일이었다. 세상의 운명으로 파고들듯 잠입할 자객으로는 강용휘와 전흥문이 나서기로 했다. 강용휘는 철편(鐵鞭)을, 전흥문은 예도(銳刀)를 지니고 궁궐에 잠입했다. 궁궐에 진입하는 도중에 방해자를 만나면 대번에 살해하기로 했다.

홍상범은 20명의 자객들을 거느리고 전흥문과 강용휘를 바람결처럼 날쌔게 뒤쫓았다. 7월 28일 밤에 강용휘와 전흥문이 복마전으로 뛰어들듯 궁궐에 잠입했다. 강용휘가 강계창(姜繼昌)이라

는 별감(別監)과 강월혜(姜月惠)라는 나인(內人)을 불러 군진의 밀정
들처럼 속삭였다. 대궐의 사위가 으스름에 잠긴 뒤였다. 약방(藥
房) 맞은편의 문안소(問安所)에서 강용휘가 어깨 위로 전흥문을 담
장에 올렸다.

전흥문은 담장 위에서 하늘로 빨아들이듯 손으로 강용휘를 끌
어 올렸다. 전흥문과 강용휘가 비상하는 매처럼 날렵하게 존현각
의 용마루 위로 올라섰다. 용마루 위에서 잠시 의논했다. 용마루
위에서 둘이서 도깨비처럼 난동을 부리기로 했다. 사람들의 시선
이 용마루에 쏠릴 때 둘이 용마루에서 뛰어내리기로 했다. 그런
뒤에 곧장 존현각으로 뛰어들어 왕을 살해하기로 했다. 둘은 용
마루에서 기왓장을 뒤집으면서 광풍을 일으키듯 모래를 뿌려 대
었다.

그랬는데 의외로 궁궐의 수비가 철의 장벽처럼 강력하다는 느
낌이 전해졌다. 존현각 사방에서 경비병들의 아우성 소리가 홍수
의 물길처럼 세차게 밀려들었다. 금세 숱한 경비병들이 존현각에
들이닥칠 듯 급박한 형세였다. 기회를 엿보아 존현각 내부로 뛰
어들기는 불가능한 상태임을 직감했다. 둘은 용마루에서 땅바닥
으로 뛰어내린 다음에는 섬광처럼 날쌔게 달아났다. 전흥문은 보
루각(報漏閣) 뒤의 풀숲에 엎드려 있다가 흥원문(興元門)으로 해서
도망쳤다.

강용휘는 금천교(禁川橋)로 달리다가 수문통(水門桶)을 거쳐서 물

귀신처럼 은밀히 탈출했다. 그 이튿날 보신탕 집에서 강용휘와 전흥문이 밀정들처럼 은밀히 만났다. 홍상범이 수문통에서 강용휘의 뒤를 밟다가 형세가 불리함을 깨달았다. 그래서 곧바로 궁궐에서 빠져나갔다.

강용휘가 전흥문에게 홍상범의 집에서 재차 모이자고 말했다. 그때까지 날숨을 붙들 듯 기밀을 유지해야 한다고 말했다. 왕족이 경희궁에서 창덕궁으로 이동한 뒤에 재차 궁궐에 잠입했다고 말했다.

8월 12일에 정조가 전흥문과 강병휘를 친국하여 상세하게 알게 되었다. 이들은 빙산의 일각처럼 극히 일부분일 따름이라는 점이었다. 이들과 연계된 집단이 엄청나게 크다는 사실이 정조의 가슴을 뒤흔들었다.

자객들의 진술에 따라 강계창(姜繼昌)과 강월혜(姜月惠)도 심장을 지지듯 혹독하게 국문했다. 펼쳐진 혈육의 노끈처럼 강월혜는 강용휘(姜龍輝)의 딸이고 강계창은 그의 조카였다. 강계창이 자신과 관련된 말을 생명을 포기하듯 실토했다. 7월 28일 밤에 전흥문이 강계창을 찾아와 강병휘를 만나라고 말했다. 강병휘가 강월혜를 만나서는 역모에 관해 다급한 상황처럼 은밀히 얘기했다. 불길이 치솟듯 다급한 일이 생기면 강병휘를 숨겨 달라고 얘기했다. 그런 뒤에 존현각 침투가 이루어졌다.

강계창이 문초를 받아 고백한 내용이 펼쳐졌다. 홍상범이 전흥문에게 위협의 근원을 제거하듯 왕을 시해하라고 말했다. 강월혜는 상궁인 고수애(高秀愛)와 복빙(福氷)과 밀약이 있었다고 털어놓았다.

별감인 고정환(高晶煥)이 대궐 안팎에서 문제를 일으켰기에 곤장(棍杖)을 맞았다. 고정환의 처벌로 고수애가 왕에게 역모를 꿈꾸듯 원망하는 마음을 품었다. 고수애의 가족이 김귀주(金龜柱)의 집과 혈육처럼 친하게 지내었다. 김귀주가 처벌되자 고수애가 원망하는 말을 망언을 내뿜듯 지껄였다. 고수애는 원망하는 마음을 품었던 것을 자백했지만 복빙은 자백하지 않았다.

강용휘의 자백은 시해 모의의 근원을 횃불처럼 밝히게 했다. 좋은 벼슬을 주겠다고 홍상범이 강용휘를 꾀었기에 강용휘가 응했다.

그 이튿날에는 홍상범을 발가벗기듯 가혹하게 국문했다. 홍술해(洪述海)의 아들인 홍상범은 전주(全州)에서 태풍이 북상하듯 신속히 상경(上京)했다. 그는 홍대섭(洪大燮)이나 홍신덕(洪信德)의 집에서 머물렀다. 홍필해(洪弼海) 및 강용휘와 전흥문과 함께 역모를 도모해 왔다. 전흥문이 붙잡히자 홍상범과 홍필해가 도망쳤다.

홍신덕이 문초받아 피를 토하듯 자백했다. 올해 6월에 공모자를 모았는데 최세복(崔世福)과 박해근(朴海根)도 가담했다. 최세복과 박해근은 홍술해의 적소(謫所)에서 와서 함께 모의(謀議)에 참여했다. 자객(刺客)을 모집하여 도승지(都承旨)부터 토담을 허물듯 해치우려고 했다.

최세복이 문초받아 생명을 포기하듯 자백했다. 홍술해의 적소(謫所)에 나다니면서 그의 수족 같은 심복(心腹)이 되었다. 박해근이 사령(使令)이었을 때에 김수대(金壽大)와 형제처럼 친하게 지냈다. 김수대의 생질녀인 김금희(金今喜)가 나인(內人)이었다. 그래서 최세복을 배설방(排設房) 고직(庫直)으로 차출(差出)하기를 도모했다. 최세복이 칼을 품고 있다가 기회를 타 반역하기로 했다고 털어놓았다.

이튿날 술해의 아내인 효임(孝任)을 친국(親鞫)했다. 효임이 위세에 눌린 듯 선선히 자백했다. 남편의 유배에 효임이 불만을 갖고 아들인 홍상범(洪相範)과 보복하려고 했다. 홍상범(洪相範)이 전흥문(田興文)과 강용휘(姜龍輝) 무리를 반란군을 편성하듯 불러 모았다. 궁궐 내부로 진입하여 왕을 시해하려고 했다고 털어놓았다.

홍상간(洪相簡)을 교사(敎唆)하여 반역하게 했다는 홍필해(洪弼海)를 악의 근원을 캐듯 국문했다. 홍필해는 무과(武科) 출신(出身)으로 홍상간의 집에서 한량처럼 식객으로 지냈다. 홍상간이 처형되자 홍상범(洪相範)과 홍상길(洪相吉)의 무리가 역심을 품었다. 그리하여 필해도 역심을 품게 되었다고 말했다.

다시 하루가 흐른 뒤였다. 홍염해(洪念海)의 아들인 홍상길(洪相吉)을 혼을 빼듯 가혹하게 친국했다. 홍상범(洪相範)의 사촌인 홍상길도 자백했다. 흉도(凶徒)들과 결탁하여 궁궐을 무너뜨리려는 듯 반역을 도모하려 했다고 실토했다. 홍상길의 집 건너편에 사는 안국래(安國來)와도 공모를 했다. 왕인 정조를 시해하면 이찬을 왕으로 추대할 작정이었다고 말했다.

정조가 홍상길을 정신이 얼음처럼 얼어붙게 친국했다. 이찬을 추대하려는 모의는 누구와 함께했느냐고 물었다. 홍계능(洪啓能)이 역모를 기획하듯 이런 제안을 했다고 밝혔다. 모임에 참여했던 사람들은 누구냐고 진상을 파악하려는 듯 정조가 물었다. 민홍섭(閔弘燮)과 이택수(李澤遂)가 모의의 내용을 안다고 들려주었다. 민홍섭과 이택수가 홍계능의 집에 모여 모의에 동참했다고 밝혔다.

민홍섭(閔弘燮)은 1735년에 출생하여 급제하여 참판을 지내다가 역모에 가담했다. 1777년에 고목이 부러지듯 대번에 처형되었다. 대사간을 지낸 이택수(李澤遂)도 죽음의 복마전 같은 역모에 관련되었다. 그의 어머니가 자궁지친(慈宮至親)이라는 점에서 그는 지정불고죄(知情不告罪)로 다스려졌다.

이후로도 관련자들을 추국했다. 홍술해는 배소에서 원망을 드러내듯 부적(符籍)과 주문(呪文)을 사용했다고 실토했다. 홍상범(洪相範)은 운명을 바꾸려는 듯 자객(刺客)을 모집했다고 실토했다.

효임(孝任)은 무녀(巫女)와 흉모를 꾀했다고 실토했다. 홍계능은 새 임금을 맞듯 이찬을 추대(推戴)하려고 모의했다고 실토했다. 홍지해도 이찬을 추대하려 했다고 실토했다. 홍찬해도 반역에 가담했다고 실토했다.

홍계능은 친국 도중에 병이 불시에 확장되듯 악화되어 사망했다. 왕은 계속하여 윤태연(尹泰淵)을 친국(親鞫)했다. 윤태연은 정후겸(鄭厚謙)과 홍인한(洪麟漢)의 심복으로 유배 중이었는데 잡아와 문초했다.

역모의 사슬이 유령선처럼 드러나자 조정에서는 이찬(李禶)을 붙잡아 의금부에 가두었다. 홍술해(洪述海)를 처형한 뒤에 정전에서 조신들이 이찬을 처벌하라고 정조에게 간언했다.

신하들이 이찬을 죽이도록 간했으나 정조는 빙벽처럼 냉엄한 태도로 거절했다. 신하들이 이찬을 적군 포로처럼 의금부의 뜰에다 꿇리어 말했다. 역모의 괴수로 추대되었기에 어차피 죽은 목숨이라고 말했다. 피살에서 벗어나듯 차라리 자결하라고 윽박질렀다. 하지만 이찬이 거절했다. 조신들이 이찬에게 자진(自盡)하라는 교지를 내리라고 정조에게 간청했다. 왕도 태풍에 떠밀리듯 견디지 못해 허락했다. 이찬이 죽으면서부터 모반 세력들은 가속적으로 줄줄이 처형되었다.

홍술해의 아내인 효임(孝任)을 악을 제거하듯 대역부도(大逆不道)

죄로 처형했다. 홍지해(洪趾海), 홍술해(洪述海), 홍찬해(洪鑽海), 전흥문(田興文), 강용휘(姜龍輝), 홍상범(洪相範), 홍상길(洪相吉), 홍상격(洪相格)을 처형했다. 최세복(崔世福)과 김흥조(金興祚)도 대역부도죄로 세상과 단절시키듯 주살했다. 최세복은 홍술해의 마녀처럼 음흉한 여종인 정이(貞伊)의 남편이었다. 홍상범(洪相範)은 홍술해(洪述海)의 아들로서 왕을 제거할 듯 모반을 꾀한 주범이었다.

이택수(李澤遂), 김흥복(金興福), 홍신덕(洪信德)은 지정불고(知情不告)로 처형했다. 김흥복은 내시로서 궁녀들과 내통하여 궁궐을 뒤집듯 모반하려고 했다. 홍신덕은 홍상범에게 숙박 및 집회의 장소를 은밀히 제공했다.

관련자들인 박해근(朴海根), 강계창(姜繼昌), 홍계능(洪啓能), 안국래(安國來)는 승복(承服)하고서 판결하기 전에 죽었다. 홍이해(洪履海)와 홍신해(洪信海)도 형문하던 도중에 서둘러 저승을 찾듯 죽었다. 홍필해(洪弼海)는 지정불고로 판결받아 세상에서 격리되듯 제주목(濟州牧)에 위리안치(圍籬安置)되었다. 조성(趙峸)과 이수채(李受采)는 판결에 앞서서 염라국을 찾듯 죽었다.

옥사(獄事)가 세인들에게 지나친 위압감을 줄까 봐 정조가 아주 조심했다. 백성들의 두려움을 최소한으로 낮추려는 선에서 처벌이 이루어졌다. 9월 11일에 이르러서야 응징의 절차를 마무리하듯 정조가 국청(鞫廳)을 철거했다.

국청을 중지할 때에 정조의 마음이 강풍을 맞은 물결처럼 흔들렸다. 불안한 상황에서 신대현과 백동수를 불러들이고 싶었다. 그리하여 궁궐과 도성을 수호하는 무관으로 발탁하여 쓰고 싶었다. 당시에 정조가 갈등에 휩싸였다.

'백동수와 신대현은 서로 잘 알고 지낸다고 하잖아? 무술 실력이 신분의 장벽까지 허문 대표적인 사례이기도 해. 내 관점으로는 백동수와 신대현 둘 다 빼어난 무사들이야. 게다가 백동수는 신대현보다는 1살이 더 많잖아? 조정으로 부르더라도 필요한 시기까지는 개인의 품격을 더 지켜봐야겠어.'

정조가 3번째의 모반 집단의 처리 결과를 떠올린 뒤다. 대규모의 인원이 실타래처럼 연계되었다는 점에서 충격적이었다. 호위병을 비롯하여 내시와 궁녀들마저 쇠사슬처럼 연계되지 않았던가? 3번째 모반 집단의 근원은 홍인한과 정후겸임을 알아내었다. 이들을 응징하자 관련자들이 정조를 죽이겠다고 산더미 같은 응집으로 뭉쳤다. 정조를 시해하고도 자신들의 신변을 보호하려고 이찬을 추대하려고 했다.

정조는 사슴처럼 선량한 이찬의 생명을 살리고 싶었다. 하지만 조신들이 정조를 윽박질러 이찬을 자진하게 만들었다. 반정이 일어나면 기존의 조신들이 떼죽음을 당하리라 예견된 탓이었다. 불안의 불씨는 제거해야 마땅하다는 논리가 세상의 진리처럼 조신들을 이끌었다.

조신들의 의견에 떠밀려 이찬이 궁궐에서 불구덩이로 뛰어들듯 자진했다. 이찬의 자진 모습을 대하자 정조의 마음이 들끓었다.

'도대체 정권이란 게 무엇이기에 이다지도 가슴을 마구 짓눌러 댈까? 용서하고 싶어도 집단의 안전 때문에 자진을 명하고야 말다니?'

먹물처럼 어스름이 밀려든 선정전의 뜰을 내다보며 정조가 용상에서 일어선다. 즉위한 지 2년 만에 일어난 모역 사건에 치가 떨린다. 실타래처럼 뒤엉킨 모역의 가닥을 선정전에서 정리하여 분석해 보았다. 차후에 다시는 모역의 무리들이 나타나지 않기를 바라는 마음이 간절하다.

넘지 못할 선

연거푸 쏟아져 내리는 물살처럼 빠른 세월이다. 1779년의 1월 중순에 접어들었다. 왕위에 오르자마자 반역 세력들로부터 고초를 형벌처럼 가혹하게 겪은 정조다. 응징은 앙갚음의 불씨를 뭉게구름처럼 키운다는 사실을 정조가 깨닫는다. 가혹한 처벌은 억제하기로 한다. 그랬음에도 날아든 불씨로 산불이 번지듯 모반(謀反) 세력이 자꾸만 생겼다. 모반의 발생 빈도가 커질수록 처벌은 가혹해지기기 마련이다.

모역(謀逆) 세력을 물줄기를 막듯 근원적으로 차단하여 나라를 안정화시킬 작정이다. 규장각을 통해서 정치의 노선을 이정표를 세우듯 결정할 작정이다. 다음 단계로는 나라를 철벽처럼 지킬 강력한 군대를 만들 작정이다. 임진왜란과 병자호란 때에 기존의 체제에서 허점이 바닷물처럼 대량으로 노출되었다. 새로운 무예 서적을 발행하여 병영의 병사들에게 훈련을 강화할 생각이다.

실전용의 무예 항목을 무과에 출제해서 빼어난 무관들을 뽑을 작정이다. 우수한 무관들을 동원하여 군사 훈련을 실전처럼 강화할 작정이다. 다시는 임진왜란 같은 국치(國恥)를 드러내지 않으려고 한다. 병영에 무예를 보급하여 조선의 강토를 당당하게 지키고 싶은 정조다.

정조는 음양을 변화시키듯 나라의 분위기를 바꿔 보려고 한다. 백성들이 자신들의 생업에 불길을 토하듯 몰두하는 세상이 되기를 원한다. 정조의 생각과는 달리 사방의 관아에서 문제점이 수시로 불거진다. 정2품 의정부 좌참찬인 홍낙순(洪樂純)이 소문을 전하듯 상소문을 올렸다. 돈을 주조하는 어영(御營)에 장지항(張志恒)이 들어서면서부터 엽전의 생산량이 줄어들었다고 한다. 관련자를 눈에 불을 켜듯 엄밀히 조사하여 문책하라고 건의하는 내용이다.

궁궐의 경비와 직결되었기에 정조도 피해자인 듯 신경이 바싹 쓰였다. 그리하여 어영의 종사자들을 죄다 형신하듯 꼼꼼히 조사했다. 그리하여 농간을 부린 주범이 감속(監屬)인 박민행(朴敏行)임을 알아냈다. 박민행을 곧장 변방으로 유배를 보내고 새로운 기술자로 교체했다.

계곡으로 쏟아지는 물살처럼 빠른 세월이다. 1779년의 4월 하순에 이르렀다. 사방이 신록의 물결로 뒤덮여 바다의 파도처럼 넘실댄다. 경희궁에서 창덕궁으로 옮겼음에도 궁궐 수비에 허점이 많다고 느껴진다. 창덕궁으로 옮긴 지 2년째임에도 경비 상태가 허술하다니?

정조가 선정전에서 4월 22일에 새로운 선을 긋듯 왕명을 내렸다. 영역을 확장하듯 궁궐에 경비병 부대인 숙위소(宿衛所)를 설치한다고 발표했다. 숙위소의 규모와 편제를 정확히 정하지는 않았다. 책임자를 임명하여 부대를 꾸준히 강화시킬 작정이다. 훈련도감의 군인들에게 경비를 맡기는 데에는 한계점이 기포처럼 많이 발견되었다. 군인들이 고정되지 않기에 군인들의 책임감도 푹 떨어지는 듯하다.

이런 체제의 허점을 이용하여 자객들이 침투한다면 위기를 맞으리라 여겨진다. 선정전의 용상에서 국방의 노선을 밝히듯 정조가 발표했다. 느닷없이 거주지를 바꾸듯 금위대장인 홍국영(洪國榮)을 훈련대장에 제수했다. 제수(除授)란 신하들로부터 추천받지 않고 왕이 임명하는 방식이다. 대상자를 제수하기까지는 변화를 예측하듯 장기간 깊이 생각했다. 금위대장에는 구선복(具善復)을 제수했다.

근래에 정조의 머릿속으로는 2가지의 일이 안개처럼 수시로 밀려들곤 한다. 하나는 임진왜란 때에 조선이 왜적에게 생명을 탈

취당하듯 유린된 일이다. 다른 하나는 존현각 지붕에 자객들이 박쥐처럼 은밀히 침투한 일이다. 전자의 경우에는 조선군에게 무예 교육이 실시되지 않았던 것이 맹점이었다. 일본 조총이 매서웠을지라도 백병전에서의 조선군은 썰물의 낙지처럼 무력했다. 백병전에서 자신을 지킬 무예 교육이 조선군에게는 이루어져 있지 않았다.

존현각에 뛰어든 자객들은 생명을 섬광처럼 신속히 탈취할 무기를 휴대했다. 그들이 정조를 공격했더라면 정조는 시해되어 나무토막처럼 나뒹굴었으리라 여겨진다. 영혼을 빼앗듯 자객을 제압하려면 무기를 다루는 무술을 익혀야 했다. 무예 중에서도 맨몸의 권술(拳術)보다는 칼을 든 검술(劍術)이 긴요하다고 여겨졌다. 왕도 자신을 지키려면 문무를 겸해야 마땅하리라 여겼다.

존현각 사건 이후부터였다. 정조는 병사들에게 활력을 제공하듯 새로운 무예 서적의 간행을 꿈꾸었다. 나라의 안전을 위해 병사들에게 사기를 고조시키듯 무예를 보급하고 싶었다. 무예로 훈련된 병사들이 조선을 지키는 미래를 꿈꾸는 정조다. 권술보다는 다양한 무기를 다루는 무예에 더욱 관심이 쏠리는 정조다.

정조는 무장(武將)들에 대해 자신의 생명처럼 관심을 기울인다. 올해 28살인 정조다. 아버지가 목숨을 잃었던 나이이기도 하다. 왕권을 강화하려고 마음속으로 쟁기로 밭을 갈듯 애쓰는 왕이다. 62세의 구선복(具善復)은 병권을 바람결처럼 뒤흔드는 병조판서를 거쳐 한성판윤을 맡았다. 성격은 거친 편이지만 맡은 일은 잘 처리하는 편이다.

59살인 이주국(李柱國)은 20살에 하늘로 비상하듯 무과에 급제했다. 작년에는 호랑이처럼 용맹스러운 평안도 병마절도사로 일했다. 당당하고 견실한 성품이라 정조가 눈여겨보는 무관이다. 현재는 좌포도대장으로 일하고 있다.

56살인 이방일(李邦一)은 1766년에 해룡(海龍)처럼 당찬 경상도 수군절도사로 일했다. 경기도 수군절도사를 거쳐서 작년에는 치안의 화신처럼 좌포도대장으로 일했다. 산악처럼 당찬 기질로 이방일도 도성을 지키는 무장으로 배치할 작정이다. 무녀(巫女)들의 관리를 잘못하여 좌포도대장에서 파직된 상태다. 본래의 기질을 되찾아 주듯 조만간 서용하려고 지켜보는 중이다.

52살인 이경무(李敬懋)는 영조 때에 무과에 급제했다. 36살이었던 1763년에는 전라도 좌수사로 일했다. 올해 2월부터는 어영대장으로서 창검을 빛살 같은 속도로 휘두르는 무장이다. 나이에 비하여 일에 대한 추진력이 빼어나다고 여겨진다.

용상에서 정조가 일어나서 구름 위를 소요하듯 대전 내부를 거닌다. 전각의 창으로 밀려드는 햇살을 가늠하니 신시(申時) 중반 무렵이라 여겨진다. 대전 내부를 뒷짐을 진 채 거닐며 상념의 너울에 휩쓸려든다.

정조에게 가장 뚜렷이 부각되는 관점이 있다. 정조의 생각은 가장 뚜렷이 부각되는 관점으로 떠밀리는 안개처럼 휩쓸린다.

'살아 있어야만 세상에 의미가 있어. 죽어 버리면 그때부터는 모두가 다 바람처럼 사라지는 거야. 살아 있어야만 눈으로 세상을 보게 돼. 귀로는 세상의 소리를 듣게 되고. 살갗으로는 세상의 감각을 느끼게 돼. 내 생명을 보호하려면 언어와 무술이 다 필요해.'

즉위하자마자 규장각을 세워 새로운 정치의 기류를 조성했다. 탑처럼 세운 지식을 바탕으로 신하들 앞에서 정조가 자주 강연했다. 예전의 왕들처럼 신하들한테 배우는 체제가 아니었다. 어떤 유교 경전에 있어서도 핵심을 파헤치듯 자신 있게 강론한다. 이런 자신감이 왕의 권위를 실제보다 증폭시키는 역할을 한다. 경연청에 임하여 신하들을 예리하게 살피면서 강의에 힘을 준다.

허기진 낙지처럼 눈이 풀린 신하들에게는 호된 질문을 해댄다. 대답하지 못한 부끄러움이 얼마만큼 큰지를 본인이 자각할 정도로 질문한다.

용이 구름으로 오르듯 정조가 다시 용상에 가서 단정하게 앉는다. 사서의 하나인 대학(大學)을 펼친다. 눈에 띄는 대로 정조가 의미를 생각하며 문구를 읊는다.

大學之道 在明明德 在親民 在至於至善 (대학지도 재명명덕 재친민 재지어지선)

대학의 길은 밝은 덕을 더욱 또렷하게 밝히는 데 있다. 궁극적으로는 백성을 친하게 여기는 데 있다. 대학의 길은 지극한 선에 도달하려는 데 의미를 둔다.

이 문구만 대하면 변이 마려운 듯 마음이 불편해지는 정조이다. 커다란 배움이란 덕을 밝혀 백성들과 친해지는 데 있다. 그렇게 해서 선에 도달한다는 내용에 가슴이 막히듯 무척 불편해진다. 아버지를 죽인 무리들이 조정의 도처에 반딧불처럼 깔려 있지 않은가? 이들을 제거하려고 들면 당장 커다란 변란이 야기될지도 모른다. 병권을 장악하고 있는 무리에도 노론들이 깔려 있는 실정이다.

정조가 주먹을 쥐고는 휩쓸리지 않으려는 듯 버둥대며 생각에 잠긴다.

'지금껏 왕권을 가장 슬기롭게 관리한 사람은 숙종이야. 지혜로웠기에 왕권을 효율적으로 다스렸잖아? 적어도 나는 광해군이나 연산군의 전철을 밟아서는 안 돼. 규장각에 좀 더 명신들을 채우고 군대의 기능을 강화시켜야겠어.'

정조는 연이어 풍랑에 휩쓸리는 듯 상념에 잠겨 든다.

'숙종의 커다란 전략은 병권을 특정인에게 오래 맡기지 않았어. 병조판서도 엄청나게 짧은 주기로 갈아 치웠어. 누구든 병권을 오래 잡으면 엉뚱한 생각을 하기 쉬운 법이야. 어떻게 그런 슬기로운 해법을 숙종이 찾았는지 놀라울 따름이야. 신하에게 힘을 실어 주다가도 기미가 이상하면 곧바로 갈아 치웠어. 잔 인정에 끌리면 이런 일은 해 나갈 수가 없어. 당당하게 중심을 잡고 대처 속도가 빨라야만 해.'

정조는 누구보다도 숙종을 바다의 물결을 헤아리듯 많이 연구했다. 왕권을 누가 어장 속의 물고기처럼 확연히 관리했는지를 파악하기 위해서였다. 숙종은 14살에 등극하여 47년간을 집권했다. 경신환국, 기사환국, 갑술환국의 3차례의 환국(換局)으로 신하들을 갈아 치웠다. 목숨까지도 수채의 하숫물처럼 사정없이 내팽개쳐 정계에서 제거했다. 3차례의 환국을 주도하면서도 신하들을 예리하게 주시했다.

정조는 심연으로 가라앉듯 상념의 소용돌이로 깊게 휩쓸려든다.

'숙종에게는 단종이 커다란 연구 대상이 되었을 거야. 단종은 12살에 등극하여 15살에 왕위에서 내쫓겼잖아? 왕위에서 내쫓겼을 뿐만 아니라 나중에는 목숨까지 빼앗겼잖아? 살기 위해서 피나는 연구와 노력을 한 숙종이 정말 대단해. 내가 본받지 못할 점은 숙종의 과단성이야. 과감하게 신하를 죽일 만한 배포가 내겐 없어. 이게 취약하면 내가 내쫓기게 되는데도 말이야.'

어느새 2달의 시간이 낭떠러지의 폭포수처럼 흘렀다. 1779년 6월 29일의 유시(酉時) 무렵이다. 신하들이 퇴궐한 뒤에 저녁 식사까지 마친 상태다. 서안 앞에 앉아 정조가 지난날의 일들을 나부끼는 바람결처럼 반추한다.

올해 3월 27일에 정조가 규장각에 군진을 설치하듯 검서관들을 배치했다. 기존의 질서를 흩트리듯 서얼에서 임명된 이덕무, 박제가, 유득공, 서이수였다. 대사동(大寺洞) 백탑 부근의 실학자들이었다. 이들은 청국의 선진 문물을 국내에 파도처럼 전파한 선비들이었다. 농업과 상업에 대해 가슴이 저릴 듯 눈부신 개발을 다루었다. 청국에 머무는 서양인들의 과학 문명까지 흡수했기에 정조가 이들을 채용했다. 게다가 이덕무와 백동수는 매부와 처남 관계이면서 친구라고 하지 않은가?

검서관들을 통해 새로운 문물을 조선에 뇌성이 울리듯 보급할 작정이다. 문물을 흡수한 뒤에는 무술을 보급하듯 무예 서적을 출간할 계획이다. 새로운 문물은 피폐해진 조선의 경제를 빠르게 안정화시키려는 수단으로 도입했다.

가슴 벅찰 듯 흐뭇한 현상은 북학파와 백동수의 조화로운 친교이다. 이 사실을 이덕무로부터 파악하게 되었을 때다. 백동수에 대한 정조의 신뢰가 치솟는 불기둥처럼 높아졌다. 백동수를 보금자리 같은 궁궐로 불러들일 계책을 세워야겠다고 정조가 생각한다. 현재의 궁궐 경비와 도성의 수비는 홍국영이 잘 관리한다. 이런 정황도 백동수를 서둘러 불러들이지 않는 이유에 포함된다.

지난 5월 7일에는 후궁인 원빈(元嬪) 홍 씨(洪 氏)가 병으로 죽었다. 작년에 13살의 나이로 후궁으로 들어왔다가 올해 5월에 사망했다. 호조참의인 홍낙춘(洪樂春)의 딸이면서 홍국영(洪國榮)의 누이동생이다. 정조는 가슴 터질 듯 애통했다.

　효의왕후(孝懿王后)에게 아이가 없었기에 후사를 위해 1778년에 후궁으로 들였다. 14살의 나이였지만 몸이 햇살에 드러난 살얼음처럼 약하여 숨졌다. 정조가 희정당(熙政堂)에서 실신하듯 호곡하여 초상이 났음을 알렸다. 조신(朝臣)들은 선화문(宣化門) 밖에서 애도의 예를 표했다. 5일 동안 궁궐의 공식 업무를 정지했다.

　초상이 난 지 나흘째부터는 관례를 존중하듯 상복을 착용했다. 조신들은 천담복(淺淡服)을 착용하고 빈문(殯門) 밖에서 망령을 위로하듯 곡했다. 파산관(罷散官)과 관학 유생(館學儒生)들은 충정을 표하듯 소복(素服)을 입고 외반(外班)에서 곡했다. 파산관은 관직에서 물러나 산계(散階)라는 벼슬 이름만 지닌 사람이다. 외반은 대궐에서 모든 문관과 무관이 늘어서는 반열의 바깥 언저리이다.

　궁궐 내의 모든 기관에서 추도의 잔영처럼 애도의 향(香)을 피웠다. 발인(發靷)하고 반우(返虞)할 때에 조신들은 슬픔을 다독이듯 성 밖에서 배례했다. '반우'는 장례를 마치고 신위를 궁궐로 가져오는 의식이다. 비빈(妃嬪)의 예(例)에 따라서 시호(諡號)를 망령의 인덕(仁德)을 추앙하듯 인숙(仁淑)이라 수여했다. 원빈의 궁호(宮號)는 효휘(孝徽), 원호(園號)는 인명(仁明)이라고 추증(追贈)했다. 홍국영(洪國榮)으로 인하여 빈장(殯葬)의 절차를 단절의 자취를 아쉬워하듯 최상으로 진행했다.

　무덤은 창덕궁의 동쪽으로 8리 떨어진 안암동의 야산 기슭에 마련했다. 망령에게 편안함을 제공하듯 지관이 명당을 찾아 원빈의 유택을 정했다.

　경연관인 송덕상(宋德相)은 26일간 궁궐의 공무를 중단하라고 발언했다. 송덕상은 홍국영과 마음이 통하여 여론을 몰듯 자주 손발을 맞췄다. 하지만 홍국영의 의지로 공제(公除) 절차는 진행하지 않았다. 홍국영의 권세에 바위에 깔리듯 짓눌려 조신들이 그의 눈치만 살폈다.

　맹수를 다루듯 정조가 조심스럽게 대하는 사람들은 군권을 장악한 무관들이다. 이들이 작당하여 달려들면 맨몸으로 맹수를 대하듯 제압하기 어려운 처지다. 그렇기에 이들을 대할 때엔 최대한 인자한 모습을 취한다. 추호도 상대로 하여금 불안하게 만들어서는 안될 일이다.

　구선복, 이주국, 이방일, 이경무의 4명을 정조가 눈여겨 살핀다. 이들이 군권을 장악했으며 밀려드는 태풍처럼 엄청난 세력을 지녔다. 이들을 건들면 산사태에 깔리듯 정국이 당장 위험해질 지경이다. 왕좌에서 축출될 수도 있는 터다. 그러기에 달려드는 태풍을 지켜보듯 이들에겐 여간 신경이 쓰이지 않는다. 운명을 바꿀 듯 초인적인 절제력으로 잘 참고 견디는 정조다. 이들 4명의 자취를 정조가 살핀다.

근래에 정조에게 강물처럼 적지 않은 근심이 생겼다. 5월 18일에 발생한 사태에 신경이 허물어질 듯 마음이 착잡하다. 그날 오후의 일이었다. 내시를 데리고 산책을 나서듯 궁궐의 뒤뜰을 둘러볼 때다. 북서 방향에서 미세한 여인의 울음소리가 들렸다. 궁궐 내에서 들리는 여인의 울음소리라니? 정조가 놀라서 내시를 데리고 신속히 현장으로 다가갔다.

엉뚱하게도 도승지인 홍국영이 고양이가 쥐를 위협하듯 나인들을 취조하고 있었다. 등을 돌리고 있었지만 목소리나 복장으로 봐서 틀림없는 도승지였다. 정조가 내시에게 눈짓을 보내었다. 그러고는 내시와 함께 무성한 잎의 자두나무 뒤로 몸을 숨겼다. 그러고는 취조 현장을 눈이 튀어나올 듯 면밀히 살폈다.

3나인들을 향한 도승지의 목소리가 불길처럼 거칠게 쏟아졌다. 그의 손에는 시퍼런 서슬의 장검이 들려 있었다.

"5월 7일에 원빈 마님의 조반상을 누가 차렸어? 사실대로 불지 않으면 네 년들의 목을 따 버리겠어. 사실대로 말하지 못할까?"

나인들 셋이 의금부의 중죄인처럼 무릎이 꿇린 채 취조당하고 있었다. 도승지 곁에는 25살의 주서가 도승지의 지시를 받고 있었다. 앉은키가 큰 나인이 말했다.

"조 상궁님의 지시로 평소처럼 저희들이 장만했사옵니다."

도승지가 조 상궁은 어디에 있느냐고 고함을 치며 물었다. 얼굴이 갸름한 나인이 도승지를 향해 두렵다는 듯 떨면서 말했다.

"상궁께서는 왕대비 마마님이 부르셔서 그리로 갔사옵니다."

나인들을 도승지가 미친 듯 주제넘게 취조할 일이 아니었다. 격식의 틀을 갖추듯 왕명으로 의금부의 관원들에 의해 시행되어야 마땅했다. 왕도 모르는 일을 도승지가 나인들을 죄인처럼 윽박지르며 취조하다니? 게다가 장검을 빼 들고 궁중의 뜰에서 나인들을 협박하다니? 정조에게는 도저히 있을 수 없는 행위라 여겨졌다. 이때 도승지의 목소리가 터져 나왔다.

"참는 데도 한계가 있어. 빨리 실토하지 못할까? 누구의 지시로 원빈 마님의 음식에 독을 넣었어? 대답하지 않으면 곧바로 목을 잘라 버리겠어. 말하지 못해?"

3명의 나인들이 비명을 지르듯 울음을 터뜨리며 한마디씩 쏟아 내었다.

"절대로 음식에 독을 타지 않았사옵니다."

"아무도 독을 타라고 지시하지 않았사옵니다."

"예전의 음식 처방과 조금도 다르지 않았사옵니다."

나인들의 응답을 듣자 도승지가 발광하듯 장검을 치켜들었다. 그러고는 금세 나인들의 목을 칠 듯 분위기가 험악했다. 이때 주서가 도승지를 막아서며 말했다.

"도승지 어른, 참으셔야 합니다. 나중에 소문이 나면 수습하기가 무척 어려울 거라 여겨지외다."

도승지가 울화를 잠재우듯 칼을 땅바닥에 던지고는 나인들에게 말했다.

"일단 오늘은 보내주겠어. 다시 부를 때까지 오늘 일을 소문내지 않도록 해. 만약 입을 잘못 놀리면 곧바로 죽여 버리겠어."

이윽고 나인들이 눈물을 지우면서 일어나 일터로 돌아갔다. 도 승지와 주서가 주변을 휘둘러보더니 스러지는 연기처럼 이내 종 적을 감추었다.

정조가 내시에게 억압하듯 말했다.

"방금 본 일체의 일에 대해 침묵하도록 하라. 알겠느냐?"

내시가 주눅이 든 듯 천천히 고개를 조아리며 응답했다.

"분부를 따르겠나이다."

5월 18일의 일로 그날은 종일 정조가 번민에 휩싸였다. 정조의 머릿속으로 그날의 일이 검은 연기처럼 선명하게 밀려들었다. 그 날 오후에는 선정전에 아무도 출입하지 말라고 명령을 내렸다. 그러고는 전각 내에서 깊은 생각에 잠겼다.

1762년 9월 26일의 일이 강한 기류처럼 머릿속으로 흘러들었 다. 홍국영은 1761년에 문과에 24살의 나이로 급제했다. 그러고 는 관직의 출발 같은 종9품인 승문원의 부정자(副正字)로 임명되 었다. 그러다가 이듬해인 1762년에 정7품인 세자시강원의 설서 (說書)로 승진되었다. 그해에 정조는 21살, 홍국영은 25살이었다. 9월에 정조와 홍국영이 시강원에서 운명처럼 처음 만났다.

첫 대면에서 번갯불에 감응되듯 둘은 마음이 통했다. 지기처럼 좋은 친분 관계를 유지하기로 했다. 홍인한과 정후겸이 연합하여 정조의 대리청정을 막으려고 애썼다. 정순왕후의 오빠인 김귀주도 홍인한과 등나무와 칡이 뒤엉키듯 결탁했다. 홍인한과 정후겸과 김귀주가 연합하여 수시로 정조의 대리청정을 방해하려고 애썼다.

정조를 지지하는 사람으로는 홍봉한과 홍국영이 있었다. 홍봉한은 대체로 날갯짓이 서툰 새의 새끼처럼 겁이 많았다. 사도세자의 장인이었지만 사도세자의 죽음을 손이 묶인 듯 막지 못했다. 홍인한과 정후겸과 김귀주가 정조를 괴롭히는 군진(軍陣) 같은 진세가 펼쳐졌다. 어떻게 하든 이들로부터 정조를 무사히 보호하려면 홍국영에게 전략이 필요했다.

홍국영은 설서가 되면서부터 화살을 과녁에 적중시키듯 치밀한 전략을 세웠다. 세손을 등극시키면 제왕에 버금갈 듯 엄청난 권력을 얻으리라 예견했다. 지하수의 맥을 찾듯 지혜와 노력을 쏟을 곳을 찾았다. 홍국영은 무장(武將)들을 동원해서는 안 된다고 생각했다. 노론 벽파들이 병권을 장악했기 때문이다. 이런 상태에서 어설프게 병졸들을 동원하다가는 당장 제압당하리라 여겨졌다.

눈에는 눈, 이에는 이로 맞서야 할 상황이라고 여겼다. 벽파의 무리들이 바위를 뒤집으려는 듯 세손을 몰아내려는 기색이 역력했다. 세손이 등극하면 벽파들이 강풍에 휩쓸리는 갈대처럼 시달리리라 여겨졌다. 정신이 나간 듯 온갖 술수를 동원하여 세손을 몰아내려 애썼다. 노론 벽파들은 세손을 보호하려는 홍봉한과 홍국영까지도 내쫓으려고 애썼다.

홍국영은 먼저 산악처럼 당당한 문중의 위세를 이용하기로 했다. 홍국영의 6대조인 홍주원(洪柱元)은 선조의 딸인 정명공주의 남편이었다. 부마인 영안위(永安尉)로서 명성을 세상에 천둥처럼 떨쳤다. 홍주원에게는 홍만용(洪萬容)과 홍만형(洪萬衡)이란 용봉(龍鳳)처럼 영준한 2아들이 있었다. 홍만용의 후손이 홍봉한이고 홍만형의 후손이 홍국영이다. 정순왕후와 8촌인 김면주의 어머니가 홍국영의 당고모(5촌)였다. 홍국영이 상경할 때엔 포근한 둥지 같은 김면주의 집에서 머물렀다.

홍국영은 1761년에 24살의 나이로 관계 진출의 상징처럼 문과에 급제했다. 그해에 종9품인 승문원의 부정자로 임명되었다. 이때부터 홍국영은 주변의 상황을 송곳으로 찌르듯 예리하게 파악했다. 1762년의 윤달 5월에 사도세자가 시신이 입관하듯 뒤주에 갇혀서 죽었다. 자살하라고 명령했다가 세자가 거절했다고 이성을 잃듯 뒤주에 가두어 죽이다니? 홍국영에겐 정상적인 판단으로서는 왕인 영조의 머릿속이 이해하기가 힘들었다.

악감에 휘둘린 듯 아들을 서인으로 만들고 자살하라고 명령했다니? 넋을 잃듯 미치지 않고서는 결단을 내리기가 힘들었으리라 여겨졌다. 사도세자가 죽던 때의 정황을 홍국영이 얼음처럼 서늘한 이성으로 분석했다. 정계로의 진출은 어떤 줄을 잡느냐가 중요한 일이었다. 강물에 달려들듯 노론의 벽파(僻派)에 뛰어들지를 검토해 보았다. 세손이 즉위하면 노론 벽파는 역모 집단으로 내몰려 처단되리라 여겨졌다. 정계에 진출하여 너무나 위험한 노선을 택하는 거라 여겨졌다.

맹수로부터 사슴을 지키듯 세손을 보호하려는 노론 시파(時派)인 무리를 떠올렸다. 봉조하인 홍봉한을 제외하고는 특출한 인물이 보이지 않았다. 벽파와 겨루기에는 경사면의 수레바퀴처럼 너무나 힘에 부친다고 여겨졌다. 며칠을 실신한 듯 고뇌하다가 느닷없이 번쩍이는 영감에 접했다. 세손을 만나본 뒤에 운명을 결정하기로 했다. 세손이 결전장의 용장처럼 지혜롭고 담력이 있으면 세손을 보필하기로 작정했다. 세손이 야망도 없고 태평인 성품이면 곧바로 벽파에 가담하기로 했다.

1772년의 9월에 드리워진 운명처럼 홍국영이 세손을 만났다. 세손과 만나서 개천 물을 쏟아내듯 대화를 나누면서부터였다. 21살의 세손은 영민함과 담력을 갖춘 탁월한 인물임을 알아차렸다. 결코 비실비실하게 허물어질 인물이 아니라는 느낌이 섬광처럼 와 닿았다.

첫 만남의 이후부터였다. 홍국영은 돌격하는 멧돼지처럼 과감하게 노론의 시파에 합류했다. 이때부터 벽파 인물들을 거울에서 먼지를 지우듯 제거할 적들로 삼았다. 적이 결정되었으면 공격해서 토담을 허물듯 무너뜨려야 한다고 생각했다. 마음을 실행으로 옮겨 적들을 굴복시키려는 듯 자신의 색채를 드러내었다. 미래의 생명을 다투는 치열한 전투에 뛰어든 셈이었다. 일단 전투에 뛰어든 이상 후퇴란 있을 수 없는 일이었다. 도중에 손을 빼면 적들에게 역공을 당하리라 예견되었다.

자신의 생존을 위해서는 적들을 세상에서 소멸하듯 파멸시켜야 했다. 전투에 뛰어든 이상 박멸하듯 공격하지 않고서는 후퇴란 없는 터였다. 선심을 베풀듯 물러서려고 해도 상대편에서 방관할 리가 없었다. 독사들에게 둘러싸인 듯 자신이 살려면 상대편을 궤멸시켜야만 했다. 자신의 판단이 잘못되었더라도 이후에 후회하지 않기로 북한산의 천지신명에게 맹세했다.

홍국영의 간절한 마음은 세손에게도 섬광처럼 전해졌다. 세손도 천군만마를 얻은 듯 홍국영을 소중한 인물로 대했다. 어느새 세손과 홍국영은 생명을 함께 나눌 지기(知己)처럼 가까워졌다. 어떤 경우에나 서로의 속내를 털어놓고 의논하는 체제를 취했다. 홍국영과 세손의 공동 목표는 세손이 무사히 등극하는 일이었다. 홍국영은 영혼을 내쏟듯 열정을 세손을 보호하는 데에 쏟았다. 일단 세손이 등극한 뒤에는 새로운 전략을 세우기로 했다.

물체의 그림자처럼 목표가 달라지면 새로운 전략이 필요했기 때문이다. 세손을 등극시키는 과제는 무너지려는 성벽을 떠받치듯 참으로 만만치 않았다. 벽파에서도 모사형의 인물들이 수시로 시파를 함몰시키려는 듯 계략을 꾸몄다. 대표적인 인물로는 홍인한과 정후겸과 김귀주였다. 셋이서 야성의 들개들처럼 수시로 세손과 홍봉한을 공격하려고 했다. 홍봉한은 거물이라서 벽파들에겐 위협의 대상이었다.

홍국영이 출범하는 배처럼 입조하기 1년 전인 1770년의 일이었다. 3월 23일에 봉조하(奉朝賀)에 제수되어 홍봉한이 스러지는 안개처럼 조정을 떠났다. 하지만 홍봉한이 도성에 머물렀기에 그의 위세는 여전히 맹호처럼 대단했다. 홍국영은 홍봉한을 우선적으로 자신의 세력으로 끌어들였다.

세력을 키우듯 홍국영은 노론의 김종수와 정이환(鄭履煥) 등과 손을 잡았다. 홍인한, 정후겸, 윤양후, 홍계능의 무리들을 닭이 먹이를 쪼듯 탄핵했다. 홍인한과 정후겸의 세력은 너무나 강력했다. 홍국영이 이들과 상대하느라 실신할 듯 힘들었다. 영조의 계비인 정순왕후의 오빠인 김귀주도 세손을 수시로 괴롭혔다. 김귀주는 정순왕후의 오빠로서 홍국영보다는 8살이 더 많은 사내였다.

실력과 처세술이 병영의 참모처럼 탁월하여 벽파의 중심인물이 되었다. 정순왕후가 궁궐에 들어서면서부터 20살부터 숲을 드나드는 새처럼 궁궐을 드나들었다. 노론 영수들과 어울려 궁극적인 목표인 듯 사도세자를 내쫓으려고 애썼다. 김상로(金尙魯), 신만

(申晩), 홍계희(洪啓禧) 등과 결속하여 사도세자를 죽음으로 내몰았다. 사도세자가 사망할 당시의 김귀주는 젊음이 꽃처럼 피어나던 23살이었다. 1763년에는 24살의 나이로 문과에 급제하여 정6품인 사간원 정언(正言)에 제수되었다.

이때부터는 고봉(高峰)에 올라선 듯 척족으로서 벼슬길이 창창하게 보장되었다. 노론의 거물들인 김상로(金尙魯), 신만(申晩), 홍계희(洪啓禧) 등과 손을 잡고 날뛰었다. 김귀주는 노론을 적대시한다는 이유로 사도세자를 죽음으로 내몰았다.

김귀주는 머리가 한밤의 섬광처럼 영민한 사람이었다. 세손이 왕이 되면 벽파가 맹수에게 내쫓기듯 공격당하리라 여겼다. 사도세자를 죽음으로 내몬 것부터가 김귀주의 운명에 영향을 주었다. 세손을 절벽에서 추락시키듯 왕위로부터 내쫓아야 한다는 생각에 집착했다. 노론의 거물들인 김상로(金尙魯)와 신만(申晩)과 홍계희(洪啓禧)를 배후에서 수시로 떠밀듯 조종했다. 궁궐에 심복을 깔아 세손을 감시했다.

세손의 울타리가 되는 홍봉한을 세손과 격리시킬 계략을 짰다. 이런 집요한 노력의 결실이 혜성처럼 빛을 발했다. 1770년 1월 10일에 영의정 홍봉한이 중추부의 영부사로 직위가 교체되었다. 최고의 관료 자리에서 밀려난 거였다.

홍봉한의 권세는 대단한 터였다. 영의정에서 물러났어도 관록이 그를 여전히 용왕 같은 세도가로 만들었다. 궁궐에 드나드는 누구도 홍봉한의 눈치를 살피지 않을 수 없었다. 김귀주는 마음속으로 깊은 생각에 잠겼다.

'어떻게든 홍봉한을 조정에서 내쫓아만 해. 비상수단(非常手段)을 동원할 수밖엔 없겠군.'

1770년 3월 20일의 일이었다. 궐문을 비둘기처럼 서성대던 청주의 유생인 한유(韓鍮)가 김귀주의 눈에 띄었다. 첫눈에 한유의 얼굴에서는 엄청난 불만이 죽처럼 들끓고 있었다. 한유를 본 순간에 김귀주가 마음속으로 쾌재를 내질렀다.

'오, 너야말로 내 과업을 해결해 줄 충직한 사내가 되겠구먼. 오늘 어쨌든 네 정신을 내가 완전히 부풀려 주겠어. 마침 저녁밥을 먹을 시간이 되어 기회가 좋구먼.'

31살의 김귀주가 27살의 한유에게 모기 울음처럼 나지막하게 말했다.

"노형, 세상에 대해 불만이 엄청나게 많아 보이외다. 혹시 내가 노형에게 도움이 될지도 모르잖소? 잠시만 나랑 함께 음식점에서 얘기를 나누는 게 어떻겠소이까?"

둘은 묘한 기대감을 추스르듯 궐문에서 가까운 시장 골목에 들어섰다. 번듯한 음식점에서 귀주가 웅덩이처럼 풍성한 갈비탕을 주문했다. 음식과 함께 탁주와 부추전(煎)도 함께 주문했다. 귀주가 자주 이용하는 음식점이어서 주인이 귀주를 밀실로 안내했다.

귀주가 정객들과 함께 밀실을 자주 이용했다.

한유의 얘기는 귀주의 가슴을 한여름의 폭풍처럼 시원하게 만들어 주었다. 홍봉한은 워낙 권세를 많이 휘두른 악인이라는 얘기였다. 그리하여 도끼로 목을 자르고 싶다는 얘기였다. 그래서 자발적으로 청주에서 서울로 올라왔다고 밝혔다.

한유의 얘기를 듣는 순간에 귀주는 숨이 막힐 듯 기뻤다. 한유가 귀주에게 털어놓았다. 도끼와 상소문을 들고 궐문 앞에서 대포를 쏘듯 떠들겠다고 말했다. 왕을 만나면 두 사람의 목을 자르라고 요청하겠다고 말했다. 하나는 한유 자신의 목이고 다른 것은 홍봉한의 목이라고 했다. 권력의 횡포를 부렸기에 악을 제거하듯 홍봉한을 참수하라고 말하겠다고 했다.

그 자신을 우국지사로 여기는 듯 우쭐거렸기에 덧붙일 말이 불필요했다. 귀주가 할 일은 한유가 훌륭한 마음을 지녔다고 격려하는 일이었다.

그 이튿날 밤에 궐문에서 한유가 미치광이처럼 시위를 벌였다. 그러다가 그 다음날에 들짐승처럼 붙들려 취조를 받았다. 한유는 자신의 목과 홍봉한의 목을 자르라고 왕에게 떠들었다. 왕이 한유에게 배후에서 조종한 인물이 누구냐고 고드름처럼 차갑게 물었다. 한유가 우국지사처럼 펄펄 뛰며 영조에게 말했다.

"남으로부터 사주를 받았으면 왜 소신의 목을 치라고 했겠사옵니까? 모든 것이 소신의 자발적인 의사로 일어났음을 밝히옵니다.”

우국지사의 흉내를 내느냐고 왕이 힐난하자 한유가 늑대처럼 발끈대며 떠들었다. 한유는 미치광이처럼 주제넘게 왕에 대들었다고 흑산도로 유배되었다. 홍봉한에게는 귀주의 예측처럼 왕이 관직을 떠나라고 명령했다. 3월 23일에 관리의 명예를 존중받듯 홍봉한은 봉조하(奉朝賀)에 제수되었다. 봉조하는 2품 이상의 관리에게 부여되는 명예직이었다. 봉조하는 퇴직한 뒤에도 평생 국가로부터 녹봉을 받는 직위였다. 관리가 봉조하를 수여받는 일은 최상의 명예에 해당되었다.

1770년의 3월 이후로는 홍봉한의 영향력이 조정에서 안개처럼 사라진 터였다. 천지신명이 감응한 듯 귀주가 꿈꾸던 바가 실현되었다. 조정에서는 귀주를 지지하는 벽파와 국영을 지지하는 시파가 파도처럼 맞닥뜨렸다. 귀주와 국영은 용호상박처럼 만만치 않은 대결 상대였다. 귀주는 정순왕후의 오빠였고 국영은 그의 6대조가 홍봉한의 고조부인 친척이었다. 국영은 차후에 좌의정이 된 홍낙신의 조카였다.

어둠 속의 불빛처럼 슬기로운 대처 능력으로도 국영은 조정에서 인정받았다. 게다가 세손을 위해 쏟는 충정이 영조에게는 높게 평가되었다. 이런 연유로 국영의 언변과 권세가 강물이 넘치듯 귀주를 능가했다. 변화에 두려움을 느낀 대표적인 사람들로는 홍인한과 정후겸 및 귀주였다.

세손이 등극할 때까지 국영과 귀주의 대립은 생명을 다투듯 날카로웠다. 파도가 뒤집힐 듯 험난한 경우에도 국영이 유리했다. 영조의 건강이 악화되자 차기의 승계를 보장하듯 세손의 대리청정이 시행되었다. 세손을 내쫓으려고 후겸과 홍인한이 숱한 술수를 동원했다. 합리적인 논리와 슬기로운 처세로 국영이 세손을 보호했다. 심지어 생명까지 내놓을 듯 결연한 의지를 국영이 보였다.

병환에 떠밀린 듯 1776년 3월 5일에 영조가 사망했다. 닷새 뒤인 10일에 정조가 새로운 세상을 맞이하듯 등극했다. 정조가 등극하자마자 삼사에서 세상을 바꾸듯 매서운 풍랑이 일었다. 삼사의 관원들이 정조에게 의례적인 절차인 듯 모반인들을 처벌하라고 간언했다. 1776년에 모반 관련자들을 차례차례 처벌하기에 이르렀다. 8월 24일에는 경희궁의 숭정전(崇政殿)에 나아가 토역교문(討逆敎文)을 반포(頒布)했다. 모반인들의 처벌을 종결한다는 의미에서였다.

모반인들에 대해서는 살벌함에서 벗어나듯 3족을 멸한다는 전통적인 형률을 피했다. 모반인 관련자들 중에는 악연인 듯 정조의 친척들도 포함되어 있었다. 정후겸의 양모인 화완옹주는 정조의 고모였다. 김귀주는 왕대비의 오빠였다. 이런 사정으로 전통적인 형률을 적용하기가 어려웠다. 고심을 거친 듯 주모자들만 처형하는 방식을 취했다. 홍인한과 정후겸은 세상에서 격리되듯 사사(賜死)되었지만 화완옹주에겐 유배형만 가해졌다. 게다가 화완옹주한테는 차후에 유배형에서 방면시켰다.

가혹하지 못했던 처벌의 후유증이 사방에서 해변의 포말들처럼 터졌다. 궁궐에 자객을 보내어 화근을 제거하듯 정조를 살해하려는 무리들이 발생했다. 1777년 7월의 존현각 용마루 사건이 대표적인 사례였다. 재앙에서 벗어나려는 듯 며칠 뒤에는 창덕궁으로 왕족과 내명부들이 이사했다. 조정을 비웃듯 닷새 뒤에 재차 궁궐 침입 사건이 벌어졌다. 사건이 발생한 지 한 달이 지나서야 국청(鞫廳)이 철거되었다. 국청은 모반인을 비롯한 중죄인을 신문하려고 설치된 임시 관아다.

저녁 이후의 시간이었지만 1779년 6월 29일의 오후는 길었다. 정조가 선정전에서 지난날의 일들을 잊지 않으려는 듯 반추한 뒤다. 한 달쯤 지난 8월 초에는 남한산성을 둘러볼 작정을 한다.
'그간 너무나 복잡한 일들이 많았어. 어가 행렬을 남한산성으로 이동시켜 백성과 군대의 상태를 점검해야겠어.'

지난 5월 19일에 상황을 정리하듯 정조가 국영을 선정전으로 불러들였다.
"어제 경이 나인들을 취조하는 장면을 우연히 짐이 목격했소이다. 짐에게 진솔하게 경위를 설명해 주기 바라오."

홍국영의 표정이 시신처럼 싸늘하게 변하더니 땅바닥에 엎드려 말했다.

"전하, 죽을 죄를 범하였사옵니다. 부디 양해해 주시옵길 간청하옵니다."

이날의 실토 내용을 들은 뒤였다. 정조가 국영에게 얼음처럼 차디차게 말했다.

"경의 충정은 대단했지만 넘지 못할 선을 넘은 것 같소이다."

말하는 정조의 마음은 칼로 가슴을 후비는 듯 쓰라렸다. 썩은 손가락을 잘라 손을 회생시키듯 마음이 참혹했다. 끝까지 동행하기를 원했던 신하와의 결별이 임박한 터라 마음이 괴로웠다.

능행 거둥

급한 계류의 물살처럼 빠른 시간의 흐름이다. 세월은 어느새 1779년의 8월 2일에 접어들었다. 지난 5월 19일에 정조가 선정전으로 밀정을 호출하듯 국영을 불러들였다. 전날에 벌어진 나인들의 취조에 대해 시비를 가리듯 정조가 물었다. 국영이 내실 바닥에 연기가 깔린 듯 엎드려 용서를 빌었다. 이때 정조가 간결하게 응답했다. 국영이 넘지 못할 선을 넘어선 것 같다고.

이때 정조와 국영의 기나긴 대화가 이루어졌다. 1772년 9월 26일의 첫 대면에서부터의 이야기가 실타래가 풀리듯 이어졌다. 국영이 김귀주와 홍인한의 무리들과 싸우면서 정조를 보호한 공로도 거론되었다.

정조의 마음은 화재가 일어난 집터처럼 한없이 복잡하다. 홍국영과 자신의 사이에 철벽같은 장벽이 생겼기 때문이다. 조만간 홍국영을 추방해야겠다고 생각하기에 허전함이 분화구의 구멍처럼 크다. 이런 허전함을 달래고 국방력을 점검하러 능행을 나설 작정이다. 능행의 중요한 노선으로는 효종의 능과 남한산성의 행궁이다. 효종은 청국을 토벌하려고 애쓰다가 종기(腫氣)의 과다 출혈로 사망했다.

정조에겐 북벌을 도모했던 효종에 대한 경모심이 파도처럼 출렁댄다. 병자호란의 잔흔을 화상의 흉터처럼 많이 가진 남한산성을 점검하고 싶어진다. 백성들에게 보여주려는 듯 일부러 능행을 추진하기에 이르렀다. 남한산성 병사들의 훈련 상태를 특별히 점검하고 싶어진다. 그리하여 백동수 같은 전문 무사들의 기용 시기를 결정할 작정이다. 서서히 백동수를 불러들일 시기가 가까워졌음을 느낀다.

올해 3월에 규장각에 배치한 4명의 검서관들은 소문대로 재능이 탁월했다. 백탑(白塔) 언저리에 사는 북학파의 문무를 겸한 선비들이다. 청국 신문물의 이해가 높아서 기여도가 고공으로 치솟은 탑처럼 높다.

복잡한 상황에서도 정조의 마음속으로는 과거의 일들이 곧잘 섬광처럼 밀려든다.

국영의 여동생인 원빈이 입궁하여 2년 만에 햇살에 사위듯 죽었다. 13살에 후궁으로 들어왔다가 새싹처럼 젊은 14살에 죽었다. 특별한 병도 없었는데 빨리 죽었기에 국영에게는 의문이 많이 생겼다. 누군가 음식에 독을 탔으리라고 확신하듯 여겼다. 가슴이 타듯 분한 마음에 나인들을 불러 조사하려고 했다. 나인들은 하나같이 의심스러운 일은 없었다고 말했다. 누군가로부터 그렇게 하라고 지시를 받은 듯 행동하는 느낌이었다.

증폭되는 의아심에 반하여 나인들의 태도는 홍국영을 무시하듯 비협조적으로 느껴졌다. 간단한 대답도 시간을 끌며 굼벵이가 기어가듯 느릿느릿 대답했다. 조사하기에 앞서서 국영은 사태의 중요성에 대해 나인들에게 충분히 설명했다. 그랬음에도 나인들이 국영에게 보여준 태도는 영 실망스러울 지경이었다.

꾹 눌러 참는데도 인내의 한계점이 느껴졌다. 그리하여 급기야 장검을 뽑아 들게 되었다. 도승지인 국영은 금위대장을 겸했기에 신체의 일부처럼 장검을 소지하고 다녔다. 장검을 뽑아 들자 참았던 울분이 분수의 물줄기처럼 발출되었다. 미친 듯 나인들을 향해 고함을 질러대며 말했다. 원빈이 사망하던 날에 누가 음식을 만들었는지를 물었다. 3나인들이 죄다 모르겠다고 대답했다. 모르겠다는 대답을 듣는 순간이었다. 왠지 음식물에 독을 타라고 지시한 사람이 있으리라는 느낌이 들었다.

찰나적인 판단이었지만 국영의 머릿속으로는 왕비인 효의왕후이리라는 느낌이 섬광처럼 밀려들었다. 이런 생각에 휘몰리자 국영이 발작하듯 날뛰었다. 천둥이 울리듯 냅다 고함을 질러 주서를 통해 나인들을 꿇어앉혔다. 그러고는 나인들을 칼로 위협하며 캐어물었다.

누구의 지시로 음식에 독을 탔느냐고 물었다. 대답하지 않으면 금세 목을 자를 듯 칼날을 나인들에게 들이밀었다. 나인들이 질겁하여 울부짖으면서 절대로 그런 일은 없었다고 대답했다.

국영이 들려준 그날의 경위가 그물처럼 윤곽이 잡혔다. 왕의 허가도 없이 도승지가 나인들을 문초했다는 자체가 범법 행위였다. 나인들은 여왕벌을 떠받드는 벌들처럼 왕과 왕비를 시중드는 사람들이었다. 나인들을 문초한다는 일은 왕과 왕비를 의심한다는 모반 같은 행위였다. 일개 신하가 사자의 꼬리를 짓밟듯 임금을 능멸하려 들다니? 도저히 있을 수 없는 일이라 여기는 정조다.

정조가 울분을 얼음처럼 가다듬어 국영에게 차분하게 자신의 견해를 들려주었다. 나인들을 왕을 무시하듯 도승지가 문초한 일은 역모 행위라 말했다. 의금부에 넘기면 비수 같은 형률로 주살되리라 들려주었다. 간택을 저지한 일은 적국의 침략 같은 국정 간섭이라고 밝혔다. 상계군 담을 원빈의 양자로 삼으려고 했던 점도 지적했다. 사도세자의 이복동생인 이인의 아들이 상계군(常溪君) 담(湛)이었다.

이런 점들에 대하여 충분히 대화를 나눈 뒤였다. 정리할 시간을 줄 테니까 스스로 물러나라고 종용했다. 복잡한 감정의 기류에 잠겨 드는 국영의 모습을 지켜볼 때다. 국영이 정조를 향해 제반 행위에 용서를 구하듯 경건하게 말했다.

"모두 소신의 욕심이 지나쳤던 소치였사옵니다. 당장 도승지의 직위부터 내놓겠사옵니다. 늦어도 9월까지는 조정에서 물러나겠사옵니다."

정조도 아쉬운 듯 한숨을 내쉬며 말했다.

"우리 사이의 관계는 보다 오래 지속되리라 여겼소이다. 세상의 일이란 사람의 마음대로 이루어지는 것은 아니라 여겨지외다. 지금까지 짐을 보필한 충정은 절대로 잊지 않겠소이다. 경이 치사(致仕)하는 형식을 취하면 봉조하를 제수하여 여생을 보장해 주겠소이다."

국영이 거듭 감사하다고 조아리고는 편전에서 박쥐처럼 자취를 감추었다.

5월 24일에는 국영이 약속을 지키려는 듯 도승지의 직위를 내놓았다. 기다렸다는 듯 정조가 유언호(兪彦鎬)를 도승지에 제수했다. 도승지가 바뀌자 궁궐 내부의 기류도 바뀌는 느낌이었다. 숙위소 대장의 직책은 여전히 국영이 갖고 있었다.

6월 28일에는 김귀주의 배소에 중죄인을 상징하듯 가시나무 울타리를 설치했다. 밀림의 모기떼처럼 집요한 신하들의 간언으로 그런 조취가 취해졌다. 김귀주는 왕대비인 정순왕후의 오빠이다. 김귀주의 형벌을 강화하려니까 정조의 마음이 불안해졌다.

정조에게는 왕대비인 7살 연상의 정순왕후가 다정한 누나처럼 고맙게 느껴졌다. 차기의 승계를 굳히듯 세손이 대리청정을 하도록 왕을 설득했기 때문이었다. 이로 인하여 세손이 순풍에 배를 달리듯 쉽게 등극하도록 했다. 등극하자마자 다른 모반인들은 처형했음에도 김귀주는 한성좌윤에 제수했다. 그러다가 혜경궁에 대한 예절을 핑계로 흑산도에 유배를 보내었다.

정조의 마음도 가을바람처럼 스산하기 그지없었다. 7년간 교류했던 홍국영과의 결별이 균열된 지반처럼 예정되지 않았는가? 홍국영의 지나친 욕망만 아니었다면 길게 교분을 가졌으리라 여긴다. 홍국영이 나인들을 문초하고 정조의 간택을 저지한 것은 결정적인 과실이었다. 산사의 부처처럼 아름다운 마음으로 눈감아 줄 일이 아니었다. 측근의 금위대장으로서 반역자처럼 무례한 일을 저지르다니?

세자시강원 시절부터 가꾸었던 소중한 연분을 홍국영이 돌가루처럼 박살을 내었다. 서명선이 좌의정, 서명응이 홍문관 제학으로 있을 때였다. 홍국영이 제학을 원했지만 서명응이 상황을 무시하듯 양보하지 않았다. 울분을 풀려는 듯 홍국영이 서명선과 서명응을 탄핵하려고 시도했다. 홍국영과의 연분은 끝나 감을 느꼈다.

이러한 내력으로 5월 24일에 홍국영의 도승지에서의 사직을 허용했다. 정조의 마음을 드러내듯 국영의 자리에 유언호(兪彦鎬)를 배치했다. 줄곧 나라를 지키듯 보좌를 잘해 주었던 국영이 아니었던가? 흉심을 드러내었기에 스스로 물러나라고 물귀신이 나부대듯 은밀히 명령했다. 국영이 대답했기에 조만간 조정을 스러지는 안개처럼 떠날 터였다.

홍국영을 내쫓더라도 서운한 마음을 바람결에 흩뜨리듯 털고 싶은 정조다. 그래서 병영을 점검하듯 남한산성을 둘러보려는 계획을 세웠다. 남한산성의 백성들의 상태와 병력을 점검하고 싶었다. 대외 정벌을 나서듯 신하들과 약정한 날짜가 8월 3일이다. 하루 전이기에 정조가 영의정 이하의 조신들을 불러 사전에 점검했다.

마침내 원정을 나서듯 거둥하기로 계획한 8월 3일이다. 아침에 정조가 선원전(璿源殿)에서 무사 거둥을 기원하듯 선왕들의 영령에게 절했다. 정조가 융복(戎服) 차림새로 여(輿)를 타고 인정전(仁政殿)의 월대(月臺)에 이르러 말한다.

"선왕들이 능알(陵謁)할 때엔 반드시 진전(眞殿)에 전배를 행했소이다. 나 역시 선례대로 행했던 바이외다."

정조가 여를 타고 만안문(萬安門)을 거쳐서 무신(武臣)들에게 국책을 공표하듯 말한다. 정조가 병조판서(兵曹判書) 정상순(鄭尙淳)과 훈련대장(訓鍊大將) 홍국영(洪國榮)에게 특히 강조해서 말한다.

"이번 행행은 대단히 먼 길이외다. 경들은 거가(車駕)의 호종(扈從)과 위내(衛內)의 경계에 각별히 신경을 써 주시오. 실수가 생기면 가차 없이 처벌하겠소이다."

병조판서와 훈련대장이 한 몸뚱이의 사람들처럼 일제히 대답한다.

"전하, 알겠사옵니다."

정조가 인정문(仁政門)에서 여(輿)에서 내려 정벌을 나서는 장수들처럼 말에 올라탄다. 융복은 말을 타기에는 말과 조화를 이루듯 적합한 차림새다. 창덕궁에서 남동쪽으로 7리 길을 달려 천신(天神)을 찾듯 동묘에 들어선다. 임진왜란 때에 참전한 명장(名將)이 관우의 정신적인 도움을 받았다고 말했다. 동묘는 무장(武將)을 추앙하듯 명나라에서 보조금을 지원하여 세워진 관우의 사당이다. 왕이 행행(行幸)할 때에 숙종 때부터 동묘에 배례하곤 했다. 정조도 관례에 따라 동묘를 찾았다.

동묘를 떠난 행렬이 왕의 별궁인 화양정(華陽亭)으로 강물이 흐르듯 내닫는다. 화양정은 도로를 따라 동묘에서 남동쪽으로 16리만큼 떨어져 있다. 어가 행렬이 화양정에 이를 때부터 꽃잎이 흩날리듯 가랑비가 내린다. 어가 행렬이 화양정에서 머물렀다가 광진(廣津)의 주정소(晝停所)로 길을 재촉하듯 향한다. 화양정에서 광진까지는 차도로 9리 길이다. 행렬이 광진의 주정소에 닿으니 새로운 세상을 펼치듯 하늘이 갠다. 날씨 변화로 어가 행렬의 조신들이 다들 즐거운 표정이다.

어가 행렬을 구경하려고 백성들이 일정한 거리를 두고 몰려든다. 정조가 금위병들에게 백성들을 막지 말라고 명을 내린다. 240장 강폭의 한강을 평지를 걷듯 무사히 건너야 한다. 한강에서 남쪽으로 40리를 가야 남한산성에 도착하게 된다.

어가 행렬이 한강에 뛰어들듯 광진 나루터에 이르렀을 때다. 병조판서 정상순이 정조에게 보고한다. 하늘에 신고하듯 왕이 배에 오르는 의식을 나타내는 예포를 쏘겠다고. 정조의 승낙에 병조판서가 포병대장에게 신호를 보낸다. 광진의 포병대에서 대포가 천둥 같은 소리를 내며 발사된다. 예포가 울리자 왕의 전용선인 용주(龍舟)가 강변으로 다가든다. 이조판서와 훈련대장이 정조를 부축하여 배에 오른다.

용주 좌우에 호위선인 예선(曳船) 2척이 위세를 과시하듯 당당히 나타난다. 좌측의 예선에는 용호영(龍虎營)의 무장들이 밀림의 맹수들처럼 배열해 있다. 우측의 예선에는 경기영(京畿營)의 무장들이 배열해 있다. 어가 행렬이 나루를 잔잔한 호수를 경유하듯 건넜을 때다. 병조판서가 강을 건넜음을 알리고는 행선포(行船砲)를 쏘고 기화(起火)를 올린다. 대취타(大吹打)를 연주하니 각영(各營)에서 도강(渡江)을 축하하듯 일제히 환호성을 내지른다.

그랬는데 어영진(御營陣)에서 포를 거듭 쏜 일이 발생했다. 예정되지 않았던 일이 산사태처럼 우발적으로 발생했다. 정조가 어영대장인 이경무(李敬懋)에게 말한다.

"방금 예포가 중복으로 발사된 실수가 벌어졌소이다. 전례에 따르면 문책을 피할 수 없을 것이외다."

이경무가 굳은 표정으로 사죄의 말을 할 때다. 정조가 분위기를 누그러뜨리려는 듯 말을 덧붙인다.

"1768년에 선왕을 모시고 헌릉으로 행행할 때에도 일기가 오늘과 흡사했소이다. 마장(馬場)에 이르렀을 때에 비가 내리다가 주정소에서는 날이 개었소이다. 마치 오늘의 날씨와 흡사했소이다. 옷이 젖지도 않고 날씨가 덥지 않아서 무척 다행이라 여겨지오."

어가 행렬의 배가 호수를 지나듯 한강을 편안히 건널 때다. 정조가 신하들에게 음식을 제공하라고 명령한다. 일행이 꽃놀이를 나선 듯 흥겨움에 취해 식사하며 이야기를 나눈다. 이때 옥당(玉堂)의 권이강(權以綱)과 윤행원(尹行元)을 비롯한 7명의 관원들이 정조에게 간언한다.

"군율이란 생명과 관계될 만큼 엄중하지 않사옵니까? 오늘 어영(御營)에서 잘못 방포(放砲)하여 제영(諸營)이 응포(應砲)한 일이 벌어졌사옵니다. 어떻게 이처럼 엄청난 일이 벌어졌는지 놀랍습니다. 응당 해당 대장(大將)은 삭직(削職)하는 게 마땅하다고 아뢰옵니다."

정조가 일단 능행을 마치고 환궁한 뒤에 거론하자고 응답한다. 그랬는데도 7명의 간언들이 거머리처럼 달라붙어 당장 삭탈해야 한다고 난리다. 간언들 때문에 정조가 식사도 못할 지경이다. 어쩔 수 없다는 듯 단안을 내린다. 이경무의 벼슬을 삭탈(削奪)하고 이주국(李柱國)을 어영대장에 제수한다.

행렬이 떠밀리는 안개처럼 남쪽 강변의 율목정(栗木亭)에 도착
했을 때다. 정조가 갑주(甲胄)로 갈아입고는 장수처럼 말에 올라
탄다. 미리부터 기다린 듯 수어사(守禦使)인 서명응(徐命膺)이 군사
들을 거느리고 정조를 영접한다. 그의 휘하의 중군(中軍)과 영장
(營將)들과 기병들도 산악처럼 당당한 위세를 보인다. 한강을 건
넜기에 경기도 지역에 들어선 터다. 그랬기에 수어사가 미리부터
대기하고 있었다.

　율목정에서 남한산성까지는 40리 길을 북풍에 떠밀리듯 남하
해서 가야만 한다. 수어사와 병조판서와 훈련대장의 안내로 어가
행렬이 남한산성에 도착한다. 산성에 도착하니 사방에 어스름이
저녁연기처럼 깔린다. 정조가 둥지를 찾듯 산성의 남문(南門)으로
들어가서 행궁의 정당(正堂)에 들어선다. 정조가 용상에 앉자 수
어사가 엎드려 배례한다. 정조가 융복으로 갈아입고는 수어사에
게 명령한다.

　"호가(護駕)한 대신(大臣)들과 경기관찰사(京畿觀察使)와 각무 차
사원(各務差使員)들을 이곳으로 불러 오시오."

　수어사를 따라 신료들이 흘러드는 안개처럼 정당으로 들어선
다. 신료들이 서열에 맞춰 입시한 뒤다. 정조가 신료들을 향해 말
한다.

　"오늘 여기까지 무사히 온 노고에 대해 치하하는 바이오. 경들
은 백성을 편안하게 하고 악습을 바로잡을 방책을 아뢰도록 하시
오."

영의정인 김상철이 신하들과 의견을 수합하듯 상의하여 아뢰겠다고 응답한다.

오랜만에 행궁에 들렀기에 정조의 가슴이 나그네처럼 많이 설렌다. 청나라로부터 심한 곤욕을 치렀던 역사의 현장이 아닌가? 약소국으로서 강대국의 억압에 시달린 과거사가 절통한 느낌으로 가슴에 밀려든다. 그리하여 정감에 취한 듯 말한다.

"격전장이었던 남한산성의 행궁에 들어서니 선대의 과거사로 마구 가슴이 들끓소이다. 예전에 서책으로 읽었던 내용에 따라 물어 보겠소이다. 1636년에 성조(聖祖)께서 이 궁에 계실 때의 일이었소이다. 한군(汗軍)이 산봉우리에서 대포(大砲)를 쏘아서 포환(砲丸)이 전주(殿柱)를 맞추었다고 했소이다. 그래서 성조께서 후내전(後內殿)으로 이어(移御)하셨다고 했는데 그곳이 바로 이곳이오?"

영의정인 서명응이 황송하다는 듯 조심스런 표정으로 응답한다.

"인정하고 싶지는 않습니다만 사실이 그렇사옵니다."

정조가 가슴이 탄다는 듯 입술을 지그시 깨문다.

남한산성 실태의 윤곽을 거울을 들여다보듯 파악해야겠다고 정조가 생각한다. 그리하여 조신들을 향해 말한다.

"수어청(守禦廳)의 오영(五營)의 제도에 대해 간단히 설명해 주시오."

자료 파악을 충분히 한 듯 서명응이 당당하게 말한다.

"좌영(左營)과 우영(右營)에 각각 별장(別將)이 있사옵니다. 경영(京營)의 장관(將官)에 해당하옵니다. 5영 중의 전영(前營)은 광주(廣州)에 있사옵니다. 후영(後營)은 죽산(竹山)에 있고 중영(中營)은 양주(楊州)에 있습니다."

정조에겐 병력의 파악이 나라의 심장부처럼 중요하게 여겨진다. 생각이 여기에 미치자 곧바로 정조가 질문한다.

"총 병력은 얼마나 되오?"

서명응이 기다렸다는 듯 응답한다.

"병사들의 수는 15,714명이옵니다."

정조가 궁금증을 해소하겠다는 듯 연이어 질문한다.

"본영(本營)의 총 병력은 얼마나 되오?"

광주부윤(廣州府尹)인 송환억(宋煥億)이 인원을 재확인하듯 조심스레 말한다.

"본주(本州)의 병사는 2,814명입니다."

정조가 현장의 자료와 대조하듯 사전에 조사했던 남한산성의 자료를 떠올린다. 5영이 조련하는 영역이 둥지의 위치처럼 정해졌다는 것을 파악했다. 동서 방향에서 대치하듯 좌영은 동장대(東將臺)에서 포진하고 우영은 서장대(西將臺)에서 포진한다. 전영은 남장대(南將臺)에 포진하고 중영은 북장대(北將臺)에 포진한다. 후영은 좌영처럼 동장대에서 포진하여 남한산성을 지키는 방식이다.

정조가 궁금한 듯 입을 연다.

"동서남북에 다 장대(將臺)가 설치되어 있는데 중장대(中將臺)만 없는 사유는 무엇이오?"

송환억이 기다렸다는 듯 응답한다.

"장대는 높다란 지형에 설치되옵니다. 산성의 중앙에는 높은 곳이 없기 때문이옵니다."

정조가 궁금하다는 듯 병영에서 집단으로 훈련하는 횟수를 수어사에게 묻는다. 서명응이 상세하게 대답한다. 5영이 각자 매년 한 번씩 집단 훈련을 한다. 그러면서 3년에 한 차례씩 5영이 합동으로 훈련하는 방식이다.

정조에게는 병영의 급식 체제가 물속의 세계처럼 궁금해진다. 병사들은 병영에 묶여 있기 때문이다. 정조의 궁금증을 해소하도록 서명응이 자세히 설명한다.

둔전은 광주(廣州)에 6군데가 있다. 과천(果川)에도 한 군데가 있다. 용인(龍仁)에는 중요성을 감안한 듯 3군데가 있다. 양지(陽智)와 영평(永平)을 비롯한 19군데에는 둔전이 하나씩 있다. 모두 합하여 둔전은 29군데에 있다고 들려준다.

물고기의 몸뚱이를 연상하듯 대략적인 윤곽을 파악했다고 여기는 정조다. 이윽고 정조가 신료들을 행궁의 숙소로 돌려보낸다.

정조가 행궁의 용상에서 앞날을 예측하듯 능행 일정을 점검한다. 이튿날인 4일에는 이천 행궁에서 민정을 살피듯 머물 작정이다. 5일에는 영릉에 전배하고 인근의 변화를 살피듯 주변을 둘러볼 작정이다. 6일에는 여주 행궁에서 원로대신을 만날 작정이다. 백성들의 청원도 국정에 반영하듯 선택적으로 허용할 작정이다. 잠도 여주 행궁에서 자기로 계획한다. 7일에는 이천을 거쳐 남한산성의 행궁으로 들어서기로 한다. 9일까지는 남한산성의 행궁에서 머물기로 한다.

10일에는 남한산성을 출발하여 후궁의 묘인 인덕원을 거쳐 환궁할 작정이다. 11일에는 어가 행렬에 참가했던 신료들에게 포상할 예정이다. 그리하여 8일간의 능행 여정을 기억의 창고에 보관하듯 종결할 작정이다.

산성의 밤바람이 예리한 칼날처럼 드센 편이다. 정조가 설레는 마음을 가라앉혀 침전으로 발걸음을 옮긴다.

살얼음처럼 스산한 기류에 휩싸인 밤이 지나고 4일의 아침이 밝았다. 정조가 아침밥을 먹고는 산성의 성벽을 둘러본 뒤다. 신료들을 독려하여 대규모의 병사들이 진군하듯 이천을 향해 출발한다. 남한산성에서 이천까지는 차도로 대략 90리 길이다. 길이 멀어서 부지런히 행군해야 저녁나절에는 이천에 닿으리라 여겨진다.

어가 행렬이 지나는 곳마다 백성들이 격려하듯 손을 흔들어 반긴다. 백성들의 따뜻한 마음에 정조가 감동한다. 백성들이 유난히 몰려드는 곳에서는 답례하듯 어가를 잠시 멈추기로 한다. 정조가 팔을 깃발처럼 흔들어 백성들에게 고마움을 나타낸다. 이천(利川) 서현(西峴)에서는 백발의 노인이 수박을 한 소반 주려고 했다. 금위병들이 노인의 접근을 막았다. 그런 경위가 정조에게까지 보고되었을 때다.

정조가 곁의 신하들을 향해 기밀을 얘기하듯 신중히 말한다.

"노인의 마음이 순수하다고 할지라도 일체 물품을 받지 말도록 하시오. 받으면 뭔가를 주어야 하는데 그게 나중에 문제를 일으킬 것이오."

조신들이 다들 맞는 말씀이라며 머리를 갈대처럼 조아린다.

어가 행렬이 이천 행궁에 도착한다. 유시에 휴식을 취하듯 저녁 식사를 한 뒤다. 민정을 파악하려는 듯 경기관찰사와 이천현령을 비롯한 백관들을 정조가 불러들인다. 경기도 암행어사(暗行御史)인 김면주(金勉柱)를 향해 정조가 말한다.

"경기도의 실상을 파악하려고 경을 곳곳으로 보냈소이다. 읍들 중에서 목민관의 자질이 미흡한 지역과 우수한 지역을 보고하시오."

김면주가 허리를 잠깐 굽혀 예를 표하고는 응답한다. 소신에 찬 당당한 목소리가 그의 입으로부터 맑은 여울물처럼 흘러나온다.

"양주 목사(楊州牧使) 엄숙(嚴璹)과 여주 목사(驪州牧使) 박사륜(朴

師崙)은 민폐를 많이 끼쳤사옵니다. 양근 현감(楊根縣監) 김재화(金載華)와 과천 현감 이의화(李義和)는 부역으로 백성들을 괴롭혔사옵니다. 음죽 현감(陰竹縣監) 이보첨(李普瞻)은 백성들을 보살피기에 있어서 경기도(道)에서 단연 으뜸이옵니다."

정조가 암행어사의 말을 듣고 상황을 분석하듯 생각하다가 명령을 내린다.

"암행어사를 파견한 것은 목민관의 근무 실태를 정확히 파악하려는 것이외다. 암행어사가 제대로 목민관을 판별하지 못한다면 암행어사가 처벌되는 법이외다. 그런데 암행어사는 자신의 업무를 너무나 명쾌하게 잘 보고했소이다."

정조가 말을 중단하고는 신하들의 분위기를 파악하듯 주변을 둘러본다. 정전에 둘러선 조신들의 얼굴을 일일이 둘러본 뒤다. 정조가 침착하게 말을 잇는다.

"이보첨에게는 상으로 말(馬)을 하사하도록 하시오. 지적받은 네 고을의 수령은 당장 파직(罷職)하고 나문(拿問)하도록 하시오."

조신들이 일제히 갈대처럼 허리를 굽히며 알았다고 대답한다. 정조가 조신들과 대화를 더 나눈 뒤다. 조신들을 내보내고는 침전으로 들어가 잠자리에 든다.

맑은 새 소리에 떠밀리듯 8월 5일의 날이 밝았다. 어가 행렬은 진시에 천하를 뒤흔들듯 당당하게 이천을 출발했다. 이천에서 영릉까지는 차도로 대략 40리 길이다. 오시 무렵이면 영릉에 사람의 날숨처럼 가뿐하게 도착하리라 여겨진다. 훈련도감과 금위대의 병사들이 어가 주변을 철통같이 호위하고 있다. 군기가 펄럭이고 대취타의 선율이 가도에 물결처럼 퍼져 나간다.

오시 무렵에 어가 행렬이 황룡처럼 당당한 위세로 영릉에 도착했다. 정조가 영릉(寧陵)과 영릉(英陵)에 신을 추앙하듯 전알(展謁)했다. 영릉(寧陵)은 효종의 무덤이고 영릉(英陵)은 세종과 왕비의 통합 무덤이다. 정조가 먼저 영릉(寧陵)에 나아가 전배(展拜)와 작헌례(酌獻禮)를 행했다. 다음으로는 영릉(英陵)에서 조상신을 추앙하듯 전배와 작헌례를 행했다. 의식을 마치고는 능관(陵官)들에게 포상했다.

어가 행렬이 시간의 흐름을 정리하듯 여주 행궁(驪州行宮)으로 들어선다. 행궁은 여주의 남한강 동쪽 강변에 자리 잡고 있다. 행궁 중에서 허공의 탑처럼 높다랗게 지어진 건물이 있다. 청심루(淸心樓)라 편액이 내걸린 누각이다. 이 누각의 서쪽으로는 남한강이 흘러간다. 남한강을 지나 6리 떨어진 곳에 영릉이 바라보인다.

정조가 청심루에서 영릉을 바라보며 과거로 휘몰리듯 생각에 잠긴다. 이번에 능행을 하게 된 배경부터 예사롭지 않다. 영릉(寧陵)은 효종의 무덤이고 영릉(英陵)은 세종 부부의 무덤이다. 굳이 영릉(寧陵)에 참배하러 나선 사유가 있다. 북벌(北伐)을 간절히 염원했던 효종이기에 효종처럼 군사력을 강화하고 싶었다.

왕인 자신을 살해하겠다고 궁궐에 뛰어든 자객들이 있지 않은가? 궁궐 경비가 폐허의 오두막처럼 허술하여 벌어진 일이기도 했다. 열정에 불탔던 효종은 31살에 등극하여 41살에 죽지 않았는가?

정조가 청심루에서 서쪽의 영릉을 바라보며 깊은 생각에 잠긴다. 세종보다도 효종에게 먼저 배례를 한 깊은 뜻이 있다. 군사력의 배양에 있어서 정조가 추앙하듯 본받고 싶은 인물이 효종이다. 그랬기에 여주의 영릉(寧陵)에 먼저 배례했다.

효종은 병자호란 이듬해에 봉림대군이란 볼모로 심양에 붙잡혀 갔다. 7살 연상의 소현세자와 함께 암흑 같은 존재인 볼모로 붙잡혔다. 9년간 청국에 머물다가 1645년에 소현세자가 먼저 귀국했다. 귀국하여 2개월 만에 돌연한 변고인 듯 소현세자가 사망했다. 그러자 봉림대군도 귀소(歸巢)하는 새처럼 청국으로부터 귀국하게 되었다. 소현세자의 자식은 나이가 어렸기에 봉림대군이 왕세자로 책봉되었다.

심양에서 9년간 형옥에 수감되듯 포로로 머물던 때였다. 청국의 무관들을 따라 전장의 곳곳을 소현세자와 봉림대군이 참관했다. 그런 처절한 생활을 하다 보니 봉림대군에게는 확실한 목표가 생겼다.

'조선에 귀국하면 반드시 북벌하여 청국을 궤멸시켜 버리겠어.'

1649년에 왕에 등극한 효종은 숙명처럼 간직했던 북벌 계획을 착수했다. 1652년에는 어영청을 강병들로 편성한 듯 북벌 위주의 군대로 바꾸었다. 게다가 병력도 1만 명으로 증원시켰다. 1657년에는 훈련도감의 인원을 2만 명까지 늘렸다. 금위대의 1,000명은 완전한 기병(騎兵)으로 전환시켰다.

군대를 운영하려면 바닷물처럼 막대한 재정이 필요했다. 전국적으로 세금을 종전보다 허리가 휘청거릴 듯 많이 징수했다. 그런데 전국적으로 가뭄이 심하여 농작물의 수확 상태가 부실했다. 나라에서는 기우제를 지내면서 평야에 비가 내리기를 기원했다. 어려운 경제를 해결하려고 대동법을 시행하며 엽전도 발행했다.

조선이 북벌을 준비할 때에 청국은 불타듯 강력한 전성기를 누렸다. 만주에 20만, 중화에 60만의 대군을 거느렸다. 조선의 최대 병력은 쥐어짜듯 조달해도 3만여 명에 불과했다. 병력 규모면으로 봐서도 기울어진 저울처럼 상대가 안 되는 형세였다. 효종은 어영대장에 이완(李浣)을 임명했다. 조선에 머물던 하멜을 불러 총포를 개발했다. 총이 등장하면서부터 천지개벽을 하듯 무기의 판세가 달라졌다.

조선에서도 총기병을 두고 천지를 뒤흔들듯 사격 훈련을 했다. 선비들의 지지도 받아야 할 처지였다. 그리하여 송시열을 불러서

명예와 권력을 부여하듯 이조판서에 임명했다. 송준길은 불러서 세상의 병권을 물려주듯 병조판서에 임명했다. 송준길은 노론의 태양 같은 성현이기에 선비들의 결집체 역할을 했다. 이완과 송시열과 송준길 합동의 북벌 체제가 굳혀졌다. 효종 자신도 활을 쏘고 칼을 휘둘렀다.

조선의 천하가 막대한 군병으로 나날이 폭풍처럼 기염을 토했다. 창검도 낡은 것을 교체하듯 대대적으로 새롭게 정비했다. 병사들은 무술에 통달하여 수시로 대결하는 훈련을 벌였다. 이완이 훈련을 시키자 병사들의 사기가 국경을 위협할 듯 충천했다. 총포와 기마술까지 훈련시켜 병사들은 일당백의 위세를 지닌 듯 용맹스러웠다. 이렇게 북벌 준비를 파죽지세처럼 거칠게 추진할 때였다.

청국에서 정세를 염탐하듯 조선에 병력 지원을 요청했다. 러시아가 모피(毛皮) 자원을 확보하려고 연해주 일대를 미치광이들처럼 집적대는 편이었다. 러시아의 총포가 빼어나서 청국이 자주 곤경에 처했다. 자칫 중국 내부로 파고들듯 위태로운 상황이다. 그래서 청국이 조선에게 총포수 100명을 보내달라고 요청했다.

효종을 비롯한 조정에서는 여론이 죽처럼 들끓었다. 청국을 제압하겠다고 북벌을 감행할 듯 군대를 훈련시키지 않았는가? 하멜까지 불러들여 총포까지 새롭게 만들었다. 청국을 낡은 토담처럼 무너뜨려야 한다는 생각으로 훈련해 온 조선이었다. 그랬는데 조선에 총포병 100명을 1754년 3월까지 보내달라고 요청했다. 당장 조정에서는 의견이 분분하여 결론을 내리기가 어려울 지경이었다.

그러다가 효종에게 좋은 생각이 섬광처럼 떠올랐다. 훈련시킨 조선군의 병력을 해외에서 시험하듯 측정할 작정이었다. 조선군의 위력을 시험한다는 것은 북벌을 개시하듯 중요한 일이었다. 회령 북쪽의 영안(寧安)의 영고탑(寧古塔)으로 와 달라는 청국의 명령이었다. 따르지 않으면 무슨 억지를 쓸지 모르는 청국이었다.

변급(邊岌) 장군이 99명의 총기병(銃器兵)을 거느리고 북벌을 개시하듯 두만강을 건넜다. 7일 만에 새들이 안착하듯 560리 떨어진 영안에 도착했다. 영안에서 북쪽으로 580리 떨어진 의란(依蘭)까지 강줄기처럼 거침없이 북상했다. 거기에서 청군과 합류했다.

수군의 규모는 러시아군이 400여 명, 조청 연합군이 1,000여 명이었다. 러시아군을 만나자마자 조선군의 화승총이 화산의 불길처럼 불을 품었다. 승전한 조선군은 거대한 잠룡(潛龍)처럼 당당하게 84일 만에 조선으로 돌아왔다.

2차 나선군(러시아군)의 정벌은 1758년의 5월 초순에 산불이 치솟듯 일어났다. 의란에서부터 송화강을 따라 북동쪽으로 대륙을 휩쓸듯 진행하는 경로였다. 북동쪽에서 흑룡강과 합류되는 지점까지인 570리 구간을 정벌하는 거였다. 신유(申瀏) 장군이 신룡

(神龍)처럼 날렵한 260명의 병사를 이끌고 청국과 합류했다. 조청군은 2,500여 명이고 러시아군은 500여 명에 이르렀다. 혼백이 흩날리는 꽃잎처럼 괴멸된 러시아군은 스테파노프 함대의 수군들이었다. 조선군은 2차에서도 압승했다.

북벌하겠다고 벼르던 효종은 1759년에 의지를 펼치듯 송시열과 단독으로 만났다. 안개가 떠밀리듯 효종이 숨지기 2달 전의 시점이었다. 포병 10만 명을 동원하여 박살을 내듯 청국으로 쳐들어가겠다고 밝혔다. 송시열은 조선이 망하면 어떻게 하겠느냐고 책임을 따지듯 효종에게 물었다. 효종은 그런 일이 생기지 않게 해야 한다고 했다. 송시열도 효종의 계획에 몸을 던져 동참하겠다고 밝혔다. 그랬는데도 운이 나쁘게 1759년 5월 4일에 효종이 죽었다.

효종이 죽자 모든 북벌 계획이 수포가 스러지듯 사라지고 말았다. 효종이 죽자 훈련대장이었던 이완은 실신할 듯 애달프게 통곡했다. 조선을 동양의 강국으로 만들겠다는 꿈이 신기루처럼 사라져 버린 탓이었다.

정조가 한동안 청심루에서 서쪽의 영릉을 바라보면서 생각에 잠긴 뒤다. 정조가 무장들을 부른다. 남한강에서 병사들의 위세를 드러내듯 행사를 갖기로 한 계획 때문이다. 정조가 무장들을 향해 말한다.

"오늘 계획된 행사를 차질 없이 진행하도록 하시오. 행사를 추진함에 있어서도 백성들에게 피해가 생겨서는 아니 되오."

무장들이 씩씩하게 대답하고는 휘몰리는 썰물처럼 일제히 물러간다.

"상감마마, 염려하지 마시옵소서."

이윽고 초경(初更) 무렵에 접어들었을 때다. 청심루 주변으로 금위병들이 국화 꽃잎들처럼 빽빽이 에둘러서 철저히 경비한다. 누각 아래의 공터에서 선전관(宣傳官)이 포병을 향해 고함을 내지른다.

"신포(信砲)를 발사하라!"

예포가 천둥처럼 우렁찬 포성을 터뜨리며 사방으로 울려 퍼진다. 강변의 각영(各營)에서 응답하는 예포 소리도 허공을 찢듯 뒤흔든다. 포성이 터질 때마다 산악이 허물어질 듯 위용이 장엄하기 그지없다. 경기관찰사인 정창성(鄭昌聖)의 지시로 수백 척의 전함들이 성곽을 짓듯 포진한다. 불을 밝힌 전함들이 강변에 진을 치자 강이 낮처럼 밝아진다. 출렁이는 물결을 타고 전함에서 흘러나온 불빛들이 강물을 눈부시게 밝힌다.

강의 언덕에서도 해일이 밀려들듯 기민한 움직임이 펼쳐진다. 각 부대의 대장들이 마병(馬兵)과 보병(步兵)을 임전 태세처럼 도열시킨다. 병사들 주변으로 기병(旗兵)들이 구름장처럼 둘러서니 깃발이 사방에서 나부낀다. 각 부대의 취타수들이 피리와 장구와

북을 들고 사방에서 나타난다. 정창성과 목사 박사륜(朴師崙)이 선물을 안기듯 하늘로 불화살을 날리는 순간이다. 강물에 정박한 수백 척의 전함에서도 일제히 불화살이 하늘로 치솟는다.

이때를 기다린 듯 각 부대와 배에서는 고악(鼓樂)이 울려 퍼진다. 선율과 불빛과 함성이 진동하는 밤의 축제가 남한강을 기리듯 벌어졌다. 축제이기는 하지만 국력을 드러내듯 펼쳐지는 엄숙한 의식과도 같은 행사다. 이 장관을 바라보려고 가가호호에서 쏟아져 나온 백성들이 환호성을 내지른다. 타지의 백성들까지 합하여 쏟아지는 빛살의 가닥처럼 수만에 이르는 인파다.

반 시진에 걸친 의례 행사가 숨을 죽이듯 끝난 뒤다. 정조가 행궁의 전각으로 대신들을 부른다. 행사의 공로에 따라 수고한 사람들에게 포상을 한다. 일련의 행사가 끝난 뒤에 조신들이 전각에서 썰물처럼 빠져나간다.

신하들을 내보낸 뒤에 정조가 서안 앞에 불상처럼 우뚝 앉는다. 그리고는 여주에 대한 상념에 잠겨든다.

'영릉(英陵)이 여기로 옮겨지면서부터 여주가 부(府)에서 목(牧)으로 승격되었지? 청심루의 편액을 쓴 사람이 송시열이라 했지?'

남한강이 줄곧 흘러가면 서울을 통과하게 됨을 아는 정조다. 현지답사를 하기 전에 습관처럼 꼼꼼하게 사료를 찾아 연구하는 정조다. 충주에서 흘러 내려온다는 남한강을 대하니 가슴이 설렌다.

오늘의 일을 떠올리다가 문득 잠꼬대처럼 정조가 중얼댄다.

"어가 행렬을 구경하겠다고 타지에서 온 백성들도 많다고 했지? 임금이 무엇이라고 임금 얼굴을 보려고 이처럼 몰려왔단 말인가? 이런 순박한 백성들을 위해서라도 암행어사를 주기적으로 파견해야겠어. 절대로 고약한 수령들에게 시달리는 일이 없게 해야지."

국가의 안정화

1779년 8월 6일의 일이다. 창덕궁의 어전 회의처럼 정조가 행궁으로 조신들을 불러들일 작정이다. 막간의 시간을 이용하여 정조가 생각에 잠긴다.

'이번 능행에는 3가지의 중대한 원인이 있었어. 첫째는 효종 어른의 능을 참배하여 호국 정신을 배양하는 거였어. 둘째는 남한산성을 점검하여 병사들의 군사력을 확인해 보려는 점이었어. 셋째는 홍국영과 화해하여 영원한 나의 심복으로 흡수하는 일이었어. 이들 3가지가 모두 만만치 않지만 인내심을 갖고 지켜봐야겠어.'

정조가 출석을 점검하려는 듯 여주 행궁에서 조신들을 정전으로 불러들인다. 영의정(領議政)인 김상철(金尙喆)과 좌의정(左議政)

인 서명선(徐命善)과 호조참판(戶曹參判)인 송덕상(宋德相)이 휩쓸리는 검불처럼 입시(入侍)한다. 칩거 중이었던 종5품인 65살의 부사직(行副司直) 김양행(金亮行)도 부른다.

김양행은 예전부터 조정으로 불러들이려 했으나 병을 핑계로 입궐하지 않았다. 어가 행렬이 그의 주거지 주변을 휩쓸리는 안개처럼 지나게 되었다. 승지에게 귀빈을 초청하듯 김양행을 행궁으로 불러오라고 명령했다. 연로하여 머리가 서리처럼 세었지만 정조를 만나러 행궁에 왔다. 인척을 맞듯 정조가 반기며 김양행의 나이를 묻고 얼굴을 들여다본다. 김양행도 정조에게 허가를 구하여 정조의 얼굴을 마주 본다. 그러자 서로 끌리는 마음이 생긴다.

햇살처럼 따스한 정조의 제안으로 김양행이 조정에서 일하겠다고 승낙한다. 정조는 이처럼 덕을 갖춘 선비들을 평소부터 존경해 왔다.

이번에는 잊었던 일을 떠올린 듯 정조가 승지를 불러서 말한다.

"어제 길가에서 유생이 올린 상소문을 읽었소이다. 송시열의 사당을 짓겠다고 요청하는 내용이었소이다. 관련된 상소문을 찾아오기 바라오."

승지가 경기의 유생인 정운기(鄭雲紀)의 상소문을 빛살처럼 신속히 가져온다. 정조가 빠른 속도로 상소문의 내용을 훑는다.

송시열은 의리를 지키듯 효종과 끝까지 뜻을 함께한 신하였다. 효종이 영릉에 묻히자 휘몰리는 안개처럼 수시로 찾아와 슬퍼했다. 충의를 드높이듯 기리려면 여주에 송시열의 사당을 세워야 마땅했다. 국법에서는 사당을 함부로 짓는 것을 금했다.

1731년에 몇 사람이 송시열의 충의를 기리듯 사비로 사당을 지었다. 참여한 사람들로는 문경공(文敬公) 정호(鄭澔)와 문충공(文忠公) 민진원(閔鎭遠)과 문정공(文正公) 이재(李縡)가 있었다. 대사헌(大司憲)인 민우수(閔遇洙)도 가세하듯 사비를 보태었다. 1741년에 나라에서는 불법 건물로 여겨 낡은 토담처럼 허물어 버렸다. 그랬기에 송시열에게 제사를 지내어 넋을 달래려고 해도 길이 막혔다.

어가 행렬이 효종을 추앙하듯 영릉에 이르렀음을 알게 되었다. 정조도 송시열을 기린다는 소문이 들렸기에 유생이 상소문을 올렸다. 사당을 짓게 왕이 허락해 주기를 바라는 뜻에서 상소문을 올렸다.

상소문의 내용을 손금처럼 세밀히 파악한 뒤다. 효종과 송시열은 지기처럼 영혼이 통했기에 예외적으로 정조가 건축을 허락한다. 우부승지(右副承旨)인 이병모(李秉模)를 시켜 광주(廣州), 이천(利川), 여주(驪州)의 백성들에게 유시를 전했다. 이들 3곳은 썰물이 지나듯 어가 행렬이 거쳐 간 곳이었다. 유시에는 능행의 의미를 기리듯 정조의 배려가 깃들어 있었다. 3고을 사람들한테는 특별 과시(科試)를 열어 인재를 뽑겠다고 했다. 가을철의 조세를 특별히 삭감해 주겠다고도 했다.

　어느새 8월 7일의 아침이 밝았다. 어가 행렬은 떠밀리는 구름처럼 여주에서 이천을 거쳐 남한산성에 도착했다. 능행에 나설 때에도 경유지를 거치듯 남한산성에 들렀다. 환궁하는 길에도 배가 거치는 나루터처럼 정조가 남한산성을 찾았다. 정조에겐 남한산성이 나라의 심장부처럼 중요한 군사 시설로 여겨진다.

　남한산성의 행궁인 지수당(地水堂)에서 정조가 백관들을 불러 모은다. 정조가 관리의 성실성을 타진하듯 수어사인 서명응을 향해 묻는다.

　"이 건물은 언제 지어졌소이까?"

　서명응이 기다렸다는 듯 곧바로 응답한다.

　"작고한 이세화(李世華) 부윤이 1672년에 지었사옵니다."

　정조가 신하들에게 관점을 밝히듯 자신의 견해를 들려준다. 8월 5일에 방문한 영릉(寧陵)에 대해 생략했던 말을 들려주듯 말한다. 효종이 북벌하려고 국력을 산악처럼 튼실하게 강화했다는 점이 장점이었다고 들려준다. 효종에 이어서 국방력을 키웠다면 조선이 세상을 다스렸으리라고 말한다.

　정조가 연병관(鍊兵館)에 이르니 무관들이 휘몰리는 구름장처럼 다가와 인사한다. 경기 감사와 광주 부윤이 백성 등을 거느리고 정조를 배알한다. 승지(承旨)인 이병모(李秉模)에게 윤음(綸音)을 읽어서 백성들을 하유(下諭)하게 한다. 유시하는 내용이 근거리의 산울림처럼 명확하게 백성들에게로 전해진다.

　행행(行幸)할 때 백성들의 노고를 헤아리듯 사역(事役)을 정조가 면제했다. 가구의 어려움을 해소시키듯 대동법으로 백성들의 세금을 줄였다. 산성(山城) 백성들의 노고는 다른 곳보다 크리라 예견된다. 백성들이 겪는 고초를 실상을 알려주듯 정조에게 털어놓기를 원한다. 신하들과 연구하여 해결 방도를 찾을 작정이다.
　위의 내용이 담긴 유시가 승지를 통해 휘몰리는 바람결처럼 전해졌다. 백성들은 조정의 배려하는 관심에 커다랗게 고마워함이 느껴진다.

　정조가 행궁의 정전에서 수어사에게 남한산성에 대해 궁금증을 털어놓듯 질문한다. 남한산성에 대한 정조의 관심은 산악의 협곡처럼 깊은 편이다. 청국에게 나라가 패배해 고초를 받은 일이 끔찍했으리라 여겨진다. 정조가 수어사에게 묻는다.
　"이 성은 완풍 부원군(完豊府院君) 이서(李曙)가 쌓은 것이오?"
　서명응이 떨어지려는 물체를 붙잡듯 민첩하게 응답한다.
　"1424년에 착공하여 1426년에 준공했사옵니다."
　정조가 성의 크기에 대해서 궁금증을 내뿜듯 질문한다. 수어사가 대답한다. 내성의 길이는 6,297보이고 외성의 길이는 7,295

보라고. 세인들에게 각인시키듯 1보(步)는 1444년 이후에 6자 길이로 통일되었다. 그리하여 내성은 28.6리이고 외성은 33.2리에 달함을 알게 된다. 상당히 규모가 크다는 게 드러난 셈이다.

남한산성 동쪽 한봉(汗峰)의 산성을 의아심에 휩싸인 듯 정조가 눈여겨본다. 1693년에 수어사인 오시복(吳始復)이 긴요한 망루처럼 쌓았다. 민진후(閔鎭厚)가 수어사였을 때인 1705년에 위험을 예방하듯 성을 허물었다. 한봉에서는 남한산성 내부가 속살처럼 훤히 들여다보였다. 한봉을 적에게 빼앗기면 남한산성이 위험해지리라는 이유 때문이었다. 그러다가 1739년에 수어사인 조현명(趙顯命)이 성을 개축(改築)했다.

한봉의 성이 망루처럼 축성되었다가 허물어져 개축하게 된 흐름이 기묘하다. 성곽은 한봉만 에워쌌기에 소쿠리의 둘레처럼 짧아서 길이는 4.5리에 불과하다. 적군이 먼저 이곳을 빼앗으면 서쪽의 남한산성이 한눈에 조망되는 탓이다. 적이 한봉에서 대포를 설치하면 남한산성은 그대로 제압당할 지세인 탓이다.

한봉의 성곽 개축은 반드시 성곽을 지키리라는 염원이 작용한 탓이다. 전쟁이 벌어지면 전략과 염원이 토담처럼 단숨에 무너질 수도 있다. 설사 그렇더라도 성곽 수호의 정신이 반영된 자체가 소중하다고 여겨진다.

한봉에서 남쪽으로 직선 형태로 3리쯤 성곽이 내뻗다가 중단되어 있다. 이 부분을 정조가 가리키며 이해하기 어려운 듯 고개를 갸웃댄다. 수어사가 기다렸다는 듯 신속히 응답한다.

"여기는 주봉에 해당되기에 위험스런 요소가 한봉에 못지 않사옵니다. 작고한 판서인 민진후가 예전에 축성을 건의했지만 거부당했사옵니다. 하지만 축성의 중요성은 너무나 컸습니다. 1752년에 유수(留守)인 이기진(李箕鎭)이 조정에 건의하여 2곳의 돈대(墩臺)를 쌓았사옵니다. 한봉에서 시작되어 남쪽으로 내뻗었던 성곽은 허물어지고 2돈대만 남았사옵니다."

정조와 대신들이 2돈대를 바라볼 때다. 수어사가 각인시키듯 설명을 덧붙인다.

"돈대도 보기보다는 강력한 방어 시설이옵니다. 한 돈대에 100명가량이 포진할 수 있사옵니다. 전시 중에는 이런 시설이 승패를 좌우하게 됩니다. 남한산성의 성곽과 2돈대를 결합하면 상당히 유리한 군세를 장악하게 되옵니다."

정조가 수어사의 설명을 들으면서 자신이 조사했던 사실들과 연결시킨다. 정조의 머릿속에서 섬광이 발출되듯 명민한 상념의 물결이 회오리친다. 역사의 기록 내용이 정조의 머릿속으로 흘러든다.

1636년에 조선군이 돈대와 연결된 성곽을 최후의 방어선처럼 지키려고 했다. 그랬는데도 성곽을 빼앗겼기에 성(城)의 내외가 연락이 막혀 패배했다. 게다가 청군이 한봉에서 남한산성으로 비를 퍼붓듯 포탄을 쏘았다. 그래서 행궁의 전각 기둥이 포탄에 맞기도 했다.

산성에서는 전투 못지않게 샘물처럼 식량을 공급하는 게 중요하다고 여겨진다. 적과 대치된 상태에서 얼마나 지탱하느냐가 한없이 중요하다.

정조가 수어사에게 문제점을 타진하듯 말한다.

"병자호란 때에 이서(李曙)는 1만여 석을 산성에 저장해 두었소이다. 이 식량으로는 겨우 40일을 버텨 냈을 따름이외다. 성을 계속 못 지킨 사유는 식량 고갈 때문이었소이다. 군사의 조련 못지않게 중요한 것이 식량의 비축이오. 현재 창고에 저장된 군향(軍餉)은 얼마인지 설명하시오."

답변에 철저히 대비한 듯 수어사가 곧바로 응답한다.

"조적(糶糴)하는 쌀 25,000석과 각곡(各穀)이 30,000석에 달합니다. 하지만 이것은 계획으로 설정된 수량이옵니다. 공물을 쌀로 대체하는 법에 따라 44,000석이 남았사옵니다. 이 가운데 15,000석이 민간에게 환곡용으로 제공되었습니다. 현재 창고에 보관된 양곡은 29,000석에 이르옵니다."

각곡(各穀)이란 쌀을 제외한 밀 등으로 생명을 확장하듯 소중한 곡물이다.

정조가 머릿속으로 산성의 능력을 평가하듯 생각에 잠긴다.

'현재 비축된 양곡만으로도 4달간은 버틸 수 있는 규모야. 남한산성의 관리가 제대로 이루어지고 있는 셈이군. 이런 상태에서 병사들의 조련만 체계적으로 갖추어지면 충분히 강군이 되겠어.'

정조의 머릿속으로 문득 승군(僧軍)이 떠오른다. 승려들로 이루어진 표범처럼 날쌘 병사들을 말함이다.

'오늘은 남한산성의 외형적인 규모와 양곡 상태를 파악했어. 이곳저곳을 상세히 조사하느라고 시간이 꽤 흘렀군. 오늘은 어가 행렬을 남한산성에서 머물게 해야겠어. 내일은 병사들의 실제 훈련 상태를 점검해야겠어. 과거에 숙종은 자주 병영을 순찰하면서 훈련 상태를 점검했잖아? 나도 조선 군병의 훈련 정도를 살펴봐야겠어. 훈련 상태가 불량하면 지휘부의 무장들을 대규모로 교체할 수도 있어.'

여기까지 생각하고는 조신들에게 일정을 예고하듯 정조가 말한다. 오늘은 남한산성에서 묵고 내일은 조련 상태를 점검하겠다고. 정조의 말에 남한산성 무장들의 표정이 석양의 노을처럼 다양하게 변한다. 대다수의 경우에는 대비하고 있었다는 듯 편안한 표정이다. 조신들과 저녁 식사를 하고 한동안 대담을 나눈 뒤다. 다들 숙소로 돌아가 잠자리에 든다.

계곡의 급류처럼 빠른 세월이다. 시간이 성큼 흘러 8월 8일의 사시(巳時)에 이르렀을 때다. 정조의 제안으로 백관들이 남한산성의 연무관으로 휩쓸리는 안개처럼 이동한다. 연무관은 행궁 동쪽에서 산성의 역사를 지키듯 버티고 있는 건물이다. 연무관 앞에는 광활한 연병장이 펼쳐져 있다. 연병장은 병영의 상징 같은 시설이다. 모든 병영의 병사들이 군복을 입고 연병장에 늘어서 있다.

연무관의 사열대에는 정조를 비롯한 백관들이 융복 차림새로 앉아 있다. 사열관들의 융복이 병사들을 격려하는 듯 연병장에 활기를 안겨 준다.

정조가 점검할 사항을 확인하듯 수어사를 불러 말한다.

"어제 보고받기로 여기에는 승병이 있다고 들었소이다. 승병의 집합과 분열 상태를 보고 싶소이다. 해당 승병과 무장들을 불러 시연해 보도록 하시오."

수어사가 전장의 장수처럼 정조에게 읍하고는 승병 부대를 향해 걸어간다. 3명의 승장(僧將)들에게 수어사가 왕의 명령을 전한다. 승장들이 갈대처럼 일제히 고개를 숙여 합장하더니 승병들 앞으로 걸어간다.

45세의 법천(法泉)이 300여 명의 승병들을 향해 울부짖는 맹호처럼 호령한다.

"한 팔 간격, 방진(方陣)으로 포진!"

전열(前列) 중앙의 승려를 법천이 한밤의 북극성처럼 '기준'으로 정한 찰나다. 해당 승려가 팔을 들어 '기준'이라고 천둥처럼 크게 외친다. 기준 좌우에 8명씩이 한 팔 간격으로 뗏목처럼 벌려 선다. 그러고는 첫 줄 뒤를 이어 18줄의 승려들이 벌려 선다. 구령이 떨어지고 행렬이 갖춰질 때까지의 시간이 아주 짧다. 정조가 놀라서 눈빛이 다소 달라지려고 한다.

43세의 율하(律河) 승장이 연병장으로 나서면서 사자가 울부짖듯 호령한다.

"한 팔 간격, 원진(圓陣)으로 포진!"

이번에는 방진 중앙의 승려가 기준으로 우뚝 선다. 방진이 담장이 무너지듯 스르르 내풀린다. 기준을 동심원으로 하여 5개의 동그라미가 한 팔 간격으로 펼쳐진다. 동그라미마다 60명씩의 승군이 사방을 제압하듯 동서남북으로 15명씩 벌려 선다. 어느 방향에서도 중앙의 승군과는 자로 그은 듯 일직선으로 연결된다. 정조가 야외 의자에서 움찔 놀라 일어선다. 그러자 조신들도 일제히 의자에서 일어난다.

세 번째로 연병장에 나선 무장은 41세의 숭덕(崇德) 승장이다. 숭덕이 연병장의 중앙에 서더니 장중한 산울림처럼 고함을 내지른다.

"원진에서 방진, 방진에서 원진으로 3회 연속 변환 실시!"

구령이 떨어지자마자 승려들이 변신하는 괴물들처럼 신속히 진용을 변환시킨다. 한 사람이 뒤로 돌아설 만한 시간에 진세의 변환이 이루어진다.

정조를 비롯한 백관들이 놀라 일제히 눈이 휘둥그레진다. 정조가 감탄한 듯 먼저 박수를 친다. 그러자 백관들로부터 우레 같은 박수갈채와 환호성이 터진다.

"이야, 대단해!"

"대단하다, 승병!"

"정말 끝내 주네!"

정조의 머릿속으로 이때 묘한 환영이 펼쳐진다. 만약 승병의 손에 장검이 들리고 검식이 펼쳐진다면? 위세가 가히 산악이라도 뒤엎을 듯 장중해지리라 예측된다. 이런 영감을 머릿속에 소중히 간직해 두려고 정조가 애쓴다.

승병들의 시연이 축제가 종료되듯 끝난 뒤다. 병사들의 단체 검술 시연을 명령했지만 불가하다는 듯 무장들이 고개를 흔든다. 예전에 무예신보가 출간되었지만 아직 병영에 활용되지는 않는다는 응답이다. 대신에 승병 10명이 연병장에서 진세를 형성하듯 횡렬로 벌려 선다. 고려 때에 수박(手搏)이란 무예로 전승되어 오던 권술을 시연하겠다고 한다. 맨주먹과 발길질로 적을 제압하는 무술이다.

정조가 약간의 기대감을 안고 승려들의 시연을 지켜보기로 한다. 승려들이 갈대처럼 일제히 허리를 굽혀 인사한다. 정조를 비롯한 조신들과 무장들이 격려하듯 박수를 친다. 한 사람의 동작처럼 일사불란한 권술의 동작들이 펼쳐진다. 주먹으로 치고 발로 차고 팔로 상대의 허리를 휘감는다. 사방으로 공격했다가 방향을 전환하면서 몸을 솟구친다. 그럴 때마다 발로 상대의 얼굴과 가슴을 차는 형국이다.

맨몸이지만 강력한 기운이 실린 무술임에는 틀림없다. 28개 동작으로 이루어진 권법의 시연이 불길이 스러지듯 끝났을 때다. 지켜보던 정조를 비롯한 신료들이 일제히 박수갈채를 보낸다. 정조는 그러면서도 회오리치듯 휩쓸리는 상념의 물결에 잠긴다.

'승병들은 저처럼 노력했는데도 관병들은 여태껏 무엇을 했지? 국록만 받아먹고 세월만 헛되이 보낸 모양이야. 당장 무기를 든 적병이 몰려들면 승병처럼 주먹으로 맞설 건가? 무기를 뽑아 대응해야 하잖아? 그럼에도 검술 훈련은 아예 실시하지도 않았다고? 조선의 병사들이 언제부터 이 지경이 되었을까? 정말 한심해서 미칠 지경이네.'

정조가 가슴이 답답하다는 듯 곁의 무장(武將)의 장검을 잠시 빌린다. 그러고는 장검을 쭉 뽑아 하늘을 겨누고는 칼날을 요모조모 살핀다. 그러다가 장검을 칼집에 다시 꽂고는 무장에게 되돌려 준다. 그리고도 정조가 한심하다는 듯 남한산성의 무장들을 향해 말한다.

"출간된 무예신보의 무술을 아직까지도 병영에 훈련시키지 않았다고 했소이까? 도대체 무관들은 국록을 받으면서 지금까지 무슨 일을 했다는 거요? 짐이 능행을 강행한 것에는 군사력을 확인해 보려는 의도도 많았소이다. 짐이 무척 실망한 것이 사실이외다. 조만간 새로운 무예 서적을 출간하여 전국의 병영에서 훈련하도록 명령하겠소이다. 국가를 지킬 보다 강한 군대도 빠른 시일 내에 창설하겠소이다."

배종한 신료들이 부끄러워서 살얼음 위의 미꾸라지처럼 쩔쩔매는 기색이다. 정조가 심히 안타까운 듯 한숨을 내쉰다. 군대의 사열이 끝나고 행궁으로 돌아간 뒤다. 조련에 공을 세운 무장과 우수한 병영에 대해 정조가 포상한다.

다시 이틀이 남한산성에서 홍수의 물살처럼 흘렀다. 오전에 정조가 노고를 위로하듯 연병장에서 무장과 병사들에게 잔치를 베푼다. 그러고는 귀소(歸巢)하는 새들처럼 어가 행렬이 남한산성을 떠나서 환궁에 나선다. 오후에 한강을 건너서 동관묘 동쪽의 동부 온수동의 인명원(仁明園)을 찾는다. 인명원은 후궁이었던 원빈 홍 씨의 무덤이다.

제상을 차려 신위에 재배한 뒤다. 그리움을 추스르듯 정조가 고운 원빈을 떠올리다가 상념에 잠겨 든다.

'인숙(仁淑), 그간 잘 지냈소? 무척 오랜만이긴 하나 마음속으로는 잊은 적이 없었소.'

정조가 무던히 참고 견뎠던 듯 영의정인 서명선에게 말한다.

"짐이 근래에 어떤 감여가(堪輿家)의 얘기를 들은 적이 있소이다. 그의 말에 따르면 인명원의 자리가 명소가 아니라는 얘기였

소이다. 묘지가 주변의 명산에 둘러싸여야 한다는데 무덤 주위에
는 명산이 없잖소이까?"

서명선이 정조의 말을 듣고는 부끄러워서 노을처럼 얼굴을 붉
힌다.

8월 11일에 정조가 배종 행렬의 공로자들에게 차등을 두어 포
상한다. 기록으로 남기려는 듯 서영선에게 배종록과 남한산성의
책자를 만들라고 지시한다. 아무래도 단순한 능행 행사만으로는
미흡한 마음이 생겼기 때문이다.

단풍이 곱게 출렁댄 산야에도 차가운 기운이 서렸다. 10월 3일
에 선정전에서 정조가 최근의 일을 실타래처럼 떠올린다. 숙원
사업을 추진하듯 8월 3일부터 10일까지에 걸쳐서 능행을 마쳤
다. 8일간의 어가 행렬의 이동이 있었다. 능행이 실시된 중요한
의도가 2가지였다. 하나는 영릉과 남한산성을 찾아서 정신을 일
깨우듯 국방력을 점검하려고 했다. 다른 하나는 홍국영과 관계
개선을 해 보려는 의도였다.

홍국영을 금위영의 대장으로 배종시켰던 물속처럼 깊은 이유가
있었다. 홍국영이 인간적으로 다가와서 용서를 구하기를 정조는
기대했다. 그렇게 했더라면 인간성에 못 이기는 듯 홍국영을 받
아들일 작정이었다. 그리하여 홍국영을 종신 심복으로 삼아 조정
을 관리할 작정이었다.

정조가 여주와 남한산성에서는 가슴이 불타듯 간절하게 홍국영이 찾아주기를 기원했다. 홍국영이 효의왕후를 의심했던 일에 대해 성현처럼 진심으로 사죄하기를 바랐다. 효의왕후가 원빈의 음식에 독을 넣도록 지시했을까 의심하는 홍국영이었다. 14살의 원빈이 죽었으니 소용돌이처럼 강한 의심이 생길만했다. 그래서 나인들을 무단으로 불러 진상을 까발리듯 취조한 터였다. 의심은 가는데 증거가 없으니 칼을 들고 고함을 질렀을 터였다.

홍국영의 마음이 이해는 될지라도 왕을 무시하듯 무단으로 나인들을 취조했다니? 발검까지 하여 나인들을 죽일 듯 위협했다니? 그날의 정경을 머리에 각인하듯 정조와 내시까지 지켜보지 않았던가? 상황이 이럴진대 국영이 진솔하게 정조한테 사죄하는 게 슬기로운 일이었다. 그랬는데도 충심에서 우러난 사죄를 하지 않았다. 바로 이 점이 정조에게는 격분을 유발하듯 섭섭했다.

국영에게는 또 다른 하나의 추방될 듯 중대한 과실이 있었다. 원빈이 사망한 뒤에는 후궁을 들이지 말라고 윽박지르듯 정조에게 말했다. 그뿐이랴? 이담을 원빈의 양자로 삼을 의도까지 속내를 까발리듯 내비쳤다. 바로 이 부분이 정조에겐 극도로 혐오스러웠다. 정조는 타오르는 불길처럼 젊은 나이인 28살이지 않는가? 이럼에도 불구하고 후궁을 못 들이게 국영이 방해했다니? 게다가 자신과는 의논하지도 않고 이담을 양자로 들이려고 했다니?

능행을 하고 남한강의 수군이 북벌을 기원하듯 대취타를 울렸던 날이었다. 정조가 밤이 이슥하도록 누군가를 위하듯 행궁의 불을 켜 두었다. 혹시라도 국영이 찾아오는 데 불편하지 않게 배려하는 의미에서였다. 여주에서 홍국영은 정조를 의도적으로 피하듯 찾아들지 않았다. 그리하여 정조는 남한산성 행궁에서의 기회를 기다리고 있었다. 무려 나흘을 남한산성 행궁에서 머물지 않았는가?

남한산성의 축성의 역사를 살피고 창고의 양곡 저장량까지 파악했다. 승병들까지 불러 전투에 투입하듯 포진 상태까지 사열하지 않았는가? 국영의 속내를 털어놓듯 진심으로 사죄할 기회를 주고 싶었다. 정조가 등극하도록 누구보다도 큰 공을 국영이 세웠다. 이런 보물처럼 소중한 신하를 참으로 잃고 싶지 않았다. 인간적으로 진솔하게 반성하고 새로 출발한다면 뭐가 문제가 되겠는가? 정조의 간절한 바람을 허공에 날려 보내듯 국영은 냉정하기만 했다.

국영의 태도는 속내라곤 터놓은 적이 없는 사람처럼 냉담한 태도였다. 마치 네가 나를 알기는 하니? 이런 기묘한 분위기까지 느껴질 지경이었다.

생살을 도려내는 심정처럼 참담한 느낌이 남한산성에서 계속 솟구쳤다. 행궁의 서안 앞에서 정조가 깊은 고뇌에 잠겼다.

'그대를 용서할까도 싶지만 용서한다는 의미가 반역을 허용하는 거잖소? 다른 일과는 달리 이번에는 그대가 머리를 굽혀야만 할 시기이외다. 머리를 굽히지 않으면 그대의 목숨까지도 달아날지도 모를 일이오. 그간 우리가 다진 우정이 아깝지 않소이까? 그렇게까지 권력에 욕심을 부려야만 하겠소이까? 끝내 우리의 관계를 개선하지 않겠다면 그대는 스스로 물러나야만 하외다. 그간 쏟았던 정이 허무하기에 이처럼 그대의 사죄를 기다리고 있소이다.'

환궁할 때까지도 국영에겐 먼지처럼 미세하게 사죄할 기색조차 없었다.

마냥 기다린다는 것은 질식할 듯 엄청난 피로감을 안겨주는 터였다. 단절된 성벽처럼 기다림의 뜻이 전달되지 않았을 수도 있는 터였다. 방치하듯 시간을 흘려보내고는 음흉한 계책을 쓰려고 시도할지도 모를 터였다. 바깥의 적보다 무서운 적은 측근에서 기회를 엿보는 무리라 여겨졌다. 마음을 실토하지 않은 국영은 충심을 바꾸듯 적이 되었다고 여겨졌다. 적을 가까이에 둘 이유가 없는 터다.

능행을 마치고도 한 달 보름이 지났을 때다. 9월 25일 밤에 타는 듯 아쉬움에서 국영을 편전으로 불렀다. 정조가 안타까운 심정을 국영에게 털어놓으면서 말했다.

"짐이 충분히 경에게 시간적 여유를 주었소이다. 이제 서로를 믿고 협조할 관계는 단절된 듯하외다. 길게 설명하지 않겠소이다. 내일 스스로 치사(致仕)하는 형식을 밟아 주기 바라외다. 그러면 내 선에서 유종의 마무리를 해 주겠소이다."

정조의 말이 떨어지자 촛불이 꺼지듯 잠시 침묵하다가 국영이
말했다.

"어떻게 하다가 보니 소신에게 탐욕이 많이 실렸나 봅니다. 소
신의 마음을 잘 아시리라 여겨지기에 구차한 변명은 하지 않겠사
옵니다. 마지막 대담에 이처럼 성의를 기울여 주셔서 황공할 따
름이옵니다. 명하신 대로 내일 사직서를 조정에 올리겠습니다.
건안하시길 빕니다."

9월 26일에 국영이 삶을 정리하듯 사직 상소문을 정조에게 제
출했다. 정조가 치사를 기다렸다는 듯 윤허했다. 9월 27일에는
병영을 긴장시키듯 무장들을 새롭게 교체했다. 교체된 직위에서
병영을 새롭게 편성하듯 새롭게 일하도록 바라는 마음에서였다.
우의정 홍낙순(洪樂純)에게 호위대장(扈衛大將)을 제수했다. 구선복
(具善復)을 훈련대장에, 이경무(李敬懋)를 금위대장에 제수했다. 이
방일(李邦一)을 어영대장에 임명하고 이주국(李柱國)을 총융사(摠戎
使)에 제수했다.

9월 28일에는 국영에게 선마(宣麻)를 내려 봉조하(奉朝賀)를 제
수했다. 선마(宣麻)는 궤장(几杖)을 내릴 때에 왕의 애정을 표시하
듯 전하는 서신이다. 국영이 봉조하를 제수받았기에 관리로서는
최상의 명예로운 퇴직이었다.

9월 29일에는 서영선을 영의정에, 홍낙순을 좌의정에 임명했

다. 우의정은 미래의 정황을 타진하려는 듯 공석 상태로 남겨 두었다. 9월 29일에 영의정이었던 김상철이 퇴직했기에 상신의 재배치가 이루어졌다.

10월 3일의 미시(未時)에 규장각으로 가겠다고 정조가 상선한 테 말한다. 정조를 연에 태워 가마꾼들이 휩쓸리는 안개처럼 규장각으로 향한다. 연에서 내린 정조가 주합루 1층의 규장각으로 향한다. 3월 27일에 감춰진 보물이 발굴되듯 서얼에서 검서관 4명이 임명되었다. 이들은 이덕무, 박제가, 유득공, 서이수이다. 수분을 빨아들이는 솜처럼 청국의 선진 지식을 흡수한 북학파의 인물들이다. 서얼이지만 문무를 겸비하여 조선에서는 태양처럼 눈부시게 자질이 빼어난 인물들이었다.

인재를 암흑 속의 등불처럼 숭상하는 정조다. 의지를 드러내듯 신분의 벽을 초월하여 인재를 등용하곤 한다. 이덕무, 박제가, 유득공, 서이수는 밤하늘의 혜성처럼 명성이 알려졌다. 이들을 채용하기에 앞서서 정조가 저울질하듯 재능을 시험해 보았다. 유교 경서뿐만 아니라 신문물에 대한 지식까지 해박한 터였다. 그래서 감탄하는 마음으로 이들 넷을 검서관으로 임명했다.

정조가 새로운 분위기를 형성하듯 규장각으로 들어설 때다. 제학인 황경원(黃景源)과 이복원(李福源)이 관리 상태를 보고하듯 왕에게로 다가든다. 다음으로는 직제학인 유언호(兪彦鎬)가 실무자들을 대면시키듯 검서관들을 데리고 나타난다. 이덕무, 박제가, 유득공, 서이수가 올해 3월에 임명된 검서관들이다.

규장각의 정청(政廳)에서 정조와 관원들이 모여서 연구 성과를 거론한 뒤다. 국가적 과제처럼 추진한 청국 도서의 구매량 증가를 정조가 살펴본다. 성균관 유생들의 도서 이용 상태에 깊은 관심을 보인다. 정조가 황경원을 향해 말한다.

"근래에 청국에서 구입한 1,000여 권 서책의 이용 상태를 설명하시오."

황경원이 예절을 표하듯 고개를 잠깐 숙였다가 응답한다.

"1,000여 권 중의 300여 권이 성균관의 유생들이 읽고 있사옵니다. 자연 현상에 대한 새로운 지식을 설명하는 서책도 많사옵니다."

반 시진에 걸친 업무 대담을 마친 뒤다. 정조가 검서관들을 불러서 개별 성취를 평가하듯 연구 실적을 보고받는다. 조선에서는 연구가 미흡했던 분야에 대한 연구가 불길이 치솟듯 진행된다. 참석한 검서관들은 이덕무, 박제가, 유득공, 서이수이다. 정조가 이들을 향해 말한다.

"경들은 누구보다도 빼어난 재주를 가진 사람들이오. 농민들의 고충을 해소시킬 수 있는 서책들을 연구해 주시오. 6개월 후에는 규장각에서 책을 출간할 수 있도록 해 주시오."

검서관들이 휩쓸리는 바람결처럼 일제히 허리를 굽히며 경건하게 대답한다. 이윽고 정조가 2층으로 올라가서 역대 왕들의 문집과 어필들을 둘러본다. 그러다가 효종의 어필을 들여다보다가 가슴이 저릴 듯 목이 멘다.

'북벌을 위해 그처럼 노력하다가 세상을 떠나다니요? 천지신명도 참 무심하시지 어떻게 그처럼 아까운 분을 쉽게 데려갔어요?'

정조가 규장각에서 물살을 가르는 용처럼 연을 타고 선정전으로 되돌아간다. 선정전의 용상에 앉아서 4명의 검서관들에 대한 자료들을 파악한다.

이덕무는 정조보다 11살이 많은 39살의 서얼 출신의 관리다. 정조가 자신의 의지를 되새기듯 잠시 상념에 잠긴다.

'선대의 법을 마음대로 뜯어고칠 수는 없잖아? 마음대로 법을 손대면 거기에 따른 후유증이 또 발생할 거야. 법은 손대지 않으면서도 융통성을 살려 인재들을 등용시키면 되잖아? 하여간 세상을 사는 일이 간단치 않아.'

정조가 검서관인 이덕무(李德懋)에 대한 자료를 칼날처럼 예리한 눈빛으로 살펴본다. 박지원(朴趾源), 홍대용(洪大容), 박제가, 유득공, 서이수(徐理修) 등과 북학파의 선비로서 어울렸다. 그러다가 그들의 사상을 들숨처럼 많이 받아들였다. 경제적인 이론보다는 철학적인 방법론에 애정을 쏟듯 관심을 기울였다. 고염무(顧炎武),

주이존(朱彝尊) 등의 중국 고증학자들의 저서에 일찍부터 심취했다.

1778년에는 새로운 세상을 체험하듯 진주사(陳奏使)인 심염조(沈念祖)의 서장관(書狀官)으로 연경(燕京)에 들어갔다. 그는 거기에서 명성이 밤하늘의 별처럼 눈부신 석학들과 교류했다. 상대한 학자들로는 기균(紀均), 이조원(李調元), 이정원(李鼎元), 육비(陸飛), 엄성(嚴誠), 반정균(潘庭筠) 등이었다.

청국에서 다양한 분야에 대해 기록해 왔다. 산천(山川), 도리(道里), 궁실(宮室), 누대(樓臺), 초목(草木), 충어(蟲魚), 조수(鳥獸) 등을 기록했다. 1779년에는 이덕무의 명성이 떠밀리는 물살처럼 조정의 정조에게까지 알려졌다. 그해 3월에 박제가, 유득공, 서이수와 함께 검서관에 제수되었다.

정조가 빼어난 인재의 역량에 감탄한 듯 생각에 잠긴다.

'이덕무는 학자로서의 소양이 완벽히 갖춰진 인물이야. 선진 문물을 접하여 기꺼이 흡수했을 뿐만 아니라 석학들과도 교류했잖아? 내가 규장각에 배치하여 눈부신 역량을 펼치도록 배려해 주겠어.'

정조가 다음으로는 유득공(柳得恭)에 대한 자료를 산악의 능선을 훑듯 살펴본다. 유득공은 정조보다도 4살 연상으로서 27살에 사마시에 합격하여 생원이 되었다. 하지만 유득공도 조선에서는 목이 죄듯 갑갑함을 느끼는 신분인 서얼이었다. 빼어난 시문과 역사를 통찰하는 능력이 돋보여 1779년에 검서관에 제수되었다.

정조가 서류를 넘겨 서이수(徐理修)에 대한 자료를 들여다본다. 정조보다도 3살 연상으로서 서얼 출신이지만 학문적인 능력이 빼어났다고 알려졌다. 그리하여 1779년에 규장각의 보물 같은 존재인 검서관에 제수되었다.

정조가 선정전의 실내를 거닐며 숨결을 햇살처럼 평온히 가다듬은 뒤다. 정조가 박제가(朴齊家)의 자료를 체온을 재듯 들여다본다. 박제가는 19세 무렵부터 학덕을 쌓듯 북학파 인물들과 교류했다. 그가 상대한 인물로는 박지원(朴趾源), 이덕무(李德懋), 유득공(柳得恭) 등이었다. 27살인 1776년에는 '건연집(巾衍集)'이라는 사가시집(四家詩集)을 출간했다. 시집의 공동 저자는 이덕무, 유득공, 이서구(李書九)였다. 이 책은 청국에까지 알려져 청국으로부터도 빛살처럼 눈부신 호평을 받았다.

1778년에는 사은사인 채제공(蔡濟恭)을 따라 이덕무와 함께 청나라에 갔다. 이조원(李調元), 반정균(潘庭筠) 등의 태양처럼 명성 드높은 청나라 학자들과 사귀었다. 귀국해서는 청국에서 관찰한 내용을 '북학의(北學議)'라는 서책으로 세상에 알리듯 간행했다. 신문물을 도입하여 흡수하는 능력이 돋보여 검서관에 제수되었다.

용상에서 한동안 들여다보던 자료를 옆으로 밀친 뒤다. 정조가 가을의 정취에 젖어 들며 탁류처럼 소용돌이치는 상념에 휩쓸린다.

'이제 홍국영이 물러났으니 신변 보호 부대인 숙위(宿衛)도 조만간 폐지해야겠군. 지난 4월 22일에 세워졌으니까 무려 7개월간 유지되어 온 셈이군. 작은 경호 부대가 아닌 커다란 병영이 필요한 시기야.'

창가에 어스름처럼 밀려드는 저녁 정취에 젖어 정조가 미래를 구상한다. 1776년 3월 10일에 등극한 정조다. 먹구름에 떠밀리듯 등극한 지 벌써 3년째다. 규장각을 설치하여 운영하면서 선대의 조신들을 은밀히 통제하기 시작했다. 선비들이 특정한 당파로 몰려다니는 것을 은밀히 경계했다.

규장각을 통하여 새로운 국가의 운영 방침이 연일 발표되었다. 조신들은 얼떨떨해 하면서도 지침을 따르려고 주변의 눈치를 살피듯 애썼다. 누구든 노론의 벽파에 얼쩡대는 것을 스스로 조심하게 만들었다.

예전에 정조가 홍인한(洪麟漢), 정후겸(鄭厚謙), 윤양후(尹養厚)의 무리를 악순환을 단절시키듯 처형했다. 이들은 마차를 제지하듯 세손의 대리청정을 방해했다는 점으로 모반죄로 몰렸다. 세손이 대리청정하지 못했으면 왕위 계승이 어려울 뻔했다. 대리청정을 도운 인물로는 홍국영과 영조의 계비인 정순왕후였다.

하늘의 입김이 순풍을 일으키듯 정조의 대리청정을 도왔다. 대리청정을 방해하려고 홍인한과 정후겸이 계승을 제지하려는 듯 발악적으로 노력했다. 정조가 토역 교문을 발표하면서 국가의 분위기를 쇄신하듯 바꾸려고 했다. 홍상범 일당이 후속적으로 날뛴 사건이 벌어졌다. 이에 국가적인 안정을 정치와 군사력으로 회복하려는 정조다. 영릉과 남한산성의 순행은 이런 대국적인 관점에서 이루어졌다.

동양 무예의 집대성

세월이 빛살같이 빨리 흘러서 1780년의 4월 보름이 되었다. 장검으로 바람결을 가르듯 정조가 이른 아침에 검술 수련을 마쳤다. 1759년에 간행된 무예신보(武藝新譜) 속의 본국검(本國劍)의 검식(劍式)을 아침마다 수련한다. 연무장으로는 천혜의 비밀 공간 같은 선정전의 뜰을 이용한다. 선정전의 뜰은 담장으로 둘러싸여 정방형의 반듯한 공간이다. 운동을 마치고는 항시 몸을 씻고 서안 앞에 앉는다.

서안 앞에 앉아서도 칼을 쥐었을 때의 쾌감이 물결처럼 밀려든다. 정조가 본국검을 아침마다 시연하는 본질을 꿰뚫듯 궁극적인 이유가 있다. 체력 단련도 중요하지만 새로운 무예서(武藝書)를 출간하겠다고 다짐하는 의미가 크다. 새로운 무예 서적으로 조선군을 태산 같은 강병으로 만들겠다는 포부이다. 짐승에게 달려드는 모기떼처럼 집요한 마음으로 아침마다 32동작의 본국검을 시연한다. 경쾌한 검식이 칼을 휘두를 때마다 정신을 맑히는 쾌감으로 밀려든다.

정조가 과거를 점검하듯 선정전에서 3개월 전의 일을 떠올린다. 천지가 광막한 백사장처럼 백설로 뒤덮였던 1월 8일의 일이었다. 좌의정(左議政)인 홍낙순(洪樂純)의 관직을 빼앗고 도성 밖으로 걸인처럼 내쫓았다. 그날 대사헌이었던 이보행(李普行)은 추자도(楸子島)에 안치(安置)시키라고 하교했다.

생각할수록 가슴이 막힐 듯 안타까운 일이었다. 홍낙순은 홍국영의 큰아버지였다. 정승에 올라서자마자 영의정이 되려고 세상을 교란하듯 온갖 술수를 부렸다. 홍국영은 가출한 사람이 귀가하듯 재차 관직에 복귀하고 싶었다. 마음이 끌리는 관직은 서명응이 차지한 홍문관 대제학이라 여겼다. 자신의 다급한 마음을 서명응에게 비쳤음에도 서명응은 대제학의 직위를 고수했다.

홍국영의 복귀가 어려워지고 홍낙순의 영의정으로의 진출이 절벽에 차단되듯 막혔다. 홍국영과 홍낙순은 대사헌인 이보행을 혈연처럼 그들의 편으로 끌어들였다. 이보행이 서명응을 탄핵한 사유는 서명응이 홍계능과 친하게 지냈다는 사실이었다.

정조에게는 홍국영과 홍낙순이 꼭두각시처럼 황당한 광대로 비친다. 홍국영은 봉조하를 제수받고 증발된 물처럼 조정에서 물러나기로 했다. 그랬는데도 옥외에서 실내의 보물을 탐내듯 대제학을 넘보지 않았는가? 서명응이 수문장처럼 버티고 있음을 알고는 이보행에게 탄핵하게 만들었다. 대사헌인 이보행이 홍국영의 부추김에 이성을 잃듯 동하여 서명응을 탄핵했다.

홍계능이 처형되고도 아궁이의 재처럼 많은 시일이 지난 뒤다. 뒤늦게 불씨를 되살리듯 탄핵한 것은 서명응이 걸림돌이 된다는 이유에서다. 서명선과 서명응은 쌍둥이처럼 절친한 형제다. 서명응이 처벌되면 서명선도 녹아서 떨어지는 고드름처럼 자동적으로 사직하리라 예견했다.

이런 전략으로 이보행을 시켜 서명응을 골짜기로 추락시키듯 탄핵했다. 정조의 귀에도 주변의 소문이 여름철의 불나방처럼 날아들었다. 홍낙순과 홍국영이 조정 내외에서 음흉한 계략을 추진하려고 한다는 내용이었다.

아쉽지만 물을 증발시키듯 홍낙순을 처벌해야 할 시기가 되었음을 느꼈다. 처벌할 때에는 명확한 처벌 사유를 밝혀야 함을 아는 터였다. 처벌 사유를 명시하고는 홍낙순을 추자도에 유배시키라고 하교했다.

배신을 응징하듯 자신의 편이었던 홍낙순과 홍국영을 정조가 내쫓았다. 그간 쏟았던 애정 탓으로 가슴에 구멍이 뚫리는 듯 공허하다. 친한 세력이 내몰리는 안개처럼 스러져 정조의 마음이 허전하다. 하지만 안타깝다고 해서 과거에 연연할 수는 없는 처지다. 고통을 피눈물로 덮듯 감수하며 난관을 극복해야 할 처지다.

정조가 물속으로 뛰어들듯 입술을 굳게 깨물며 상념의 물결에 휩쓸린다. 내시가 문풍지를 울리는 바람결의 속삭임처럼 정조에게 알린다.

"규장각의 이덕무 검서관이 오셨사옵니다."

정조가 내시한테 절벽이 산울림을 되돌려 주듯 응답한다.

"들라 하라."

이덕무와 정조가 찻잔의 김이 안개처럼 나풀대는 다탁에서 마주 바라본다. 정조가 친근감을 드러내듯 덕무를 가까이에 앉혀 그의 속내를 들려준다.

"경이 사는 마을이 대사동의 백탑(白塔) 부근이라 알고 있소이다. 요즘도 꾸준히 시회(詩會)를 행하고 있소이까?"

덕무가 여유로운 정감에 취하듯 미소를 머금으며 응답한다.

"마음이 통하는 몇 사람들이 백탑 부근에 살고 있사옵니다. 일정한 시기에 모여 시도 짓고 대화도 나누고 그렇게 지냅니다."

정조가 소년처럼 장난기 실린 표정으로 덕무에게 묻는다. 시회 참가자들 중에서는 누구의 시 솜씨가 제일 빼어났느냐고? 덕무도 부드러운 미소를 머금고 응답한다.

"전하, 솔직히 말씀 드려도 되겠사온지요? 제가 가장 뛰어나다고 여겨지는데도 다른 사람들은 자신들이 뛰어나다고 우깁니다. 이럴 때는 어떻게 대처하면 좋겠사온지요?"

정조가 덕무의 대답에 자갈이 쏟아지듯 소리를 내어 껄껄 웃는다. 그러더니 덕무를 향해 짐짓 안타깝다는 듯 너스레를 떨며 말한다.

"아니, 거기 사람들이 눈이 삐어도 한참 삐었겠소이다. 감히 규장각 검서관의 글 솜씨를 몰라보다니요? 시회 참석자들의 눈에 질환이 생긴 듯하니 원한다면 전의를 보내겠소이다."

덕무도 실신할 듯 웃다가 눈에 눈물까지 글썽이며 말한다.

"모든 게 전하 탓이옵니다. 하도 웃기시는지라 체신을 차리지 못하고 웃어서 정말 죄송하옵니다."

분위기를 바꾸듯 정조가 내시에게 말한다.

"매화차 대신에 이번에는 국화차를 2잔 가져 오라고 하라."

나인이 꿈결처럼 매혹적인 향기의 국화차를 소반에 차려 편전으로 들어선다. 나인이 물러간 뒤다. 덕무도 유년의 온기를 자아내듯 밀려드는 향기에 취해 국화차를 마신다. 이때 자연스러운 분위기에서 정조가 덕무에게 말한다.

"소문에 의하면 출중한 무사가 나타났다고 들었소이다. 경도 너무나 잘 아는 사람일 것이오. 백동수와 얼마만큼 친하시오?"

임금과 신하가 함께 배를 젓듯 마음을 터놓고 대화를 나눈다. 적군을 박살내듯 조선군을 명군(名軍)으로 조련시킬 무사를 찾던 정조다. 작년 9월에 스러지는 안개처럼 홍국영이 축출된 뒤다. 10월 8일에 궁중 경비대인 숙위를 해산했다. 여태껏 홍국영이 전담하듯 숙위대장으로 일해 왔다. 홍국영이 물러나자 숙위를 해산했다.

능행에 나서서 작년에는 정조가 남한산성의 군대를 점검했다. 그랬더니 가뭄에 갈라진 논바닥처럼 엉성한 곳이 눈에 많이 띄었다. 한강을 건너 경기도로 접어들 무렵에 치르는 발포에서부터 문제가 생겼다. 병영이 대포를 쏘았는데도 재차 대포를 쏘는 불상사가 벌어졌다.

축포가 발사되면 병영마다 맞불을 놓듯 응포를 하게 된다. 각 부대가 응포하자 산성 전체가 포성으로 무너질 듯 술렁거렸다. 결국 지휘 대장의 관직을 삭탈하지 않을 수 없었다. 이런 연유로 남한산성에서 병사들의 포진을 사열하지 못했다.

정조가 백동수에 관해 문자 덕무가 머리를 빗질하듯 자세하게 들려준다. 정조도 무척 관심이 많은 듯 귀를 기울여 듣는다. 1743년생인 백동수(白東脩)는 종4품인 용양위(龍驤衛) 부호군(副護軍)를 지낸 백사굉(白師宏)의 아들로 태어났다. 증조부인 백시구(白時耈)는 종2품인 병마절도사를 지낸 호랑이처럼 용맹스러운 무반이었다. 조부인 백상화(白尙華)가 서자였기에 동수도 서얼의 신분이다.

동수는 김체건(金體乾)의 아들인 김광택(金光澤)에게 무술의 진전을 흡수하듯 무예를 익혔다. 빼어난 무인인 김체건은 조정에서 선발되어 일본에 밀정처럼 파견되었다. 김체건은 비밀리에 왜검(倭劍)을 익혀 조선에 들어와 조정에서 시범을 보였다. 김체건의 시연은 신선이 환생한 듯 절묘하여 왕과 조신들을 경탄시켰다. 이런 빼어난 무인의 아들이 김광택이었다. 김광택은 아버지로부터 전수받았기에 검술에 있어서는 무적인 듯 빼어났다.

동수는 1771년에 29살로 관직의 길을 찾듯 과거에 급제했다. 하지만 관운이 없었던 듯 당장 관직에 오르지는 못했다. 1773년에는 농부로 살려는 듯 가족과 함께 강원도 기린협(麒麟峽)에 은거했다. 조정으로의 진출을 기대하면서 강원도에서 틈틈이 검술을 수련했다. 이미 무과에 합격할 당시에 검술과 창술에 적이 없을 지경이었다. 게다가 기마술과 궁술에 있어서도 빼어난 실력을 갖추었다.

예전에 누이동생이 연분을 찾듯 서얼 출신인 이덕무에게 시집갔다. 이덕무는 동수보다도 2살 연상이었지만 동수가 6살 때부터 알고 지내었다. 둘은 숨결에서도 마음을 읽듯 막역한 친구로 지내었다. 처남과 매부 관계가 되자 꽃과 꿀벌처럼 더욱 친밀해졌다. 이덕무를 비롯한 서얼 출신들이 재능을 인정받듯 1779년에 검서관으로 임명되었다. 이러한 연유로 1780년에는 동수도 강원도에서 서울로 이사했다. 동수는 당당하게 무과에 급제한 신분이기에 기대감을 안고 상경하게 되었다.

동수에 대해 개략적인 설명을 들은 뒤다. 정조가 덕무를 향해 관심이 많다는 듯 차분히 말한다.

"백탑 부근에 사는 사람들은 다들 북학에 조예가 깊다고 들었소이다. 특히 북학을 좋아할 만한 사유라도 있는지 말해 보시오."

덕무가 흐르는 물줄기처럼 막힘없이 대답한다. 백탑은 대리석으로 만들어진 원각사 10층탑을 말한다고 들려준다. 백탑이 있는 동네가 대사동(大寺洞)이다. 궁궐에서 지척인 듯 창덕궁 남쪽으로 3리쯤 떨어져 있다. 이덕무가 1766년에 떠밀리는 안개처럼 대사동으로 이사했다. 박지원은 1768년에 흘러드는 기류처럼 대사동으로 이사했다. 이덕무와 박지원은 1768년부터 알고 지내었다. 박지원은 명문가인 양반의 후손이고 이덕무는 서얼 출신이다. 둘 다 북학파의 대표 인물로 알려졌다.

신분의 차이가 나면 장벽이 막아서듯 만나기가 어렵다. 도토리의 키를 재듯 이덕무는 40살이며 박지원은 44살로 비슷하다. 이덕무와 친한 백동수는 올해 38살이다. 4명의 검서관들 중에서 서이수만 제외하고는 다들 대사동에서 산다. 이덕무, 박제가, 유득공, 유금, 백동수, 서상수. 이들은 백탑 시회에서 친교(親交)를 자랑하듯 자주 만난다. 홍대용과 박지원도 나중에 합류되는 양상이었다.

이들은 친목을 다지듯 시회(詩會)를 주기적으로 가진다. 만나서는 정감을 풀어내듯 술도 마시고 그림도 그리며 악기도 연주한다. 퍼져 흐르는 안개처럼 문학적인 활동만 취한 게 아니다. 바꿔는 기류처럼 이들의 학풍은 성리학과는 다르다. 농업의 생산성을 향상시키고 상업의 발전을 추구하는 실질적인 학풍이 조성되었다. 세간에서는 이른바 실학이라 불리는 학풍이 이때 조성되었다. 청나라의 새로운 문물과 제도를 받아들이려는 실학의 학풍이 북학이다.

북학은 예절 분야에서 별똥처럼 벗어나 현실을 개선하려는 실학의 일종이다. 현실을 개선하려는 사람들이 숲의 새들처럼 다수로 참여하는 영역이다. 북학의 기운은 시(詩)에서 출발하여 주변의 일상으로 숱한 깃털처럼 확산되었다. 이덕무는 박제가(朴齊家), 유득공(柳得恭), 이서구(李書九)의 셋과 함께 '건연집(巾衍集)'이라는 시집(詩集)을 내었다. 시집이 청국에서 타오르는 불길처럼 호평을 받으면서부터 청국에 관심을 가졌다. 차차 청국의 문물이나 제도에까지 관심을 갖게 되었다.

서상수의 '관재(觀齋)'와 '동장(東庄)', 이덕무의 '청장서옥(靑莊書屋)', 윤가기의 '삼소헌(三疎軒)'은 유명한 장소였다. 이서구의 '소완정(素玩亭)' 등에서도 시를 추앙하듯 시인들이 자주 모였다. 초기의 북학은 시인들이 시의 불꽃을 피우듯 즐겨 모이면서부터 시작되었다. 이들은 함께 모여 마음을 나누듯 술과 차를 마셨다. 세상을 표현하듯 시를 짓거나 그림을 그리고 음악을 즐겼다.

박지원이 1768년에 대사동으로 이사하면서부터 이들 집단과의 교류가 불길처럼 활발해졌다. 박지원보다 6살 연상인 홍대용

(洪大容)도 백탑 언저리에 기류가 떠돌듯 살았다. 박지원과 홍대용은 지기처럼 서로 잘 지냈다. 이들이 어울려 시회(詩會)를 하며 정담을 나누면서 북학의 기풍이 확립되었다. 세인들은 이덕무, 박제가, 박지원, 홍대용 등을 북학파의 대표자들로 받아들였다.

북학파의 중요한 특성에는 청국을 다녀온 체험이 있었다. 유람뿐만 아니라 청국의 학자들 및 서양 선교사들까지 만났던 체험이었다. 이들 체험은 조선인들에겐 꿈속을 거닐 듯 환상적인 영역이었다. 선진 문물을 접했던 가슴 벅찼던 느낌들이 방문자들마다 꽃 피듯 응집되었다. 신문물을 체험한 사람들마다 취하듯 매혹되어 기념적인 집필을 했다. 이들 저작물들이 쌓여 북학의 이론적인 근원이 탑처럼 구축되기에 이르렀다.

이덕무, 박제가, 박지원, 홍대용은 청국 문물을 체험한 대표적인 인물들이었다. 이들의 저작물들이 나돌면서 세인들의 의식도 무지개처럼 다채롭게 변화되었다.

꿀을 채취하는 꿀벌처럼 이덕무의 얘기를 열중해서 듣던 정조가 말한다.

"궁궐에서 3리 거리이면 아주 지척이라 여겨지오. 백탑 부근에서 선비들이 모여 시를 짓고 학문을 교류하다니 놀랍소이다. 아주 바람직한 현상이라 여겨지외다."

여기까지 얘기를 하고는 정조가 숨결을 조절하듯 잠시 침묵한다. 그러더니 이내 스며드는 빛살처럼 환히 웃으면서 덕무에게 말한다.

"내가 경에게만 특별히 얘기하니 말이 새어 나가지 않도록 하시오. 경의 처남이자 친구인 백동수를 조만간 만나보고 싶소이다."

덕무가 기다렸다는 듯 흔쾌히 그렇게 하겠다고 말했다.

벼랑에서 떨어지는 돌멩이처럼 빠른 세월의 흐름이다. 1784년 8월 29일의 저녁나절이다. 정조의 나이가 싱그러운 신록처럼 젊은 33살인 때이기도 하다. 이틀간의 휴가가 조선의 관리들에게 풍족한 여유처럼 부여된 시점이기도 하다. 넓은 궁전의 뜰에도 사람의 그림자라고는 찾아보기 힘들 정도다. 온 세상이 잠들어 있는 것처럼 고요하게 느껴지는 시점이기도 하다.

창덕궁 인정전 앞의 사막처럼 광막한 느낌의 뜰에서다. 사방의 담벼락에 갇힌 정방형의 뜰이 광막한 대지처럼 펼쳐진다. 인정전 건물과 나란한 방향인 가로가 22장, 수직인 세로가 17장이다. 뜰의 중앙에는 5명이 심산의 숙련된 검객들처럼 검술을 시연한다. 검술 지도를 맡은 사람은 무적(無敵)의 달인 같은 백동수다. 검술 지도를 받는 사람들은 4명의 검서관들이다. 검서관들은 이덕무, 박제가, 유득공, 서이수이다. 정조의 명령으로 지난 1년간 꾸준히 검술을 수련해 오고 있다.

정조가 장승처럼 뜰에 우뚝 서서 5명의 수련 과정을 지켜본다.

정조가 훈련을 지켜보며 기억을 징검다리처럼 펼친다. 숙종 때의 신화처럼 빼어난 무사가 김체건(金體乾)이었다. 숙종은 김체건을 일본에 보내어서 '왜검'을 익혀 오도록 명령했다. 일본은 외국인에게는 검술을 불문율의 전통처럼 전수하지 않았다. 왕명을 받은 김체건은 일본의 빼어난 검객들이 출입하는 곳으로 잠입했다. 그들의 거처 가까운 곳에 집을 구했다. 일본 검객들의 검술을 훔쳐보기 위해서는 비상수단을 써야 했다.

검객들의 연무장 가까운 데에 집을 구해야 했다. 그러고도 마당에는 키 높이만큼의 구덩이를 파야만 했다. 구덩이 속에 박쥐처럼 숨어서 일본 검객들의 시연 동작들을 관찰했다. 몇 년의 세월이 흘러서야 모든 '왜검'의 검술을 파악하게 되었다.

귀국한 김체건은 검객처럼 예리한 눈빛의 숙종의 앞에서 검술을 시연했다. 연무장의 땅바닥에 꽃잎을 융단처럼 자욱하게 깔아 놓은 뒤였다. 발가락으로 일어서서 걸으면서 왜검의 숱한 동작들을 바람결처럼 펼쳤다. 맨발로 악기의 현에 올라서듯 발가락으로만 땅바닥으로 나다니며 칼을 휘둘렀다. 숱한 검식들을 펼쳤어도 땅바닥의 꽃잎들은 흐트러지지 않았다. 숱한 동작들이 펼쳐졌음에도 끝내 발가락으로 우뚝 섰다. 다른 사람들은 꿈에서조차 흉내 내기가 어려운 동작들이었다.

김체건은 연잉군(이후의 영조)의 호위 무관이기도 했다. 김체건이 연잉군의 사저인 창의궁에 늘의 잠룡처럼 머물 때였다. 창의궁에 드나드는 궁비와 김체건이 인연이 닿은 듯 눈이 맞았다. 그

러다가 이들 사이에서 천운이 작용한 듯 김광택(金光澤)이란 아들
이 출생했다. 평민이 왕의 전유물 같은 궁비를 건드리는 것은 역
모에 해당했다. 김체건이 숙종에게 보였던 충성이 참작되어 국왕
이 용서해 주었다. 실제로 평민이 궁비를 건드려 효수가 된 사례
가 간간이 있었다.

　김체건이 사망하자 둥지를 떠나는 새처럼 김광택도 궁궐을 떠
났다. 김체건은 그간 자신의 검술을 김광택에게 죄다 전수한 상
태였다. 새로운 인연과 마주치듯 김광택은 홍봉한의 매개로 영조
와 만나게 되었다. 그때부터 영조의 호위 무관으로 일하다가 종3
품인 첨사까지 진급했다. 고령으로 퇴직한 김광택에게서 예정된
운명처럼 백동수가 검술을 전수받았다. 백동수는 김광택의 제자
가 된 터였다.
　관계에 진출하려는 듯 동수는 29살인 1771년에 무과에 급제했
다. 무과 합격자 수가 많아서 관직을 받기가 어려웠다. 2년간은
때를 기다리듯 서울에 머물렀다. 1773년부터 1779년까지의 7년
간은 강원도의 기린협(麒麟峽)에서 농부처럼 농사를 지었다. 1779
년에 친구이자 매부인 이덕무가 용이 승천하듯 검서관에 제수되
었다. 비등과자인 매부가 등용되면 등과자인 자신도 쉽게 등용되
리라 여겼다. 그리하여 1780년부터는 상경하여 관직에 오르기를
기대했다.
　1780년부터 봄철의 바람결처럼 묘한 언질이 전해졌다. 덕무가

동수에게 말했다.

"너만 알고 있어. 절대로 소문이 새어 나가면 너와 나는 목이 잘리는 거야. 임금이 너한테 무척 관심이 많아. 네가 성실하게 검술 수련을 하면 조만간 기회가 오리라 여겨져. 내 말대로 내색하지 말고 꾸준히 검술 수련을 하라고. 내 말 알겠지?"

동수도 치솟는 기쁨을 추스르듯 침착하게 응답했다.

"알았어. 사실은 나도 9년 전에 현재의 성상을 대면한 적이 있어. 조정에서 불러주기를 많이 기다렸어. 소중한 정보를 알려주어서 고마워."

무예신보의 '왜검' 검술을 5명이 새가 날개를 펼치듯 시연한 뒤다. 이번에는 신라에서 신화처럼 전승되었다는 우리나라의 본국검을 시연할 차례다. 32개 동작으로 된 본국검이 삼국을 통일한 신라 정신의 결정체였다니! 자신도 매일 아침 인정전 뜰에서 수련하지 않는가?

검서관들과 백동수가 검진을 형성하듯 횡렬로 벌려 선다. 일행이 죄다 군복(軍服) 차림새다. 군복이 주는 장중함이 파동처럼 강렬하게 전해진다. 횡렬의 중앙에 백동수가 북극성의 존재처럼 서 있다. 행렬의 손에 다들 장검이 들려 섬광처럼 빛을 내뿜는다. 동수가 기합을 지르자 일행이 일제히 칼을 뽑아 정면을 겨눈다. 오른발이 어깨 넓이만큼 앞으로 나간 상태로 칼이 정면을 겨눈다. 이어서 왼발을 앞으로 당겨 나란히 서면서 죄다 지검대적세(持劍

對賊勢)를 취한다.

지검대적세는 칼을 좌측 어깨에 기대듯 적을 겨누는 자세이다. 오른손은 칼자루를 쥐고 왼손은 칼자루의 밑을 잡은 자세다. 평범하면서도 벼락치기 전의 매서움이 담긴 듯 깔끔한 자세다. 이 자세만으로도 적의 기세를 제압할 듯 위압적이다. 이어질 다음의 동작이 어떻게 변할지 상대를 당혹하게 만든다.

이 자세에서 오른편으로 몸을 돌려 정반대 방향으로 향한다. 칼 끝은 몸통 우측의 땅바닥을 후리다가 정면의 적을 찌르듯 겨눈다. 이때 왼발 후굴 서기 자세로 오른발을 살짝 든다. 이 자세가 절제의 상징인 듯 우내략(右內掠)으로 불린다. 이어서 오른발을 한 걸음 앞으로 진행하면서 왼발도 끌듯 옮긴다. 왼발은 오른발보다 한 걸음 뒤로 하여 섬처럼 멈춰 선다. 칼자루를 머리 위로 번쩍 올렸다가 칼로 적을 내려친다. 이 자세가 진전격적세(進前擊賊勢)이다. 칼끝은 적의 가슴을 겨눈다.

변화를 극대화하듯 몸을 왼쪽으로 돌리며 몸통은 정반대 방향으로 향한다. 오른발 후굴 자세로 서서 왼발을 슬며시 든다. 이때 칼은 오른쪽 어깨에 기대듯 세워서 두 손으로 든다. 이른바 이 자세가 금계독립세(金鷄獨立勢)이다.

이어지는 검식(劍式)들을 정조가 변화를 꿰뚫듯 찬찬히 들여다본다. 자신도 반복해서 연습하는 검법이었지만 맵시가 확연히 달라 보인다. 자신의 동작들과는 다른 물결 같은 파동과 여유로움

이 느껴진다. 게다가 5명이 공동으로 휘두르는 검술이라 산악이
라도 가를 듯 매섭다.

이윽고 반 시진가량의 무술 연습이 끝난 뒤다. 열기를 식히듯
샘물을 길러 동수 일행이 세수를 한 뒤다. 정조가 이들을 편전으
로 불러들인다. 편전의 식탁에는 삶긴 돼지고기와 탁주가 연회장
처럼 풍성히 놓여 있다. 또한 식탁에는 김치와 수저와 술잔이 놓
여 있다. 생된장도 두둑이 그릇에 담겨 있다. 왕과 검서관들과 동
수가 식탁에 둘러앉아 시연을 축하하듯 술잔을 든다.
정조가 흡족한 듯 좌중을 둘러보며 말한다.
"다들 오늘 수고 많으셨소이다. 내게 필요한 사람이 무장(武將)
이 아니라 전문 조련사인데 오늘 감탄했소이다. 볼 때마다 다들
동작이 세련되어 민첩하면서도 위세가 드러나 보이외다."
정조의 말에 이덕무가 기다렸다는 듯 응답한다.
"전하께서 소신들을 불러 주셔서 영광스럽사옵니다. 무예신보
에 실린 무술들이 이처럼 위력적인 줄은 미처 몰랐사옵니다."
이윽고 정조가 본국검에 대한 세세한 평가를 할 때다. 동수가
놀란 듯 감동한 눈빛으로 정조를 바라보며 말한다.
"관직도 없는 소신을 이 자리에 불러 주셔서 영광이옵니다. 제
가 아는 모든 기예를 검서관 나리들한테 전수해 드리겠사옵니
다."

정조가 어떤 생각이 머리에 떠오른 듯 동수를 향해 말한다.

"백 공은 무과에 급제했을 때에 짐과 대면하지 않았소이까? 무척 오랜만이외다."

동수가 기쁜 마음에 취한 듯 반가운 마음으로 응답한다.

"그때 등과했지만 아직까지 관직을 받지 못했사옵니다. 소신 이외에도 무과 합격자들이 무척 많았다고 들었사옵니다."

정조가 향기를 음미하듯 입가에 미소를 머금다가 말한다.

"세상에는 연분이란 게 있소이다. 마음을 느긋하게 가지되 최선을 다하면 언젠가는 경사를 맞는 법이외다. 부하 병졸이라고 여기고 검서관들을 정예병으로 훈련시켜 주기 바라오. 그렇게만 해 준다면 조선도 강병을 지니게 되리라 여겨지외다."

동수가 갈대처럼 허리를 굽히며 그렇게 하겠다고 대답한다. 정조도 탁주를 마시면서 마음이 느긋해졌는지 거듭 온화한 목소리로 말한다.

"짐이 어제 금위대의 연합 훈련을 정지시켰소이다. 왜 그런지 아시오?"

쥐 죽은 듯 좌중이 조용하자 정조가 헛웃음을 웃다가 말한다.

"너무 어려운 질문을 했나 보오. 짚고 넘어갈 일이라 얘기는 해야 하겠소이다."

뭔가 돌연히 생각난 듯 정조가 이야기의 방향을 바꾼다.

"이 자리에는 청국에 갔다 온 사람들이 2사람이나 있지요? 청국의 병력 상태를 혹여 살펴봤으면 이 공부터 말해 보시오."

덕무가 실내의 분위기를 살피듯 좌중을 훑어보고는 천천히 말한다.

"전하, 청국에 다녀온 것은 사실이옵니다. 하지만 문인들과 신문물을 주로 살폈기에 군대는 잘 모르겠사옵니다."

정조가 이번에는 박제가를 바라본다. 박제가가 기다렸다는 듯 응답한다.

"나라의 크기가 클지라도 신문물을 받아들이는 속도가 빠르다고 여겨지옵니다. 평양성 전투에서 기효신서의 전술을 이용했다는 점만 해도 입증되리라 생각되옵니다."

정조가 크게 공감하듯 고개를 끄떡이며 박제가의 말을 긍정적으로 받아들인다. 한동안 고개를 끄떡이더니 상념에 잠긴다.

'나라의 운명이란 한두 인물에 의해서는 바뀌지 않아. 애정을 가지고 꾸준히 노력해야 소정의 성과가 생길 거야.'

정조에게는 예나 지금이나 백동수는 눈부실 듯 훌륭한 인재로 비친다. 전문 무관으로 여기듯 검서관들에게 검술을 지도하라고 명령한 이유가 있다. 무예신보에 수록된 무술들의 효용을 규명하듯 실용성을 점검하기 위해서다. 실용성이 보이면 나라의 병영에 무술을 보급할 작정이다. 이런 목적을 위해 새로운 병영을 만들고 싶은 정조다.

정조는 홍국영에게 질렸기에 자신을 방어하듯 백동수에게도 경계심을 갖는다. 그러면서도 백동수와는 끝까지 신뢰할 관계가 되기를 바라는 터다.

홍국영의 경우는 생각만 해도 노여움에 떠밀리듯 자꾸 치가 떨린다. 국영의 욕망 탓에 정조에게 후궁도 들이지 말라고 했다. 엉뚱하게 상계군 이담(李湛)을 양자로 맞아 세자로 삼을 음모를 꾀했다.

백부인 홍낙순을 영의정에 올리고 자신은 홍문관 대제학이 되려고 별렀다. 숙질이 정권을 잡아 권세를 미치광이처럼 마음대로 휘두를 작정이었다. 이러한 정세를 사전에 알아차렸기에 탐욕을 봉쇄하듯 국영을 은퇴시켰다. 게다가 세인들이 부러워하는 봉조하까지 제수했다. 그랬는데도 국영이 발작하듯 탐욕을 드러냈다니?

정조가 백동수에게 기대하는 바가 중후한 산악의 크기처럼 크다. 동수의 스승과 스승의 아버지가 선왕의 호위 무관이었지 않은가? 왕의 목숨은 지기처럼 신의가 있는 사람들한테만 맡길 수가 있다. 동수의 스승과 스승의 아버지가 영조의 목숨을 지켰다지 않은가? 선왕의 목숨을 지킨 후예한테는 신의가 있으리라 여겨진다. 이런 생명처럼 소중한 신의를 정조는 깊이 존중하는 터다.

정조에게는 사람의 중요한 인성은 연이은 파동 같은 부지런함이라 여겨진다. 게으른 사람은 재능이 빼어났을지라도 발전에는 한계가 생기리라 여겨진다. 누구든 멈추지 않는 물줄기처럼 꾸준히 수련해야만 경지에 이르리라 여긴다. 검서관들에게 무술을 가르치라고 명령했는데도 흉내만 내듯 대충 때우려고 든다면? 있을 수 없는 일이라 여겨진다. 그랬음에도 구렁이가 담 넘어가듯 적당히 넘기려 할지도 모를 일이다. 혹여 이런 나태함이 발견된다면 가차 없이 내쫓을 생각이다.

채용했다가 내쫓으면 서로에게 상처 같은 서운함이 생길지도 모른다. 이런 점을 예방하기 위해서도 당분간 조련 과정을 지켜보려고 한다.

징검다리를 뛰어넘는 바람결처럼 세월이 성큼 흘렀다. 1785년의 3월 10일의 점심나절이다. 식사를 마친 뒤에 동수가 업무를 점검받듯 선정전으로 호출되었다. 동수는 사흘 전에 창덕궁 집춘문 부근의 집춘영에 배치되었다. 급제한 지 14년 만에 등과의 환희를 일깨우듯 관직에 제수되었다. 종9품인 초관(哨官)이란 무반의 관직이었다. 이런 처분도 감사하게 여기는 동수다.

왕명으로 검서관들에 흐르는 물처럼 일관되게 무술을 지도하다가 이룬 성과다. 마음을 전하듯 왕과 이음줄이 되어 준 사람은 매부인 이덕무다. 이덕무와는 6살 때부터 어울려 지낸 지기(知己)이기도 하다. 작년부터 2년간을 새로운 문파를 창설하듯 꾸준히 검서관들에게 무술을 지도했다. 정조는 4명의 검서관들을 축소형의 군대라 여겼다. 4명의 무술이 어떻게 변화될지에 깊이 관심을 가졌다.

　정조는 사방으로 나방을 날리듯 내시들을 풀어서 동수의 움직임을 파악했다. 모략을 꾀해 남을 공격할 인물은 아니라 여겨졌다. 수면에 풍광이 비치듯 언행에 신뢰가 담길 만한 인물이라 여겨졌다. 그리하여 올해 3월 3일을 기하여 집춘영의 초관으로 임명했다. 관리가 된 지 7일 만에 왕에게 호출을 받았다. 왕과 이야기를 나누니 구름에 올라앉은 듯 마음이 편안해지는 동수다.

　정조가 동수에게 관직으로의 진출을 자신의 기쁨처럼 축하하며 격려한다. 43살부터 관직 생활을 해도 늦지 않다고 정조가 충분히 격려한다. 정조가 동수를 발전 속도가 흐르는 물살처럼 빠른 인재로 받아들였다. 하지만 주변의 이목 탓에 동수를 종9품의 초관에 임명했다. 정조가 동수를 향해 말한다.

　"나라는 튼실한 군사력을 갖추어야 하외다. 여기에 대한 가능성을 두고 지난 2년간 경의 노력을 지켜봤소이다. 소형 군대라 가정한 4명의 검서관들을 기막힐 정도로 조련시켰소이다. 그들의 몸놀림과 기합 소리만 들어도 정신이 개운해질 지경이었소이다. 게다가 무예신보에 실린 18종의 무예를 정확히 검서관들에게 가르쳤소이다. 무술에 통달하지 않고서는 어림도 없는 일이었소이다. 경의 스승들의 선례처럼 경은 과연 빼어난 무사였음을 확인했소이다."

정조가 동수에게 강조하듯 연이어 자신의 속내를 털어놓는다. 무예신보의 18종 무예에다가 전장을 누비듯 마상 무예(馬上武藝)를 포함시키라고 말한다. 문헌에서 보석을 골라내듯 마상 무예 몇 종을 탐색하라고 지시한다. 대여섯 종의 마상 무예를 첨가시켜 무예의 틀을 확장하라고 말한다. 검서관인 이덕무와 박제가와 함께 문헌을 찾아서 연구하라고 지시한다.

정조의 말이 연이은 파도처럼 이어진다. 조만간 이덕무, 박제가와 함께 동수를 부르겠다고 말한다. 셋이 새로운 무예 서적을 만들 준비를 하라고 말한다. 새로운 서적에서는 무술 동작을 눈앞에서 보듯 그림으로 나타내라고 지시한다. 셋이 그림에서도 화공처럼 재능이 빼어났음을 정조가 인정한다. 도화서 화공의 도움을 받지 말고 셋이서 그림까지도 해결하라고 말한다.

동수가 궁금한 듯 정조에게 묻는다.

"전하, 책은 언제까지 만들어야 하옵니까?"

정조가 호수의 잔물결처럼 침착한 목소리로 응답한다.

"책을 만드는 일은 결코 쉬운 일이 아니외다. 충분히 사전에 자료를 준비해야만 가능한 일이외다. 이제 갓 군영에 뛰어든 처지에 너무 부담스럽게 여기지는 마시오. 기간은 충분히 주겠소이다."

셋의 궁금증을 해소시키듯 정조가 윤곽을 잡아 설명한다. 적어도 5년 이내에는 책이 만들어져야 함을 설명한다. 책을 교본으로

각 병영에서 훈련을 시켜야 한다고 들려준다.

1785년에 정조가 군대인 장용위(壯勇衛)를 창설했다. 1787년에는 병사를 늘려 장용위에서 장용청(壯勇廳)으로 이름을 바꾸었다. 확장된 규모를 반영하듯 1788년에 장용청을 장용영(壯勇營)으로 바꾸었다. 동수를 장용영의 초관에 임명했다.

강풍에 휘몰리는 기류처럼 빠르게 흐르는 세월이다. 1788년 3월 중순의 오후 시각인 미시(未時) 무렵이다. 창덕궁의 인정전으로 이덕무와 박제가와 백동수가 떠밀리는 안개처럼 도착한다. 이들이 편전에 도착하자 정조가 이들에게 말한다.

"마상 무예 6종을 발굴하여 완벽히 시연한 경들에게 감사하는 바이외다. 말을 타면서 취하는 동작들이기에 엄청나게 힘들었으리라 여겨지외다. 어쨌든 6종의 마상 무예를 복원한 경들에게 고마워하는 바이외다. 무예신보에 6종의 마상 무예를 첨가시킨 새로운 무예 서적을 만드시오. 늦어도 1790년까지는 완성시켜야 하외다. 아시겠소이까? 모든 동작의 그림은 경들이 협력하여 해결하기 바라외다. 도화서의 화공들은 무예의 문외한이라서 도움이 못될 거외다."

셋이 정조를 향해 휩쓸리는 갈대처럼 머리를 조아리며 왕명을 받든다.

"전하, 필히 기한 내에 완성하겠사옵니다."

1788년 6월 초순의 점심나절이다. 장용영에 무예 서적의 집필 본부가 마련된 지 3개월째의 시점이다. 병조판서인 이갑(李坤)과 삼도수군통제사인 이한풍(李漢豊)이 집필진을 격려하듯 장용영에 들렀다. 46살의 백동수에게 무척 궁금하다는 듯 52살의 병조판서인 이갑이 말한다.

"무예서를 발간하면 조선 병영에 무술을 어떻게 지도할 작정이외까?"

동수가 기다렸다는 듯 말한다.

"전국 병영에서 무술 지도 교관들을 골고루 선발해야 하외다. 선발된 교관들을 장용영에서 제가 지도를 할 작정이외다. 지도받은 교관들이 각 병영으로 돌아가 병사들에게 지도를 하는 방식이외다."

56살의 통제사인 이한풍이 의견을 타진하려는 듯 동수에게 말한다.

"수군의 경우에도 꼭 새로운 무술을 지도해야 하겠소이까?"

동수가 미리부터 생각해 둔 듯 곧바로 응답한다.

"육전이나 수전의 경우에 백병전이 일어나면 무술을 써야 하외다. 당연히 수군들에게도 무술 지도를 해야만 하외다."

이갑과 이한풍이 수긍하는 듯 고개를 끄떡이더니 각자 격려해 준다.

"정말 노고가 많겠소이다. 건승하시기를 비외다."

"미래의 수전 형태도 다양하게 변할 거외다. 많은 노고를 부탁

드리외다."

이갑과 이한풍이 떠난 뒤에 집필진들은 의욕에 불타듯 일에 몰두한다.

세월은 강물처럼 거침없이 흐른다. 추진력을 보태듯 장용영에 집필 본부를 마련해 준 정조다. 무예신보 등의 무술에서 불명확한 것은 환부를 해부하듯 검증을 받았다. 동작의 검증을 받으려고 청국과 일본의 병영에도 무관들을 파견했다. 그림을 그리는 작업은 셋이서 분담했다. 셋의 그림 실력도 다들 빼어났기 때문이다.

왕명을 받자마자 셋이서 장용영에 둥지의 새들처럼 모여 협의했다. 무예 동작의 미심쩍은 부분은 각종의 병서를 눈빛으로 분해하듯 참고했다. 1598년에 한교(韓嶠)에 의해 만들어진 '무예제보(武藝諸譜)'는 중요한 무예 서적이다. 무예제보는 조선에 최초로 무술을 전파하듯 제작된 무예 서적이다. 이 서적은 명나라 척계광(戚繼光)의 '기효신서(紀效新書)'를 토대로 만들어졌다.

필요하다고 여겨진 6기(六技)가 무예의 진수처럼 뽑혀 서적으로 만들어졌다. 6기는 대봉(大棒), 등패(藤牌), 낭선(狼筅), 장창(長鎗), 당파(鎧鈀), 장도(長刀)였다.

무예제보에 12기(技)가 추가되어 만들어진 무예 서적이 무예신보(武藝新報)이다. 전장에서 병장기를 골고루 다루듯 추가된 12기에는 죽장창(竹長槍), 기창(旗槍), 예도(銳刀), 왜검(倭劍), 교전(交

戰), 월도(月刀), 협도(挾刀), 쌍검(雙劍), 제독검(提督劍), 본국검(本國劍), 권법(拳法), 편곤(鞭棍)이 있다.

셋은 각종의 무예 서적들이 넝마처럼 필 지경까지 참고했다. 병사들을 보내어 각국 장수들의 영혼을 흡수하듯 세심하게 자문을 받았다. 왕명을 받은 지 3년째인 1790년의 4월 29일의 일이었다. 동양 3국을 집대성한 종합 무예서가 출간되었다. '무예도보통지(武藝圖譜通志)'라는 이름을 가진 보물급의 무예 서적이다.

장용영

1785년에 정조가 왕의 의지를 담듯 장용위를 설치했다. 1787년에는 규모의 변화를 나타내듯 장용위를 장용청이란 이름으로 바꾸었다. 1788년에는 장용청을 장용영(壯勇營)이란 이름으로 바꾸었다. 동수가 장용영에서 검서관들과 함께 칼을 갈듯 애써서 무예도보통지를 만들었다. '무예(武藝)'란 무도(無道)에 대한 재주를 나타낸다. '예(藝)'는 타고난 듯 빼어난 재주를 나타내는 말이다. '도보(圖譜)'는 '화집(畵集)'을 나타내는 말이다. '통지(通志)'는 역사에 대한 서적이란 말이다.

무예도보통지를 풀이하면 '무술을 그림으로 나타낸 사서(史書)'라는 말이다. '무예도보통지'라는 책 이름도 정조가 지었다. 사서는 역사적 사실을 물이 흐르듯 기록한 서책이다. 동양 3국의 온갖 무술을 역사의 흐름에 따라 기록한 화집이다. 검술 동작들을 거울로 비추듯 그림으로 나타내었다는 자체가 대단하다고 여겨진다.

정조가 장용영 내부에 보금자리 같은 연구 시설을 마련했다. 최상의 편의를 제공하듯 동수와 덕무와 박제가가 합숙할 여건까지 제공했다. 이런 정조의 배려로 조선 3번째의 무예 서적이 만들어졌다. 1598년의 한교(韓嶠)의 무예제보가 길을 개척하듯 출간된 조선 최초의 무예 서적이었다. 1759년에 출간된 무예신보가 2번째의 무예 서적이었다. 무예도보통지는 조선에서 간행된 3번째의 무예 서적이었다.

무예도보통지의 출간으로 정조는 구름에 올라선 듯 들떴다. 무예도보통지의 방향을 안내하듯 참고가 된 책이 아버지의 무예신보였기 때문이다. 기틀을 다듬듯 무예제보에 12가지의 무술을 추가시킨 서적이 무예신보였다. 조선의 무예 서적으로는 신천지에 길을 뚫듯 우리나라의 검술이 실렸다. 본국검(本國劍)이라 불리는 검법이었다. 쌍수도(雙手刀), 예도(銳刀), 왜검(倭劍), 제독검(提督劍) 등의 검법들도 깊이가 느껴지는 검법들이었다. 하지만 본국검만큼 역동적인 느낌은 들지 않았다.

내뻗다가 방향을 전환하여 공격하는 기법에는 영혼이 깨어나는 듯 기묘했다. 순식간에 해안을 뒤덮는 해일처럼 강맹한 파동이 느껴졌다. 그래서 정조 자신도 모르게 본국검을 대할 때마다 빨려들었다. 매일 아침에 선정전 뜰에서 연습하는 검법도 본국검인 터다.

아버지의 무예신보의 내용이 무예도보통지에 실렸기에 가슴이
벅찰 듯 기뻤다. 선왕의 고집으로 아버지에 관련된 대다수의 출
간물들이 안개처럼 자취를 감추었다. 그래서 세상에서는 무예신
보가 출간되었다는 사실마저도 희미한 터였다. 이런 상황에서 무
예도보통지가 출간되었으니 파도가 치솟듯 가슴 벅찰 따름이다.
피가 격류처럼 들끓을 나이인 28살에 뒤주에 갇혀서 세상을 떠나
다니?

강제로 주살하듯 아들에게 자결하라고 명령하다니? 선왕의 정
신이 착란에 빠진 듯 온전하지 못했으리라 여겨질 지경이었다.
아버지인 사도세자는 뒤주에 갇혀서 세상을 떠났다. 노론과의 밀
착을 경계하라고 충정을 드러내듯 선왕에게 말했던 아버지였다.
이런 아버지한테 노론의 무리들이 경계심을 품기 시작했을 것이
다.

등극한 뒤에도 노론 관료들의 영향력은 정조를 위협할 듯 대단
했다. 5군영의 영수들이 다들 노론의 벽파 무리들이었다. 이들의
일부라도 공격당하면 떼를 지어 병란을 일으킬 듯 살벌했다. 싫
은 것은 감추고 빙벽을 타듯 신중하게 처신해야 했다. 하지만 자
신을 괴롭힌 무리들은 언젠가는 응징하겠다고 굳게 결심했다.

등극하자마자 벽파들의 결합력을 억제시킬 듯 강력한 규장각을

설치했다. 규장각에는 벽파가 아닌 잠룡(潛龍)처럼 실력을 갖춘 선비들로 채워 넣었다. 벽파의 무리가 날뛰지 못하게 규장각으로의 출입을 봉쇄하듯 제한했다. 고관이라 할지라도 규장각에는 절벽을 타오르듯 함부로 들어서지 못하게 통제했다. 이상한 기류가 포착되면 규장각의 의결을 통해 곧바로 제재를 가했다. 상신들이라 할지라도 규장각의 지침에 함부로 개입하지 못하게 견제했다.

벽파들이 장악한 5군영을 산사태로 짓뭉개듯 무력화시킬 새로운 병영이 필요했다. 그래서 정조가 생각해 낸 병영이 장용영이었다. 장용영을 키워서 강물을 받아들이는 바다처럼 5군영을 흡수할 작정이었다. 중앙을 다스리는 5군영은 궁궐의 성벽처럼 이미 존재한다. 훈련도감과 금위영과 어영청은 도성과 궁궐을 지키는 군대이다. 총융청은 북한산을 중심으로 경기도 일대를 철벽을 두르듯 지키는 군대이다. 수어청은 수원을 중심으로 경기도 남부 일대를 지키는 군대이다.

정조가 장용영을 설치하자 조정의 내신들이 불길처럼 달려들어 시비를 걸었다. 이미 5군영이 있는데 왜 군대를 새로 만드느냐고? 5군영을 먼저 장악한 기존의 노론 세력들이 주축이 된 시비였다. 정조가 새로운 군대로 기존의 세력들을 깔아뭉개듯 무력화시키리라 예견한 소치에서였다.

조신들은 정조의 능력을 어린애를 다루듯 과소평가하는 경향이 있었다. 정조가 얼마나 왕권을 강화하려고 노력하는지를 깊이 모르는 터였다.

1790년 5월 중순의 녹음이 짙은 색채의 파도처럼 물결치는 시점이다. 정조의 연(輦)이 규장각 동쪽의 연병장으로 상승기류를 탄 매처럼 이동한다. 정조가 장용영의 조련 상태를 수시로 점검하는 곳이다. 1788년에 장용영이란 이름을 부여하고 무예신보의 다양한 무술을 조련시켰다. 장용영의 연병장 주변에는 조신들이 얼씬거리지 못하게 철벽을 두르듯 통제했다. 장용영이라는 이름만으로도 세상을 제압할 듯 당당한 권위의 병영이다. 정조가 연에서 내려 사열대의 의자에 착석한다.

정조의 주기적인 사열을 위해 사열대(査閱臺)가 성벽처럼 당당한 위용으로 세워졌다. 사열대는 햇살과 비를 피할 수 있도록 세워진 건물이다. 사열대에는 왕과 배종 신하들을 위해 의자들이 마련되어 있다.

5월 초순에 상승기류를 타듯 종6품인 훈련원(訓鍊院) 주부(主簿)로 승진한 백동수다. 무예도보통지의 출간으로 관행을 뒤집듯 이루어진 파격적인 예우였다. 종9품인 초관에서 종6품인 주부로의 승진이 이루어졌다. 주부는 병사들에게 힘을 부여하듯 병서를 강습하고 훈련을 지도한다. 서울에 주둔하는 1,000여 명에 달하는 장용영의 훈련 교관이다.

뛰어난 무예 실력으로 장용영에서도 백동수는 태양 같은 명사(名士)로 알려졌다. 장용영은 정조가 병권을 장악하려는 듯 책략적으로 공을 들인 군대이다. 5개의 부대로 이루어진 전체 병사들은 5,000여 명에 달한다. 5부대는 서울의 창덕궁과 경기도의 4곳에 분산시켜 배치해 놓았다.

군대를 운영하려면 가을철의 철새 떼처럼 많은 경비가 필요했다. 정조에게는 물로 웅덩이를 채우듯 경비를 확보할 대책이 세워져 있었다. 중앙 5군영의 병력 일부를 장용영으로 옮겼다. 병력의 배치를 조절하듯 5군영은 축소하고 장용영을 확장했다. 경비도 조절하듯 5군영 경비의 일부를 장용영으로 옮겼다. 궁중의 재산을 담당하는 내수사 경비의 상당량을 장용영의 운영에 쏟았다. 내수사의 경비를 풀어 전국에 둔전을 샀다. 군인들에게 둔전을 경작시켜 필요한 자금을 조달했다.

대동법과 균역법을 시행하여 궁핍을 해소시키듯 서민들의 어려움을 경감시켰다. 톱니바퀴처럼 치밀한 경제 처리에 의해 장용영은 성공적으로 운영되었다. 초기부터 안정화된 장용영의 운영으로 조신들이 헐뜯을 명분이 안개처럼 스러졌다. 장용영은 왕명이 군사한테까지 곧바로 하달되는 군대라서 대우도 5군영보다 나았다. 무과 출신의 군인들이 즐겨 찾으려는 군대가 되었다.

사열대의 의자에는 정조와 병조판서 및 4명의 검서관들이 앉아 있다. 정조의 배려인 듯 함경도관찰사인 이병모와 돈령부(敦寧府) 도정(都正)인 조진관도 참석했다. 장용영의 대장은 현장에서 운영의 흐름을 조절하듯 부대를 둘러보고 있다. 서울 병영의 병사들의 수는 1,000여 명이다. 장용영의 총 인원은 5,000여 명이다. 병영의 경비병을 제외한 960명이 연병장에 출전할 병사처럼 도열한 상태다. 종5품인 훈련원 판관이 사열대 아래에서 흐름을 안내하듯 정조에게 보고한다.

"오늘은 진법 훈련이 먼저 실시됩니다. '병학통(兵學通)'의 '육화진(六花陣)'과 '대상방진(臺上方陣)'의 상호 변환을 먼저 시행하겠사옵니다. 다음 순서로는 '제독검(提督劍)'과 '예도(銳刀)'의 훈련이 이어지겠습니다."

정조가 고개를 끄떡이며 병사들을 격려하듯 손을 흔든다.

정조가 960명의 병사들의 도열 상태를 바라본다. 연병장의 훈련관은 주부인 백동수다. 무복 차림의 표범처럼 당당한 위세가 정조의 마음을 흐뭇하게 한다. 백동수의 구령이 연병장을 파동처럼 뒤흔든다.

"1열 중앙 기준, 1보 간격으로 육화진 정렬!"

160명 단위의 6개의 소군진으로 병사들이 한밤의 불똥처럼 흩어져 정렬한다. 중앙의 소군진 주변으로 5개의 소군진이 5송이의 꽃처럼 벌려 선다. 정조가 사열대에서 군진의 정렬 상태를 바라본다. 어떤 각도에서도 오와 열이 반듯하게 정렬되어 있다. 시범을 보이기 위해 열심히 훈련했음이 입증되는 장면이다.

군진(軍陣)의 생명은 치솟는 파도처럼 동적인 변화에 있음을 아는 정조다. 군진에 대해 나름대로 만족히 여기는 찰나다. 백동수의 우렁찬 구령이 터진다.

"육화진 상태로 이합집산 실시!"

요란한 병사들의 함성이 우레처럼 터지는 찰나다. 바깥의 한 소군진이 중앙의 소군진으로 휘몰리는 물결처럼 달려든다. 중앙에 있던 소군진은 이동한 소군진 옆의 바깥 소군진으로 내닫는다. 중앙의 소군진이 몰려드는 곳의 바깥 소군진도 이동한다. 이 소군진은 중앙으로 옮긴 소군진의 자리로 위치를 바꾸듯 이동한다. 단숨에 소군진 3개가 위치를 변경한 터다. 그러고도 오와 열은 자로 잰 듯 반듯하다. 이동하지 않은 바깥의 소군진들도 순서대로 유사한 절차를 밟는다.

이합집산의 속도가 눈부실 정도로 빠르면서도 대오가 반듯하다. 거대한 파동이 이는 듯 집합과 분열의 순간들이 펼쳐진다. 병조판서 이갑(李坤)마저 의자에서 일어나 감탄한 듯 연병장을 굽어본다.

이갑이 머릿속으로 소용돌이에 휘말리듯 엉뚱한 상념에 휩쓸려든다.

'선왕대의 5군영에서는 이런 훈련 상태를 본 적이 없잖아? 진법 서적인 병학통을 우습게 여길 일이 아니로구먼. 육화진에 적이 갇히면 전멸할 때까지는 벗어나지 못하겠군. 어디서 이런 끔찍한 진법을 개발해서 병법서에 넣었을까? 훈련 상태로만 보면

장용영을 상대할 5군영은 없겠어. 왕은 정말 무서운 인물이군.'

정조가 자리에 앉아서 섬광처럼 변하는 이갑의 표정 변화를 바라본다. 그러더니 소리 없이 가만히 미소를 짓는다. 착석한 4명의 검서관들의 표정도 저마다 놀란 듯 다채롭게 변한다. 다들 자신만의 세계에 잠겨 놀란 빛이 역력히 드러난다.

백동수의 우렁찬 구령이 또 한 차례 폭음처럼 쏟아진다.

"1열 중앙 기준, 1보 간격으로 대상방진 정렬!"

구령이 떨어지자마자 가로가 31줄이고, 세로가 31줄인 형태로 군진이 형성된다. 바깥 줄과 안 줄과의 교환이 차례를 따르듯 순차적으로 진행된다. 교체되는 행렬로 인하여 적군이 갇히면 소생될 가능성이 없어 보인다. 군진의 위력이 어떠한가를 보여주는 강력한 훈련이다.

안 줄과 바깥 줄의 교체가 끝났다. 백동수의 구령이 연병장을 가를 듯 진동한다.

"대상방진에서 육화진으로 변환 실시!"

쌓인 돌탑이 무너지듯 신속히 병사들이 움직인다. 그러더니 어느새 육화진을 만들더니 소군진들이 차례로 위치를 바꾼다. 소군진들의 변화가 끝날 무렵이다. 백동수의 구령 소리가 천둥처럼 울려 퍼진다.

"육화진 상태에서 전원 제독검 시연 실시!"

제독은 임진왜란에 야수처럼 출전했던 명장(明將) 이여송(李如

松)을 뜻한다. 추억을 남기듯 그가 쓰던 칼을 조선에 남겼다. 그가 사용한 검술의 이름도 제독검이다. 14가지 동작으로 이루어진 검술이 사나운 기세로 펼쳐지기 시작한다.

기린의 목처럼 칼을 쭉 빼서 들어 가슴과 일치시킨다. 돌을 깨뜨리듯 기합을 지르며 돌진하면서 칼을 휘두른다. 물레바퀴가 연속적으로 회전하듯 칼을 수평으로 회전시키며 공격하는 기세가 위력적이다. 앞으로 진행하다가 뒤로 물러서면서도 칼을 뒤집어 위로 연속적으로 벤다. 육화진에서 소군진이 이동한 뒤에 제독검이 새롭게 펼쳐진다. 소군진이 이동할 때마다 검법이 펼쳐지니 파도가 뒤집히듯 위세가 엄청나다.

백동수의 구령이 또 한 차례 산악을 뒤흔들듯 울려 퍼진다.

"육화진 상태에서 전원 예도 시연 실시!"

칼을 쭉 빼고서 기색을 살피듯 뜸을 들이는 게 특징이다. 그러다가 칼을 사선으로 내리치고는 수평으로 상대의 배를 가른다. 밑에서 대각선 방향으로 위로 연거푸 베어 올리다가 돌아서서 공격한다. 도리깨질을 하듯 힘차게 대각선 방향으로 베면서 공격하는 것이 특징이다. 중심의 소군진으로 테두리의 소군이 조수처럼 들락거리면서 진법의 변환을 한다.

이갑(李坤)이 충격을 받은 듯 감탄하여 입을 다물지 못한다. 병조판서의 생각으로는 장용영 하나만으로도 5군영을 제압하리라 여겨질 지경이다.

정조가 연이은 풍랑처럼 전개되는 장용영의 검술 시연을 바라볼 때다. 정조의 마음속으로 지난날의 일들이 물결처럼 밀려든다. 지난 1784년의 일이었다. 7월 7일에 추모의 정을 고하듯 아버지에게 '장헌세자(莊獻世子)'라는 존호를 올렸다.

1784년은 정조에게 커다란 기쁨을 준 해였다. 기쁨을 자축하듯 경과(慶科)를 실시했다. 과거는 '자(子), 묘(卯), 오(午), 유(酉)'년에만 시행되는 거였다. 1784년은 갑진(甲辰)년이라서 과거가 시행되는 해가 아니었다. 이럴 경우에도 국가적 경사 같은 일이 생기면 과거가 실시되었다. 이렇게 시행되는 과거는 경과(慶科)라 불렸다. 정조는 기꺼이 즐거움을 표출하듯 경과를 실시했다.

1784년 9월 24일에 2,900여 명의 무과 1차 합격자를 뽑았다. 최종적으로 무과에서 2,600여 명이 천복(天福)을 향유하듯 선발되었다. 여태껏 유사한 사례가 없었던 파격적인 일이었다. 정조는 실력을 존중하듯 정원 이외의 무과 합격자들을 죄다 수용했다. 강물을 들이키는 바다처럼 이들을 흡수하면서 친위 부대인 장용영이 만들어졌다. 1785년에는 개구쟁이들의 집단처럼 미약하게 30명으로 출발한 장용위였다. 1788년의 장용영을 거치면서 5,200여 명의 규모까지 커졌다.

정조가 신화적인 존재인 듯 추앙한 인물은 효종이다. 효종은 청국에 끌려가서 9년간이나 전쟁터를 떠도는 가랑잎처럼 휩쓸려 다녔다. 세상에서 청국을 토멸하듯 가슴에 쌓인 한을 풀려고 했던 효종이었다. 기필코 북벌을 감행하여 원한을 풀고 싶었던 효종이었다. 그에게 든든한 신하였던 이완마저 남기고 앓던 종기로 인하여 사망했다. 정조에게는 나라다운 나라를 만들려고 노력했던 임금이라 여겨졌다.

정조도 국방력을 효종처럼 강화하는 임금이 되기를 원한다. 효종처럼 급서(急逝)하지 않도록 건강을 관리하려고 한다. 그래서 아침마다 선정전 뜰에서 검술을 수련한다. 검술로 택한 것이 민족의 혼이 서린 본국검이다.

정조가 연병장을 바라보다가 강풍에 떠밀리듯 상념의 소용돌이에 휘말린다. 뒤주에서 사망한 아버지의 한이 세월이 흐를수록 시린 강물처럼 애절하다. 묘소가 길지(吉地)가 아니라고 알려졌기에 한을 풀듯 작년도에 이장했다. 이장한 무덤에 그리움을 새기듯 현륭원(顯隆園)이란 묘호를 부여했다. 작년 10월 7일에 수원 화산(花山)에 현륭원을 조성했다.

현륭원을 조성하기 전에 기틀처럼 깔렸던 관아를 팔달산 쪽으로 옮겼다. 팔달산 영역으로 관아가 옮겨지면서부터 수원의 미래가 신천지처럼 펼쳐지는 느낌이었다. 묘소를 옮겼으면 혼령을 위로하듯 자주 찾아야 마땅하리라 여겨진다. 서울에서 수원까지 능행(陵幸)하려면 새의 둥지처럼 수원에도 행성이 필요하다고 여겨진다. 행성을 보호하려면 행성을 두르는 성곽 도시가 필요하다고 생각된다. 현륭원을 근거로 수원에 새로운 성곽을 구축하고 싶어진다.

왕국을 구축하듯 수원에 성곽을 쌓는 일이라니? 생각을 굳히듯 조신들을 통해 구체화시켜야겠다고 마음을 먹는다. 규장각의 연병장을 운용하는 데에도 바늘에 찔리듯 신경이 쓰이는 정조다. 매사에 시시콜콜히 시비를 거는 노론의 패거리들 때문이다. 연병장의 병사들을 바라보면서 정조가 마음속으로 생각한다.

'내가 왕인데도 붕당의 위력이 얼마나 강한지 내가 조심해야 하다니? 마음 같아서는 장용영의 병사들을 동원하여 조정의 노신들을 제거하고 싶어. 하지만 왕이라는 이유 때문에 사소한 감정은 묻어야 하잖아? 참으로 보이지 않는 억압의 그늘이 무서울 정도로 지긋지긋하게 느껴져.'

연병장에서의 사열이 끝났을 때다. 연이는 파동처럼 힘찬 박수를 쳐서 병사들을 격려한다. 병조판서 이갑과 함경도관찰사인 이병모와 용병의 흐름을 분석하듯 의견을 나눈다. 돈령부 도정인 조진관과 4명의 검서관들과도 정조가 의견을 나눈다. 장용영의 위세에 대한 산악처럼 탄탄한 자신감이 좌중에서 거론되었다. 정조가 감흥에 취한 듯 충분히 흡족하여 백동수를 부른다. 백동수와 이갑과 이병모와 조진관이 서로 만나 반가움의 대화를 나눈다.

평소부터 동수는 이갑과 이병모와 조진관과 고향의 지기처럼 친하게 지낸다. 근무처가 멀어서 자주 만나지 못하다가 정조의 배려로 상면하게 되었다. 오랜만에 환하게 웃으면서 마음속의 이야기를 실타래처럼 담뿍 풀어낸다. 다소의 시간이 흐른 뒤다. 연에 오르기 전에 정조가 이갑을 향해 말한다.

"퇴궐 후에 병판이 짐 대신에 단합 행사를 갖도록 하시오. 오늘의 주인공은 백동수 주부이외다. 다들 백 공과는 친한 사이들이 잖소? 함경도 감사와 도정과 4명의 검서관들도 동참하여 회포를 풀기 바라외다. 짐이 병판에게 식비를 주겠소이다."

정조의 말에 배종했던 신하들이 일제히 갈대처럼 허리를 굽히며 말한다.

"전하, 감사하옵니다."

이윽고 정조가 연을 타고 떠밀리는 안개처럼 선정전으로 떠나간다.

세월이 빛살처럼 빠른 속도로 성큼 흘렀다. 1794년의 11월 중순의 오후의 시각이다. 마음속으로 품어 오던 많은 일들을 정조가 꾸준히 진행했다. 궁궐의 사방이 눈에 덮여 은빛의 세상 같은 별천지를 이룬다. 연이틀간 폭설이 내렸기에 겨우 통행로만 뚫려 있을 따름이다.

정조가 인정전에서 매화차를 마시며 기억을 더듬듯 지난날의 일들을 떠올린다. 작년 1월 12일에 수원부를 화성(華城)이라 개명하고 부사를 유수(留守)로 승격시켰다. 화성에 의미를 부여하듯 판중추부사인 채제공을 화성 최초의 유수로 앉혔다. 수원을 성곽의 도시로 만들려는 정조의 마음이 지상의 샘물처럼 표출되었다.

마침내 올해 1월 15일을 기하여 수원성을 쌓으라고 왕명을 내렸다. 예전에 유형원이 미래를 꿰뚫듯 수원에 성곽을 쌓으면 유리하리라 예견했다. 어쨌든 현륭원 조성으로 인하여 수원의 관아가 팔달산 쪽으로 옮겨졌다. 이때부터 수원성의 축조가 시간을 다투듯 예견된 터였다.

정조가 눈 쌓인 뜰을 내다보며 기억을 더듬듯 상념에 잠긴다.
'성곽을 쌓는 작업은 어마어마한 일이야. 함부로 백성들을 끌어다 쓰면 민심이 들끓기 마련이야. 충분히 자세한 계획을 세워서 축성하도록 관련자들을 뽑아야겠어. 그런데 축성 작업은 아무리 빨라도 5년 정도는 걸릴 거야. 축성 작업을 단축하려면 새로운 기구를 도입해야만 해. 사람들의 힘만으로는 공사가 많이 버거울 거야.'
수원성의 유수로서 성주처럼 책임지고 관리했던 채제공이 감독자로 적합하리라 여겨진다. 현재의 채제공은 영중추부사이기에 적합한 안배인 듯 최적의 감독자로 여겨진다. 그는 축성에 관한 영감도 인부들처럼 많이 지녔으리라 여긴다. 축성에 관련된 지혜가 강물처럼 풍부한 사람으로는 정약용(丁若鏞)이 적합하리라 여겨진다. 정약용에게 청국의 자료를 제공하며 축성의 기구를 만들라고 할 작정이다. 축성의 새로운 기구가 만들어지면 공사가 단축될 수도 있으리라 여겨진다.

세상의 일들은 수맥이 발견되듯 통찰로부터 길이 열리는 경우도 많다. 정약용은 바다의 깊이처럼 해박한 학자였다. 정조가 청국의 신학문의 책을 건네면서 축성 기구를 만들라고 명했다. 그랬더니 영감이 작용한 듯 '거중기(擧重機)'라는 기구를 대번에 만들었다. 기구가 현장에 도입되자마자 공사의 속도가 빛살이 날아가듯 빨라졌다. 수원성 축성에 참여하는 사람들의 명부도 치밀하게 작성하도록 정조가 명령했다. 절대로 일반 백성들을 공권력으로 불러들이지 않게 했다.

축성에 경험이 많은 대목과 장인들을 명령으로 호출하듯 우선적으로 모집했다. 모집하는 분야와 노임을 계약서처럼 명확히 제시했다. 전국의 석축과 도로 개설의 장인들이 날아드는 꿀벌처럼 몰려들었다. 자신의 이름을 대목장처럼 당당히 밝힐 장인들부터 우선적으로 선발했다. 지하수의 맥을 잘 찾는 전문가들이 엄청나게 필요했다. 성을 쌓되 수맥으로부터 안정된 지반에 쌓아야 하기 때문이었다.

돌산에서 돌을 캐는 일도 장인이라야 가능했다. 문외한은 한낮의 맹인처럼 종일 매달려도 온전한 돌을 찾지 못했다. 캔 돌은 자로 다듬듯 적당한 규격으로 잘라야 했다. 힘을 주자마자 유리처럼 깨어져서는 안 되었다. 고유한 영역의 장인들이 꽃을 찾는 꿀벌처럼 화성으로 찾아들었다. 축성 일지에는 공사 참여자의 작업기간이 상세히 기록되었다. 화성의 축성 작업에 관련된 문건들이 매일 정조에게 보고되었다. 공사 진행의 윤곽을 알려 주려는 듯 꾸준히 보고되었다.

축성 초기에는 중국의 방식을 따르듯 벽돌로 쌓는 방식이 검토되었다. 하지만 벽돌 제조에는 돌을 녹이듯 고도의 기술이 필요한 터였다. 석회석이 900도 이상으로 가열되어 만들어진 양회(洋灰)가 필요하다. 양회를 모래와 물과 혼합해서 굳혀야 돌처럼 단단한 벽돌이 만들어진다. 양회를 얻으려면 뼈를 바르듯 석회암 동굴에서 석회석을 채취해야 한다. 채취한 석회석을 가루로 빻아서 숯불로 900도 이상으로 가열해야 한다. 이때에야 하얀 가루 상태의 양회가 만들어지게 된다.

커다란 돌을 잘라 성으로 쌓으려면 돌을 들어 올려야 한다. 돌을 올리다가 놓치면 돌에 깔려 육포처럼 압착되어 사상자가 발생한다. 축성에는 수면 아래의 물속처럼 기묘하게 사고가 뒤따르는 법이다. 사고의 빈도를 줄이는 것이 생명처럼 중요한 공사의 본질이다. 화성에 등장한 거중기와 활차는 공사 추진의 핵심 같은 도구들이다. 거중기는 여러 명이 달라붙어야 할 몫을 서너 명으로도 해치운다. 활차는 바퀴에 홈을 파고 줄을 걸어서 물건을 움직이는 장치이다.

불화살을 날리듯 작은 힘으로도 물체를 높은 데로 들어 올린다. 거중기의 내면에도 여러 개의 활차가 힘을 분산시키듯 매달려 있다. 성을 쌓는 일은 숱한 장인들과 독려하는 관리들에 의해 이루어진다. 축성 작업이 진행되면 사방에서 연락을 취하려는 고함 소리가 터진다. 기구와 마차가 이동하고 달구지들이 사방으로 번지는 불길처럼 내달린다.

돌을 캘 때에 발생하는 먼지가 상승기류처럼 하늘로 치솟는다. 재질이 금속처럼 단단하지 못하면 돌은 자재로 활용되지 못한다. 커다란 바위는 작은 크기의 돌로 잘라야 한다. 돌을 쌓아서 붙이는 데에 접착제처럼 양회(洋灰)가 필요하다. 양회는 부득이 중국에서 사들여야 한다. 중국은 서양에 가깝기에 양회를 만드는 기술을 조선보다는 먼저 익혔다.

정조가 편전에서 나와 신화의 세계처럼 고요한 궁궐의 뜰을 바라본다. 눈 쌓인 뜰은 퇴궐한 신하들로 인해 백사장처럼 적막하다. 무릎 높이까지 쌓인 눈이라 볼수록 장관이다. 하지만 날씨가 맑아지면 대번에 눈이 녹아내리리라 여긴다. 광활한 뜰을 바라보며 정조가 상념의 세계에 휩쓸린다.

'내년 윤달 2월에는 어머니를 모시고 현륭원 능행을 나서겠어. 7박 8일의 일정으로 화성 행궁에서 머물다가 환궁하겠어. 화성의 공사 진척 상황과 장용영의 훈련 상태를 지켜볼 거야.'

1793년부터 물길을 가르듯 장용영을 내영과 외영으로 분리시켰다. 내영은 창덕궁 규장각 동쪽의 병영에 병사들의 요람처럼 배치했다. 외영은 수원의 화성에 배치했다. 내영의 인원은 1,000여 명이고, 외영은 4,200여 명이다. 내영과 외영의 분리는 조신들이 개구리처럼 시끄럽게 군 탓이다. 장용영의 거대한 조직이나 위세에 관해 흠집을 내듯 숙덕대었다. 왕이기에 해당 조신을 불러 경을 치고 싶지만 참아야 했다. 왕이 신경질을 부리면 광해군이나 다를 바가 없는 탓이다.

외영을 화성에 배치한 인체의 심장처럼 핵심적인 이유가 있다. 외영을 기병 중심으로 가꾸어 국방력을 강대국처럼 키우려는 측면에서다. 무예도보통지에 마상 무예 6가지가 필수 무예처럼 실린 이유가 있다. 조선의 기병에겐 반드시 마상 무예 6가지를 익히도록 하기 위해서다. 장용영 대장을 주기적으로 불러들여 24반 무예를 병사들에게 숙지시키라고 강조한다. 장용영의 모든 부대는 무예 시험을 주기적으로 치러 성적을 평가한다. 성적은 훈련을 반영하듯 병적 사항에 기록하게 한다.

폭포 속으로 휩쓸리는 물살처럼 빠른 세월이다. 세월에 떠밀리듯 1795년의 윤달 2월 1일에 접어들었다. 계절의 흐름을 쫓아 봄꽃들이 자태를 뽐내듯 피어난다. 산야에는 어디를 둘러봐도 연분홍의 진달래들이 바람결에 춤추듯 하늘댄다. 겨우내 앙상한 숲에 묻혀 있다가도 밀려드는 물결처럼 바람결에 하늘댄다.

서울 민가마다 목련과 산수유의 꽃들이 피어 꽃의 궁전처럼 눈부시다. 대궐의 곳곳에도 화려한 봄꽃들이 꿈꾸듯 바람결에 남실댄다. 사시(巳時) 무렵에 편전에서 정조가 조신들에게 말한다. 9일에 있을 능행에 대한 계획을 미리 알려주는 자리다.

"9일에 자궁(慈宮)을 모시고 현륭원(顯隆園)에 나아가서 참배를 드리겠소이다. 그러고는 화성(華城)의 행궁(行宮)에서 자궁을 위해 연회를 베풀겠소이다. 이어서 화성의 노인들을 위해서 양로연(養老宴)을 마련할 것이오. 화성에 머물면서 축성 상태나 장용영의 훈련 상태도 둘러보겠소이다. 그런 뒤에 16일에 환궁할 테니 준비를 해 주시오."

조신들이 알았다면서 갈대처럼 머리를 조아리고는 편전에서 빠져나간다.

윤달 2월 9일의 오전이다. 정조가 어머니와 세자의 2딸들과 함께 현륭원에 참배했다. 어가 행렬이 용양(龍驤)의 봉저정(鳳暑亭)에서 여독을 풀듯 점심을 먹는다. 어가 행렬은 시흥(始興)의 행궁(行宮)에서 힘을 비축하듯 유숙하기로 한다. 예조판서에게 추앙의 징표처럼 공자(孔子)의 영전(影殿)에 작헌례(酌獻禮)를 행하게 명령했다. 노변에서 반가이 맞는 백성들을 향해 정조가 손을 흔들어 격려한다.

시흥 행궁에서의 하룻밤이 스러지는 안개처럼 지나갔다. 아침이 밝자 시흥에서 어가 행렬이 새가 비상하듯 출발한다. 사근(肆勤)의 행궁에서 점심을 먹으려고 어가 행렬이 멈춘다. 그러고는 물줄기가 흐르듯 길을 달려 화성(華城)의 행궁으로 들어선다. 아침부터 보슬비가 조금씩 내리는 날씨다. 험한 길만 나오면 정조가 어머니의 가마로 다가가 안부를 묻는다.

부단히 길을 재촉하여 저녁 무렵에 화성 행궁에 들어선다. 화성 행궁의 정전에서 신하들을 점검하듯 조신들에게 정조가 말한다.

"비가 잠깐 오다가 그쳤으니 그나마 고마운 일이 아니겠소이까? 게다가 봄 농사가 시작될 무렵이기에 비는 소중한 선물이라 여겨지외다."

정조의 말에 조신들이 수긍하는 듯 일제히 머리를 조아린다. 신하들이 물러간 뒤에 정조가 어머니를 찾아 능행의 노고를 격려한다. 얼마간 모자가 대화를 나누다가 정조가 침전으로 돌아간다.

11일의 이른 아침에 정조가 행궁의 문묘에 참배한다. 서울에서 새로 간행한 사서삼경을 정표인 듯 신료들에게 나눠 준다. 능행은 경사스러운 행사이기에 경과(慶科)를 실시하겠다고 미리 통보한 상태다.

아침 식사를 한 뒤다. 진시 무렵부터 새로운 인재를 발굴하듯 문과와 무과의 과거를 실시한다. 우화관(于華觀)에서 보물을 찾듯 문과 응시자들을 시취(試取)했다. 낙남헌(洛南軒)에서는 인재를 반기듯 무과 응시자들을 시취했다. 일정한 시간이 경과한 뒤에 정조가 친림(親臨)한 자리에서 급제자를 발표한다. 응시한 문인들 중에서는 최지성(崔之聖) 등 5인을 뽑았다. 응시한 무인들 중에서는 김관(金寬) 등 56인을 선발했다. 총 61명의 과거 급제자가 새로운 가문을 일구듯 탄생했다.

이조의 관원들이 급제자들에게 홍패를 나눠 주며 등과를 기리 듯 격려한다. 화성에서 생긴 경사라 화성의 관리들도 크게 기뻐 한다.

어느새 12일의 날이 밝았다. 정조가 재차 어머니와 함께 현륭 원(顯隆園)을 찾아서 참배한다. 그런 뒤에 화성으로 돌아와 서쪽의 장대(將臺)에 오른다. 연병장에는 4,000여 명의 장용영 병사들이 광막한 바다처럼 도열해 있다. 병사들이 정조를 대하자 휩쓸리는 갈대처럼 선 채로 경건히 읍한다.

정조가 어머니와 함께 장용영의 훈련 장면을 고공의 매처럼 굽 어본다. 장용영 외영에는 장용영의 총 5부대 중 4부대가 차지하 고 있다.

첫 시연 장면은 신기루처럼 감춰졌던 기병들의 마술(馬術)이다. 무예도보통지에 실린 6가지의 마상 무예들이 물결처럼 순서대로 펼쳐진다. 마상 무예는 말을 타고 달리면서 펼치는 무술이다. 보 병 무술과는 달리 절벽을 기어오르듯 엄청난 노력이 필요하다. 실수하면 낙상하여 말에 밟혀 죽을 수도 있다. 생명을 건 필승(必 勝)의 무예를 기병들이 보여주게 된다.

외영 중의 동영 소속의 기병 300여 명이 연병장에 나타난다. 갑주 차림의 기병들의 위세가 산악이라도 뒤흔들 듯 장중하다. 종4품의 훈련원 첨정인 백동수가 연병장의 앞에서 우렁찬 구령을 내쏟는다.

"100보 간격으로 마상월도 시행!"

구령 소리가 천둥처럼 터지자 300명의 기병들이 파도처럼 몰려 나간다. 기병 간의 거리는 100보 간격이다. 기병들이 말을 달리며 적을 살상하듯 월도(月刀)로 허공을 찌르고 벤다. 말을 타고 달리면서 적을 고공의 매처럼 매섭게 살상하는 무술이다. 둘레가 2리인 연병장에서 말을 몰면서 기병들이 힘차게 월도를 휘두른다. 달리는 말과 휘두르는 월도의 기백이 상대를 제압할 지경이다.

화성의 장용영 외영은 사방위의 방향처럼 4개의 군대로 이루어져 있다. 동영, 서영, 남영, 북영이 분열된 꽃잎처럼 조직된 해당 군대이다. 각 부대의 병사는 1,000여 명에 이른다. 동영의 기병 300명이 마상월도를 치달리는 맹호처럼 시연한 뒤다. 서영의 기병 300명이 말을 타고 연병장에 들어선다. 기병들이 막대기 끝에 고리가 달린 막대기를 들고 말을 몬다. 연병장에는 100보 간격으로 가죽 공이 땅바닥에 암초처럼 놓여 있다. 기병들이 막대기로 공을 들어 올렸다가 멀리 날려 보낸다.

말을 달리면서 공을 맞혀야만 공이 자석에 달라붙듯 막대기로 옮겨진다. 막대기에 달라붙었던 공을 새처럼 멀리 날려 보내는 게 핵심이다. 얼마나 훈련을 했는지 공을 막대기로 날리지 못하는 병사가 없다. 말을 몰면서 자석으로 빨아들이듯 공을 막대기로 들어 올리기는 어렵다. 거리 계산과 민첩성이 섬광처럼 찰나적인 조화를 이루어야 가능하다. 막대기 끝에는 공을 들어 올리려는 장치로 둥그런 고리가 매달렸다. 고리가 점유하는 크기는 손바닥 넓이 정도다.

단순한 기구로도 공을 들어 올려 포탄처럼 멀리 날린다. 정신의 집중과 숙련도를 드러내는 무예라 여겨진다.

군마들이 내달리는 바람에 연병장에는 모래바람이 먹구름처럼 자욱하다. 모래바람을 가라앉히려고 병사들이 연병장 곳곳에 물을 뿌린다. 하지만 말이 달리면 금세 모래바람이 뽀얀 연기처럼 일어난다.

길지 않은 시간에 4부대에서 마상 무예를 5가지나 시연했다. 마상월도, 격구, 마상기창, 마상쌍검, 마상편곤의 5가지 무예였다. 말을 달리면서 하는 동작이기에 떨어질 수도 있는 터다. 하지만 어떤 병사도 부착된 지남철처럼 말에서 떨어지지 않는다. 외영에서 영혼을 내쏟듯 얼마나 고된 훈련을 반복했을지 능히 감탄스럽다.

정조의 어머니도 시종 감탄한 듯 훈련하는 병사들을 바라본다. 그녀의 눈에는 놀라워하는 기색이 역력하다. 그러다가 혜경궁이 정조에게 말한다.

"상감, 정말 대단하다고 생각되네요. 어떻게 이처럼 강한 군대를 만들었는지 볼수록 놀라워요."

정조가 살며시 청순한 소년처럼 미소를 지으며 말한다.

"어마마마께 이처럼 칭찬을 들으니 몸둘 바를 모를 지경입니
다. 나라가 힘을 지녀야 당당하지 않겠습니까?"

마상 무예의 마지막 종목이 새로운 지평을 열듯 시연되려고 한
다. 마상재(馬上才)라는 고도의 승마 기술이 배합된 무예이다. 승
마 도중에 말에서 내리는 듯 솟구쳐 올라타며 자세를 바꾼다. 올
라타는 듯하다가 즉시 말에서 내려 땅바닥을 발로 밟는다. 그러
면서 섬광처럼 승마하여 반대 방향으로 몸을 뒤집어 드러누워 달
린다. 재차 말에서 내리듯 자세를 취하다가 다시 말 등에 드러눕
는다. 마상재는 적탄이 쏟아지는 곳으로 돌격대가 파고들 때에
취하는 무술이다.

적진으로 돌진하듯 말을 달리면서 적을 향해 총을 쏘기도 한다.
상대를 교란하듯 몸을 뒤집어 말에서 내리는 동작을 취한다. 그
러다가 섬광처럼 빠르게 자세를 바꾸어 승마하여 말 등에 드러눕
는다. 마상재가 연병장에서 펼쳐질 때다. 정조를 비롯한 서장대
의 혜경궁과 관료들이 탄성을 치솟는 불길처럼 쏟아낸다.

"멋지다, 장용영!"

"환상적인 승마술이야!"

"신화적인 경지로군!"

장용영의 무술 축제 같았던 시연이 끝난 뒤다. 정조가 조련에

수고가 많았던 무관과 병졸들을 포상하여 격려한다.

13일의 아침나절에는 정조가 봉수당(奉壽堂)에 나아가 혜경궁을 위해 연회를 베푼다. 화성과 인근에 사는 노인들도 연회에 귀빈처럼 초청한 터다. 노인들 중 70세 이상과 61세인 사람들에게 비단 1필(匹)씩을 선물한다. 현륭원(顯隆園) 밑에 거주하는 백성들에게는 2년간 잡세를 대우하듯 면제한다. 화성 내외에 사는 백성들한테는 화성을 각인시키듯 1년간 잡세를 면제한다.

15일에는 정조가 화성을 떠나 둥지로 돌아오는 새처럼 환궁한다.

화성 구축의 내력

가파른 계곡의 물살처럼 빠른 세월이다. 1796년 10월 중순이라 사방에서 차가운 기운이 슬슬 밀려드는 시점이다. 인정전에 나가서 조례를 마치고 선정전의 용상에 정조가 앉는다. 구름에 드러누운 듯 용상에서 창밖을 편안한 시선으로 바라본다. 정조가 서안에 한지를 펴고 붓으로 머릿속의 생각을 글로 적는다.

'장용영'이란 단어와 '화성'이란 글자와 '규장각'이란 문자를 기록한다. 3개의 단어를 놓고는 자신의 생각을 염주를 꿰듯 차분히 정리한다.

수원 화성에 대해서는 왕국의 창건자처럼 자부심을 갖는 정조다. 1794년 1월에 착공하여 올해인 1796년 9월에 왕국을 구축하듯 준공했다. 공사에 투입된 금전과 인원에 대한 내역을 채제공에게 보고하게 했다. 그리하여 화성 축성에 대한 책자가 만들어지게 되었다. 화성 건설은 정조에게는 국력 강화 같은 꿈의 상징이었다.

병자호란으로 인조가 개처럼 땅바닥에 엎드려 이마를 땅에 찧었다니? 이듬해에는 속살을 까발리듯 2왕자까지 볼모로 보낸 인조라니? 인조반정을 꾀해 왕위에 오른 보답이 삼전도의 굴욕이었던가? 정조에겐 왕과 백관들이 공동으로 책임을 지고 자결했어야 마땅하다고 여겨진다. 백성들을 보호하지 못하는 나라에게 무슨 나라의 장래가 담겼겠는가?

나라가 수모를 당했으면 보복은 못했을지라도 나라는 부강하게 만들었어야 했다. 나라가 부강해지면 무력의 상징 같은 병마를 갖추어 강국이 되었으리라. 왕과 왕을 보필하던 관료들이 다들 문제였다고 여기는 정조다. 청국에 9년간이나 죄인처럼 볼모로 잡혔던 효종이 복수하기를 꿈꾸지 않았던가? 조선이 받았던 수모를 되갚아 주겠다고 산악을 허물듯 벼르지 않았던가? 어영청이란 군영이 세워져 북벌을 추진할 듯 대대적인 훈련을 강행했다.

취약한 조건에서도 31,000여 명에 달하는 병사들을 북벌의 화신처럼 거느렸다. 청국의 경우에는 태산의 위세처럼 80만 대군을 지닌 상태였다. 조선의 3만여 군병을 가지고는 대적이 안될 군세였다. 효종이 도중에 사망하지만 않았다면 병사들이 얼마만큼 늘었을지도 모르는 터였다.

정조가 한지 위에 '여한(餘恨)'이라는 글자를 쓴다. 그러고는 가슴이 막힐 듯 답답한 마음으로 상념에 휩쓸려 든다.

'내가 장용영을 세워서 군사력을 강화하려는 취지를 누가 제대로 알겠는가? 가족을 먹여 살리겠다고 관리가 된 조신들이 아닌가? 그러다 보니 안정이 필요하겠지? 관직이 있어야 녹봉을 받을 테니 말이야. 자신들의 가족만 중요하고 나라야 난국이 되든 말든 방치했다는 얘기이잖아?'

효종 이후에도 4명의 선왕들이 있었다. 현종, 숙종, 경종, 영조가 해당되는 왕들이었다. 이들 왕의 조정에서는 효종의 뜻을 승계하겠다고 칼을 갈듯 노력했던가? 조신들이 자신들 가문의 번영에만 현혹되듯 정신을 쏟았을 터였다. 생각이 여기에 미치자 발광하듯 정조의 눈빛에 광기가 서릴 지경이다. 그러면서 자신도 모르는 사이에 정조가 중얼댄다.

'어떻게 신하란 놈들이 나라를 부강하게 만들 생각을 안 했을까? 고작 당파나 만들어서 서로를 쪼아대는 일에만 진력한 셈이잖아? 이런 놈들을 데리고 어떻게 중국과 맞겨룰 수 있겠는가? 정말 한심하기 그지없는 일이야.'

정조가 일정을 점검하듯 내시를 불러 말한다.
"오늘 편전에 들르겠다고 연락한 인물이 몇이나 되는지 보고하라."
내시가 장부를 들춰 보더니 대답한다.

"오늘 다녀가기로 한 분들은 모두 다녀갔사옵니다."

정조가 안심이 된다는 듯 고개를 끄떡이고는 내시에게 말한다.

"짐이 생각할 게 있어서 인정전의 뜰을 잠시 거닐까 한다. 그 사이에 외부에서 들어오는 통보를 잘 기록해 두도록 하라."

내시가 익숙한 관습처럼 곧바로 응답한다.

"상감마마, 알겠사옵니다."

신발을 신듯 왕이 다른 부처로 이동하려면 연(輦)을 타기 마련이다. 편전 뜰에서의 산책에서는 연을 타지 않기에 꿈을 꾸듯 자유롭다. 인정전의 뜰은 동서남북의 4면이 담으로 막혔다. 정방형의 뜰은 동서의 길이가 4장(丈)이며, 남북의 길이가 5장이다. 은신하듯 외부인들에게 노출되지 않고 사색에 잠길 수 있다. 마당에 내려서니 공기가 시린 물결처럼 청아하여 마음이 상쾌해진다.

팔을 가슴에 교차한 자세로 정조가 천천히 마당을 거닐기 시작한다. 마당을 거닐면서 썰물의 소용돌이로 휘몰리듯 과거의 상념으로 휩쓸려 든다.

장용영은 정조의 정신이 빛살처럼 배어든 강력한 군대이다. 정조의 명령이 화살처럼 곧바로 병졸들한테까지 전달되는 조직이다. 병사들은 죄다 무과를 통해 선발된 보석처럼 빛나는 인재들이다. 5군영의 군대와는 구성원의 자질이 하늘과 땅처럼 다르다. 학식과 무예를 겸하여 선발된 무인들의 집단이다. 장용영이 창설

되면서 군대의 훈련도 절벽을 자르듯 높은 강도로 시행된다. 단련한 정도를 일정한 기간마다 평가하듯 시험을 치른다. 성적 순위에 따라 배치되는 장소가 달라지는 체제다.

상황이 이렇기에 구성원들은 무과에 응시하듯 무술 단련에 심혈을 기울인다. 무예도보통지가 완성된 1790년까지는 기병의 마술(馬術)이 체계화되지 않았다. 무예도보통지에 6가지의 마상 무예가 성좌(星座)처럼 제시되면서부터였다. 장용영의 기병들은 폭풍과 맞서듯 정신을 바짝 차렸다. 마술의 성적이 미흡하면 급류로 내몰리듯 다른 부대로 떠밀릴 판이었다. 장용영에선 정기적으로 시험을 친다고 조선의 천하에 공고했다.

체제에 순응하려면 난관을 뚫듯 노력해야만 한다. 마상 무예들 중에서 가장 익히기가 어려운 것이 마상재(馬上才)이다. 말을 달리면서 뛰어내렸다가 올라타기를 뜀뛰듯 반복해야 한다. 말 등에 몸을 담요처럼 납작하게 드러눕혀 이동하는 자세도 취한다. 말에서 뛰어내렸다가 올라탔다가 말 등에 드러눕기를 미치광이처럼 반복해야 한다. 승마술에 서툴면 도저히 익히기가 어려운 분야다. 그럼에도 장용영에서는 정기적으로 시험을 치른다고 공고했다.

마상재의 무예는 1791년까지 심산의 미답지처럼 백동수도 익히지 못했다. 당시에 정조가 동수를 편전으로 불러서 말했다.

"경은 조선 제일의 무인이외다. 그런데 애석하게도 마상재를 익히지 못했다니 상당히 유감이외다. 짐이 어떻게 해 주면 경이 마상재를 익힐 수 있겠소이까?"

동수가 미리부터 생각해 둔 듯 응답했다.

"전하, 책만 보고 익히는 데에는 한계가 있사옵니다. 말을 모는 달인들은 청국 무장들이옵니다. 그들을 데려와 지도를 받지 않으면 어려우리라 믿사옵니다."

정조가 백동수의 말에 격분한 듯 언성을 높여 말했다.

"우리의 적이 청국 놈들 아니오? 그런 놈들을 데려와 무술을 지도받겠다고 했소이까? 앞으로 그런 말은 다시는 하지 마시오."

정조의 비위가 똥을 씹듯 상했던 모양이다. 이듬해인 1792년에 동수를 충청도 비인 현감으로 내려보냈다. 품계도 종5품에서 종6품으로 1등급이나 낮춰 보냈다.

선정전 정조의 머릿속으로 1794년 12월의 정경이 물결처럼 밀려들었다. 백동수를 장용영으로 불러들이려고 비인 현감을 다른 사람으로 교체했다. 해동청이 둥지로 돌아오듯 백동수가 편전으로 찾아들어 귀경 인사를 했다. 그러면서 마상재를 익힌 경위를 들려주었다. 정조가 감탄한 듯 무릎을 치면서 백동수의 얘기를 들었다.

1792년부터 충청도 서산의 비인현에서 현감을 맡은 백동수였다. 비인현은 춘장대와 서천 사이에 있는 해변을 낀 고을이었다.

1793년의 10월 중순 무렵이었다. 서해를 지나던 중국 상선이 왜선의 왜구들로부터 공격을 받았다. 왜구의 불화살에 불타던 상선이 비인의 해변으로 통나무처럼 떠밀렸다. 상선에서 내린 20여 중국인들이 내륙으로 들쥐처럼 달아났다. 왜구들이 상선을 이 잡듯 뒤지고는 침몰시켰다.

상선을 침몰시킨 왜구들이 관광객들처럼 천연덕스럽게 왜선에 올라타려는 시점이었다. 조선 수군의 선박 3척이 나타나 왜선을 향해 화승총을 쏘았다. 총의 성능은 천지를 뒤집듯 위력적이었다. 십여 명의 왜구들이 내륙으로 달아났다.

문제는 그 이튿날에 나타났다. 달아났던 왜구들이 조총으로 무장하여 비인 관아로 파고들었다. 동수가 충청도 병사에게 긴급하다는 듯 지원군을 요청했다. 왜구들이 파고드는 속도는 도화선의 불길처럼 빨랐다. 지원군이 오기도 전에 관아의 군졸들이 패해서 생쥐처럼 달아났다. 미친개를 따돌리듯 왜구들의 총탄을 피할 방법이 없었다. 이때 묘하게도 3마리의 말이 관아 언저리에서 나타났다. 사람이 탄 말들이었다. 3마리의 말에 올라탄 사람들이 총을 쏘면서 왜구들한테로 달려들었다.

믿기지 않는 허구처럼 왜구들이 3명의 기마병들에게 죄다 사살되었다. 기마병들은 중국 상선에서 생명을 구하듯 달아났던 중국인들이었다. 이들은 승마술이 빼어난 청병들이었다. 왜구들이 쏘는 총탄을 뚫고 말을 달리며 왜구들을 사살했다. 달아났던 관아의 관졸들이 돌아와 동수에게 보고했다.

놀랍게도 청국의 기마병들이 동수가 호출한 듯 관아를 찾았다. 동수가 역관을 불러 청국의 기마병들과 대화를 나누었다. 청국의 기마병들이 말했다.

"우리 배가 왜구들한테 공격받아 침몰했습니다. 귀국하게 우리를 도와주시오."

백동수가 기마병들과 대화를 나누고는 기밀 같은 중요한 사실을 파악했다. 3청병들은 모두 마상재의 섬광처럼 날렵한 달인들이었다. 동수가 선을 긋듯 그들에게 조건을 제시했다. 한 달 이내에 마상재 무예를 동수에게 가르쳐 달라고 했다. 그렇게 해 주면 반드시 청국으로 보내주겠다고. 체류 기간 동안의 모든 숙식은 동수가 제공하겠다고 밝혔다. 이윽고 한 달을 기하여 동수가 마상재를 완전히 익혔다.

이런 사실을 동수로부터 정조가 보고받았을 때였다. 정조가 너무나 기뻐서 고함을 지르듯 반기며 말했다.

"어떻게 해서 그런 기연이 생겼는지 감탄스럽소이다. 장소만 비인이고 청국 상선과 왜구 사이에 벌어진 일이잖소이까? 조선인 피해자가 없었으니 경한테도 문제가 없는 사건이 아니겠소이까? 경이 비인 현감이 되었던 게 행운이었던 셈이외다."

정조로부터의 인정받은 듯 동수는 1795년 초에 종4품인 첨정이 되었다. 장용영의 병사들에게 마상재 교육을 퍼붓는 폭우처럼 집중적으로 지도했다. 무과에서 선발된 장용영의 병사들은 한밤의 달빛처럼 다들 재능이 눈부셨다. 두 달 정도 지도를 받자 다들 마상재의 달인들이 되었다. 이리하여 1795년의 윤달 2월에 화성에서 있었던 시연을 훌륭하게 펼쳤다.

정조가 지난날들의 일들을 의식에서 건져 올리듯 떠올리다가 편전으로 들어선다. 겨울 날씨라 빙벽에서 버티듯 오래 바깥에 머물기는 힘들었다. 편전의 실내로 들어서서 얼었던 손을 녹이면서 미소를 짓는다. 서서히 상념의 물결에 잠겨 든다.

'운이 좋은 사람은 따로 있는 모양이야. 동수가 비인 현감으로 내쫓겼다가 마상재의 달인이 되어 돌아왔잖은가? 어떤 경우에나 최선을 다한 그의 고운 심성 탓일 거야. 심성이 고우니 천지신명까지 그를 도운 셈이야.'

어느새 세월이 추녀의 낙숫물처럼 빠르게 흘렀다. 1797년의 3월 30일의 저녁나절이다. 영의정인 홍낙성이 정조에게 기쁜 소식을 전하듯 보고했다. 황해도의 수군절제사가 바다를 뒤엎듯 수군을 훈련시킨다고 했다. 평안도 절도사는 평안도를 순회하면서 보병을 훈련시킨다고 했다. 정조가 기쁜 표정으로 조신들에게 말했다.

"예전의 경우처럼 왜구한테 서해안이 노략질당하지 않도록 훈련을 강화하기 바라오. 강력한 국가의 힘을 백성들한테 보여주려면 군사력이 강해야만 하외다. 다들 군사력 배양에 신경을 써 주기 바라외다."

조신들이 빠져나가자 편전은 석양에 휘감겨 엷은 먹빛처럼 어두워진다.

저녁 식사를 한 뒤다. 정조가 의지를 종이에 펼치듯 한지에 붓으로 글을 쓴다. '강병(强兵)'과 '북벌(北伐)'의 두 단어를 종이에 3번씩 쓴다. 그러고는 붓을 내려놓고는 안개에 떠밀리듯 상념의 물결에 잠긴다.

'내가 규장각과 장용영을 설치했던 것은 정말 잘한 일이었어. 규장각을 거친 인물들로 재상을 배치하니 나라가 안정되었잖아? 또한 장용영이 열심히 수련하기에 국가의 위상이 엄청나게 높아졌어.'

정조의 머릿속으로 아버지의 역할이 산악의 정기(精氣)처럼 중요했다고 여겨진다. 아버지만 생각하면 금세 눈시울이 뜨거워지는 정조다. 28살의 한창 나이로 뒤주에 갇혀 생을 마감하지 않았는가?

아버지가 충정으로 했던 말이 역습하듯 아버지를 불행으로 내몰았을 줄이야?

"아바마마, 너무 노론 선비들에게 관심이 치우쳐서는 곤란하리라 여겨지옵니다. 왠지 제 눈에는 그렇게 비치는 느낌이옵니다."

영조 곁을 들락거리던 선비들이 새 떼처럼 떠들어 대었으리라 생각된다.

"세자가 등극하면 우리 노론이 위험해지겠어. 불행의 싹을 잘라 내도록 해야겠어."

"맞아! 세상의 어떤 일도 결국은 사람들이 하잖아? 세자가 대단한 거냐? 자리에서 밀어내어 버리면 그만이잖아?"

이런 식으로 노론 선비들이 죽처럼 엉겨 붙었으리라 여겨진다. 찾아낸 허점이란 것은 풍선처럼 부풀려진 하찮은 일상사들이었다. 영조의 지시로 대리청정을 하면서부터 아버지한테 불안감이 불길처럼 커졌으리라 여겨진다. 잘 모르는 사실을 해결하려는 고충이 오죽 컸을까? 답답한 마음에서 벗어나려고 벽을 허물듯 고함을 지르기도 했을 터다. 게다가 관서 지방으로 여행을 떠났다. 세자라는 신분을 떠나서 조용하게 여행을 하려고 시도했다.

아버지의 파악된 허점이란 내용을 분석하려는 듯 정조가 떠올렸다. 여행하는 과정에서 세태를 파악하려는 듯 여승(女僧)을 만나서 얘기를 나누었다. 나인들과 대화도 나누었다. 이런 점들을 두고 노론이 부풀린 발언들을 분수처럼 쏟아내었다. 세자한테는 광증이 있어서 정상적인 생활을 하기는 어려우리라 떠들었다. 세자가 죄 없는 나인의 목을 베었다고 본 듯이 나불거렸다. 게다가 아버지의 탄탄한 체격마저 시샘의 대상이 되었다.

아버지의 생모인 영빈마저도 아버지가 반역하리라고 노론을 돕듯 영조에게 밀고했다. 출생의 바탕에 영향을 받듯 생모(生母)는 노론계 인물의 딸이었다. 아버지의 여동생인 화완옹주(和緩翁主)까지 노론의 숨결을 존중하듯 아버지를 적으로 상대했다. 홍인한, 정후겸, 김귀주, 김관주, 김한록, 김상로(金尙魯)는 노론계의 거물급 인사들이었다. 신만(申晩), 신회(申晦), 홍계희(洪啓禧), 정휘량도 아버지를 죽음으로 내몰듯 날뛴 인물들이었다.

아버지가 만든 무예신보라는 서적마저도 역심(逆心)의 징표처럼 여겨질 지경이었다. 무예를 좋아하는 아버지의 탄탄한 골격도 노론을 위협하는 상징처럼 여겨졌다. 이런 연유로 아버지는 노론계의 사냥감 같은 신세로 죽음으로 내몰렸다.

노론계의 입김이 치솟는 불길처럼 거세어 영조마저도 아버지를 불신했다. 금세 아버지를 구할 반란 세력이 혹여 들이닥칠지 겁낼 지경이었다. 그래서 영조가 미치광이처럼 아버지를 서인으로 만든다고 선언했다. 천륜마저 포기한 듯 아버지한테 자결하라면서 장검까지 건네주었다. 인간으로서는 도저히 있을 수 없는 현상이었다. 아버지가 대화로 해결할 방침인 듯 자결을 거절했다. 그러다가 후속적인 의사 표시도 못한 채였다. 홍봉한이 마련해 놓은 뒤주에 갇히고 말았다.

그날 영조가 병사들에게는 대궐을 철통처럼 지키게 했다. 결국 아버지는 뒤주에 갇힌 지 9일 만에 숨졌다. 굶어서 죽은 터였다.

아버지가 죽어서 묻히자 사건이 스러지는 안개처럼 사라진 것은 아니었다. 응어리를 해소하듯 죽은 아버지의 한을 풀어 주어야만 했다. 조정에 별처럼 꽉 들어찬 노론계의 인사들을 정리해 주리라 별렀다. 하지만 왕대비와 어머니와의 관련자들 탓에 처벌이 자유롭지 못했다. 처벌하는 데에도 꽤 신경을 써야만 했다.

1762년에는 한을 삼키듯 아버지가 배봉산(拜峯山)의 수은묘(垂恩墓)에 묻혔다. 1789년에 수원의 화산(花山)으로 이장하여 분위기를 바꾸듯 현륭원(顯隆園)이라 불렀다. 아버지의 묘소에 있던 관아는 팔달산 아래로 옮겼다. 관아를 팔달산 아래로 옮기면서부터 수원성의 생성 근원이 새싹처럼 만들어졌다. 감춰진 의지를 드러내듯 정조가 평야인 수원에 성곽을 조성하기로 계획했다. 그리하여 1794년부터 1796년까지에 걸쳐서 화성이 조성되었다. 이때 행궁도 만들어졌다.

정조에겐 아버지의 무덤 위치도 하늘의 별자리처럼 중요하게 여겨졌다. 배봉산은 서울의 중랑천 서쪽이며 창덕궁의 동쪽에 있다. 창덕궁의 동쪽으로 16리 떨어진 지점이다. 아버지의 무덤을 간신들이 마귀처럼 들끓는 서울에 두고 싶지 않았다.

궁궐에서의 거리는 문제가 아니었다. 정조가 임금인 상태에서 아버지를 추앙하듯 이장하고 싶었다. 망령을 위로하듯 명당을 알아보라고 신하들에게 지시했다. 수원의 화산에 명당이 있다는 보고가 밀물처럼 밀려들었다. 신하들한테 보고받고는 수원의 화산의 지형을 그려 오라고 명령했다. 화공과 풍수가가 나가서 이장할 만한 곳의 지형을 그려 왔다. 정조가 봐도 전형적인 명당으로 여겨졌다.

영기(靈氣)가 샘물처럼 흘러드는 이장할 장소는 수원의 화산이었다. 공교롭게도 거기에는 수원 관아가 세워져 있었다. 묘를 이장하기에 앞서서 관아를 옮겨야 했다. 관아가 새롭게 깨어나듯 번성할 자리를 찾으라고 정조가 명령했다. 그랬더니 팔달산 동쪽의 평야 지대가 적격지라고 의견이 일치되었다. 실학자인 유형원도 수원성을 지지하듯 수원성의 배치를 거론한 적이 있었다. 마침내 정조도 마음을 굳혔다.

정조가 운명을 결정하듯 수원 관아를 팔달산 아래로 이동시키도록 명령했다. 수원부의 목사를 불러 작업을 구체화시키듯 명령을 내렸다. 왕명이기에 목사는 새로운 도시를 세우듯 이전 공사를 진행했다. 관아를 비롯한 일부 마을까지 무사히 이전시켰다. 창덕궁의 정청에서 조신들에게 수은묘를 이전시키도록 하교했다. 조신들이 상세한 계획을 세워 이장 공사를 차근차근히 진행했다.

1789년 10월 7일에 수원의 화산에 현륭원(顯隆園)이 들어섰다. 현륭원은 장용영을 수원에 포진하려는 태양의 위치처럼 중요한 근원이 되었다. 해마다 능행을 하면서 수원성과 장용영을 빛나는 보배처럼 점검할 작정이다. 창덕궁에서는 궁궐의 품위를 지키듯 마상 훈련을 시키기가 어렵다고 여겨진다. 그리하여 수원성에 장용영 외영을 세워 마상 훈련을 시키고 싶었다. 장용영이 기마병을 갖추면 위세가 산악처럼 강해지리라 예견했다.

편전에서 황해도와 평안도의 군사 훈련의 보고를 받은 저녁나
절이다. 군사 훈련을 한 지역이 사전에 모의한 듯 청국을 겨냥했
다. 서해의 수군들이 함상에서 화승총을 콩 볶듯 발사하는 훈련
을 했다. 서해에서 조선군이 공격할 대상이라고는 청국의 함대밖
에는 없다. 평안도에서 병사가 각처를 순회하면서 산악을 뒤엎듯
군사들을 맹렬하게 훈련시켰다. 평안도 군병들의 공격 대상도 청
국 군대임에 틀림없다.

정조가 기류에 떠밀리듯 상념의 물결에 휩쓸린다.

'군병들을 양성하는 것은 언젠가는 유사시에 사용하려는 목적
에서야. 조선이 군병을 강화하는 이유는 청국을 제압하기 위해서
야. 당장은 힘들지라도 꾸준히 군사력을 키우면 청국도 꺾일 거
야.'

하늘에서 쏟아지는 폭우처럼 빠른 세월이었다. 1797년 6월 15
일의 오전에 정조가 편전으로 3사람을 불렀다. 좌의정인 채제공
과 병조판서인 이조원(李祖源)과 이조참의인 김조순(金祖淳)을 불
렀다. 정승을 대표하듯 상신으로는 채제공 혼자 호출된 처지다.
올해 2월에 우의정인 윤시동이 세상과의 연을 끊듯 사망했다. 5
월에는 영의정인 홍낙순이 건강을 조절하려는 듯 스스로 조정에
서 물러났다. 그리하여 조정에 근무하는 정승으로는 좌의정인 채

제공(蔡濟恭)밖엔 없다.

올해 46살인 정조가 대담하려고 선발하듯 3명의 대신을 불렀다. 3명의 대신들이 편전의 원탁에서 정조를 바라보며 앉아 있다. 좌의정인 채제공은 78살의 고령으로 대신들을 대표하듯 호출되었다. 이조원(李祖源)은 63살이고, 김조순(金祖淳)은 33살이다. 참석한 사람들의 연령대가 무지개의 색채처럼 다양한 편이다. 정조는 관리들의 업무 상태를 점검하려고 정기적으로 해당자들을 편전으로 부른다.

정조가 좌중을 향해 분위기를 누그러뜨리듯 부드러운 목소리로 입을 연다.

"다들 일하느라고 바빴으리라 믿소이다. 우선 좌상부터 업무를 보고해 주시오."

채제공이 경건한 마음을 표하듯 가볍게 목례한 뒤에 응답한다.

"작년 9월에 화성의 축성 공사가 끝나 화성은 안정된 국면입니다. 화성 조성과 함께 이루어진 커다란 과제가 둔전의 개간이었습니다. 많은 논과 밭이 성곽 둘레로 쫙 펼쳐져 있는 상태이옵니다."

정조가 채제공의 얘기에 귀를 기울인다. 3년간 수원성의 공사를 총괄적으로 추진한 최고 책임자다. 장인과 인부의 동원에 잡음을 없애듯 신경을 썼다. 제시된 조건에 본인들이 원래부터 원했던 듯 응하도록 인부들을 뽑았다. 백성들을 무작위로 불러내듯 강제로 동원하지는 않았다. 경비의 대다수는 궁궐 내수사에서 공급되었다. 절대로 주변에 부작용을 일으키지 않으려는 정조의 치밀한 배려로 추진되었다.

선발된 장인들이 자신들의 일처럼 흡족한 기분으로 일하게 했다. 공사를 추진하면서 자발적인 착상들을 애기하여 골격을 반영하듯 수렴하는 방식이었다. 강제적으로 명령하듯 일률적으로 치닫는 작업의 흐름을 지양했다. 장인들이 저마다의 탁월한 실력들을 발휘하려고 최선을 다했다. 작업장 어디에서도 효율을 감소시킬 듯 불만스런 잡음은 생기지 않았다. 다들 혼신을 다해 공사 현장에 참여했다.

축성과 연계된 둔전의 개간도 공사를 좌우할 듯 중요한 과제였다. 수원성의 관리들과 장용영의 군인들이 생활하려면 지하의 샘물처럼 양식이 필요했다. 양식을 조달하는 근원이 둔전이다. 둔전이 마련되면 병사들이 둔전을 경작하여 자금을 마련한다. 이렇게 마련된 자금이 관리와 군인들의 식량의 비용으로 지급된다.

작년 9월에 화성이 완공되면서 채제공이 보고서를 책자로 만들었다. 소요된 경비와 물품 구입 현황들이 실상을 드러내듯 상세히 기록되었다. 각 도에서 올라와 공사에 투입된 장인들의 내역도 상세히 기록되었다. 거중기와 활차의 배치와 활용 상태도 현장을 점검하듯 소상하게 적혔다.

작년의 보고서에서 누락된 부분을 채제공이 정조에게 차분히 설명했다. 정조가 채제공의 설명을 듣고는 궁금증을 해소하려는 듯 질문했다.

"화성을 이루는 주된 구성원은 장용영의 병사들이외다. 이들 병사들이 거처할 주거지와 연병장은 확실하게 조성되어 있소이까?"

채제공이 준비하고 기다린 듯 곧바로 응답했다.

"행궁의 동쪽 방향에 기다랗게 병사들의 숙소가 지어져 있사옵니다. 거주하는 군병의 숫자가 4,000여 명이기에 충분한 공간을 확보했사옵니다. 게다가 연병장은 보병 훈련장과 기병 훈련장으로 분리하여 커다랗게 조성했사옵니다."

63살의 이조원은 얼마 전까지 형조판서를 맡다가 병조판서에 임명되었다. 성실하고 책임감이 강하여 어떤 일을 맡겨도 안심이 되는 인물이다. 정조가 이조원을 향해 마음에 든다는 듯 환히 웃으며 말한다.

"전임 병판이 황해도 수군들의 훈련을 독려하고 평안도의 군사들을 조련시켰소이다. 현장을 실제로 순회하면서 점검한다는 일은 대단히 중요한 업무이외다. 경은 병조를 맡아서 어떤 지침으로 운영할 것인지 말해 보시오."

이조원은 나이는 들었지만 열정이 젊은이처럼 불타는 인물이다. 정조의 질문을 받자 느긋한 표정으로 미소를 지으며 대답한다.

"전하께서 저를 병조에 배치하신 이유를 알고 있사옵니다. 무예도보통지의 무예를 모든 병사들에게 흡수시키고자 하옵니다. 그리하여 유사시에 변란이 생겨도 능히 국가를 지켜 내게 만들겠 사옵니다. 그러기 위해서는 소신도 부지런히 전국의 병영을 순회 할 작정이옵니다.”

정조가 이조원의 얘기에 무척 흡족하다는 듯 감탄한다. 그러다 가 못내 궁금하다는 듯 재차 질문한다.

“장용영 제일의 무예의 달인은 백동수라는 인물이올시다. 장용 영 제일이라는 것은 조선 최고의 실력자를 의미하는 것이외다. 백 첨정(僉正)은 화성을 지킬 것이외다. 어떻게 전국의 병사들을 백 첨정처럼 조련시키겠소이까?”

정조의 질문 요지를 파악했다는 듯 이조원이 차분하게 응답한 다. 백동수는 장용영의 무관이지만 서울의 훈련원에 고정하여 배 치하겠다고 한다. 전국 병영의 무관들을 일정한 인원만큼 선발하 듯 훈련원으로 파견하겠다고 한다. 전국 병영의 무관들을 순차적 으로 정렬시키듯 훈련원으로 보내겠다는 얘기다. 교육을 받은 무 관들이 병영으로 귀환하여 병사들을 가르치게 만들겠다고 한다.

이조원의 말에 정조의 표정이 불빛처럼 환히 밝아진다. 곁의 채 제공과 김조순도 감탄하듯 탄성을 내지른다. 이조원이 얘기를 마 무리하듯 정조에게 말한다.

“소신은 전국의 군영을 순회하며 훈련이 제대로 되는지를 점검 하면 되옵니다. 점검 상태에 따라 해당 군영에 상벌을 가할 작정이옵니다."

정조가 이번에는 대책에 관심이 많은 듯 김조순을 바라보며 말한다.

"이 자리에서는 경이 가장 젊소이다. 젊은 만큼 생각하는 바도 민활해야 마땅한 법이외다. 전쟁이 일어나서 상당수의 관원들이 죽었을 경우를 가정해 보겠소이다. 전쟁이 장기전으로 바뀌면 전시 중에서도 관리를 뽑아야만 하외다. 어떤 방식으로 관리를 새롭게 채용하겠소이까?"

미리부터 질문에 대비하고 있었다는 듯 김조순이 당당한 자세로 대답한다.

"중앙 삼사의 관원들은 평소에 간쟁과 탄핵을 주로 담당합니다. 전시 중에는 간쟁하거나 탄핵할 업무가 대폭 줄어들리라 예견되옵니다. 결원된 품관의 품계에 맞는 삼사의 관원들을 파견하면 되리라 여겨지옵니다. 전시가 끝나면 삼사의 관원들을 환원하면서 과거를 실시하면 되리라 여겨집니다."

정조가 흡족한 듯 크게 고개를 끄떡이면서 미소를 짓는다.

정조가 채제공과 이조원을 먼저 편전에서 내보낸다. 편전에는 사전에 약속한 듯 정조와 김조순 둘만 남은 상태다. 정조가 상대를 파악하듯 김조순의 경력을 떠올린다. 빼어난 천품인 듯 21살에 과거에 급제해서 예문관 검열이 되었다. 과거 급제 나이가 40살을 넘기는 사람들도 종종 있다. 그런 가운데 21살의 젊은 나이에 급제했다니? 타고난 천품처럼 놀라운 실력을 갖춘 인재임에 분명하다. 1788년의 24살 때에는 규장각의 대교로 일했다. 정치 개혁의 중심지인 규장각이었다.

뒤엉키는 소용돌이처럼 조정에서 일어나는 시파와 벽파의 대립을 지켜보던 조순이었다. 당시의 조순은 젊은이답게 선을 자르듯 선언했다. 어느 편으로도 눈을 돌리고 싶지 않다고. 기울어지지 않을 듯 당당한 중립을 선언했다. 조순의 대찬 기세처럼 당당한 패기에 정조가 그를 지켜보았다. 1789년에는 사은사의 서장관 신분으로 청국에 다녀왔다. 귀국한 뒤에 검교(檢校)와 직각(直閣) 등 여러 벼슬을 거쳤다.

정3품인 이조참의를 제수받으면서도 시종 겸손하면서도 당당했다. 선비 같은 겸손한 성품이 정조의 마음에 쏙 들었다. 이런저런 얘기를 나누다가 김조순마저 편전에서 떠난다. 정조에게 편전은 다시 조용하고 한적한 공간으로 밀려든다.

소용돌이치는 물결처럼 빠르게 떠밀리는 세월이다. 1797년 11월 18일의 점심나절이다. 규장각의 신하들과 춘추관 관리들과 승지들과 장신(將臣)들이 춘당대에 모여 있다. 장신은 궁궐과 도성을 지키는 병영의 범 같은 장수를 말한다. 부용지(芙蓉池)란 연못의 동쪽에 선경의 누대(樓臺) 같은 영화당(暎花堂)이 있다. 부용지는 사방의 테두리가 직선인 반듯한 정방형의 연못이다. 영화당의 동쪽에는 높다랗고 넓은 땅이 평원처럼 펼쳐져 있다. 이곳이 춘당대(春塘臺)라 불리는 곳이다.

여기에서 병영의 군인들이 활쏘기를 하고 유생들이 과시(科試)를 본다. 운치를 즐기듯 왕이 신하들과 향연을 벌이는 곳도 여기다. 부용지의 북쪽에 구름 속의 누각처럼 단아한 규장각이 위치한다. 이날 4부처(部處)의 관리들이 연회를 갖듯 춘당대에 모였다. 정조와 신하들이 활쏘기 경기를 벌였다. 정조는 35발을 쏘아서 15발을 과녁에 명중시켰다. 정조가 먼저 시범을 보이고는 관리들에게 활을 쏘라고 했다.

활쏘기를 마치고는 야외에서 고기를 삶고 꿩 고기를 구웠다. 정조와 신하들이 어울려 술잔을 나누며 햇살처럼 따스한 대화를 나눈다. 정조가 김지묵(金持默) 장용영의 대장에게 말한다.

"도성의 병사들은 활쏘기를 어떻게 훈련하고 있소이까?"

장용영 대장이 기다렸다는 듯 곧바로 대답한다.

"활쏘기는 이틀마다 한 차례씩 개인이 30발을 쏩니다. 화승총은 화성의 외영에 가서 사흘마다 50발씩 쏩니다. 임진란 이후로 주된 무기가 총으로 대체되었기 때문이옵니다."

화승총이란 말에 정조가 효종 때의 일을 떠올린다. 사서(史書)를 통해 거울을 닦듯 확인한 내용이다. 효종이 어영청에 신무기를 동원하듯 화승총을 도입했다. 화승총은 조선에 붙잡힌 하멜에게 무기를 지원하듯 만들도록 명령했다. 하멜 일행은 효종의 명에 따라 공을 들여 총을 만들었다. 화승총 및 총탄의 제작까지도 하멜 일행이 맡았다. 왕명에 의해 조선의 무관들도 하멜한테 화승총의 제작법을 배웠다.

정조와 4개 부처의 조신들이 어울려 충분히 대담한 뒤다. 정조는 규장각을 들러서 인정전으로 돌아간다.

인정전 정조의 머릿속으로 한 달 전의 일이 물결처럼 밀려든다. 그날은 10월 15일이었다. 정조가 바람결이 휩쓸리듯 문득 훈련원의 백동수를 만나고 싶었다. 백동수가 하는 업무를 직접 구경하고 싶었다. 우의정인 이병모와 대사성인 조진관을 호위병처럼 거느리고 훈련원을 찾았다. 훈련원은 창덕궁에서 차도로 남동쪽 6리만큼의 거리에 세워져 있었다.

훈련원 마당에는 50여 명의 기병들이 마상재 훈련을 지도받고 있었다. 백동수가 바람결처럼 말을 몰며 기병들의 동작을 세심하게 지도했다. 달리는 말에서 뛰어내렸다가 다시 올라타는 기묘한 동작들을 가르치는 중이었다. 정조와 이병모와 조진관이 죄다 백동수의 승마술에 넋을 잃듯 매혹되었다.

임금의 도착 사실을 알고 동수가 훈련을 잠시 멈추었다. 그러고는 왕에게로 다가와 대나무처럼 허리를 숙여 읍을 하며 말했다.

"전하, 왕림 사실을 사전에 통보받지 못하여 영접하지 못했사옵니다."

정조가 통쾌한 듯 호탕하게 웃으며 응답한다.

"하하핫! 백 공이 평소에 어떻게 일하는지를 살펴보러 나왔소이다. 과연 정성을 쏟아 병사들을 지도한다는 소문이 사실임이 드러났소이다. 이런 차에 어찌 사전에 통보를 했겠소이까? 글자 그대로 평소에 일하는 모습을 보고 싶었소이다. 그랬는데 정말 경은 짐의 마음에 쏙 드는 인물이외다. 아하하핫!"

동수가 장수를 위임하듯 주부(主簿)인 32살의 이선건(李鮮建)에게 훈련을 맡겼다. 지사(知事)인 심환지(沈煥之)가 왕과 수행원을 위해 꿈결처럼 아늑한 연석(宴席)을 마련했다. 원탁에 왕과 이병모와 조진관과 백동수와 심환지가 수레바퀴처럼 둘러앉았다. 국화차를 마시면서 왕과 조신들이 햇살처럼 편안한 대담을 나누었다. 왕의 바람결처럼 바쁜 일정으로 왕과 이병모와 조진관이 자리에서 일어섰다. 정조가 흡족한 마음으로 훈련원에 격려금을 남기고는 창덕궁으로 귀환했다.

해안의 바윗돌에 튕겨 치솟는 포말들처럼 빠른 세월이다. 한 달이 성큼 흐른 12월 30일을 맞은 시점이다. 김지묵(金持默) 장용영 대장이 편전으로 들어서서 정조에게 말한다.

"전하, 방금 장용영 외영에서 장용영 절목과 수성 절목이 올라왔사옵니다. 소신이 잠시 윤곽을 말씀 드려도 좋겠사옵니까?"

정조가 기다렸다는 듯 반가운 표정으로 쾌히 대답한다.

"오호, 중요한 규정이 완비된 모양이외다. 듣고 싶소이다."

김지묵이 차분한 목소리로 절목의 골격을 요령 있게 설명한다. 정조도 궁금증이 쏠리는 듯 귀를 기울여 듣는다.

예전까지는 외영이 '좌(左), 중(中), 우(右)'의 3사(三司)로 이루어져 있었다. 그런데 이번에 '전(前), 좌(左), 우(右), 후(後)'의 4사(四司)로 편제(編制)가 바뀌었다. 협수군(協守軍)이란 지원군에 대해서는 과천과 시흥을 추가로 영역을 확장하듯 흡수시켰다. 과천과 시흥이 거리 요인처럼 지리적으로 수원에 가깝다는 이유에서였다. 성정군(城丁軍) 8,620명을 변화에 대처하듯 납미군(納米軍)으로 묶어서 운영한다.

산악의 능선처럼 굵은 골격이 제안되었다. 수원성의 방어에 8,620명의 병사가 필요함이 밝혀졌다. 정조가 흐뭇한 미소를 지으며 김지묵을 향해 말한다.

"정말 수고하셨소이다. 앞으로도 미세한 변화일지언정 상세히 보고해 주시오."

장용영의 보완된 세부 규정을 정조에게 보고한 뒤다. 장용영 대장은 외영을 둘러보러 가겠다고 편전에서 안개처럼 빠져나간다.

정조가 편전에서 요점을 간추리듯 머릿속을 정리한다. 장용영 외영은 최대한 8,620명까지가 전투에 뛰어들 수가 있다. 이 정도의 규모라면 대국도 상대할 듯 대단한 형세라 여겨진다. 아버지의 무덤을 이장하면서부터 예정된 군진(軍陣)처럼 본격적인 수원성이 만들어졌다. 수원성을 쌓는 데에는 채제공과 정약용 같은 인물들이 많이 헌신했다. 병력 운영의 기본은 자금의 확보다.

왕권이 부풀어 오르듯 강화되는 것은 아닌지 노론 패거리들이 술렁댄다. 정조가 애초부터 말썽의 싹을 자르듯 철저하게 대비했다. 축성에 있어서도 기준을 제시하여 지원을 받아서 추진했다. 축성에 관여된 백성들에겐 노력을 보상하듯 노임을 지불했다. 전국에서 선발된 대목들과 장인들이 주된 대상들이었다. 어쨌거나 수원에 현륭원을 조성하면서부터 화성과 장용영이 튼실하게 자리를 잡았다.

호국의 선율

계곡에서 흘러내리는 물줄기처럼 빠른 세월이다. 1798년 5월 15일의 유시 무렵의 시각이다. 장용대장인 조심태(趙心泰)가 30명의 호위병들을 거느리고 정조를 바람결처럼 은밀히 경호한다. 정조가 훈련원 첨정인 백동수와 청계천으로 떠밀리는 안개처럼 잠행(潛行)을 나왔다. 청계천은 창덕궁 남쪽 방향으로 3리 떨어진 개천이다. 백동수가 훈련시킨 8명의 무사(武士)들도 동참한 상태다.

연이틀 동안 폭우가 내린 뒤의 쾌청한 날씨다. 훈련원은 창덕궁에서 남동쪽으로 산책할 거리인 듯 6리 떨어져 있다. 동수는 전국 병영의 무관들을 서울의 훈련원에서 선발된 정예병처럼 조련시킨다. 동수와 조심태는 일찍부터 형제처럼 잘 알고 지내는 터다. 조심태는 장용영 내영과 외영을 총괄하는 대장이다. 수시로 동수와 조심태는 마차를 타고 화성에 드나들곤 한다.

장용영은 왕의 숨결처럼 움직이는 왕의 친위 부대이다. 5,000여 명에 이르는 병사들이 일사불란하게 움직이는 체계다.

비가 온 뒤라 계곡을 흘러내리는 강물이 홍수의 물줄기처럼 엄청나다. 바위가 돌출한 계곡 상류에서는 물보라가 안개처럼 자욱하다. 강물이 거대한 바위에 부딪혀 숱한 포말을 피워 올리는 탓이다. 물줄기가 부딪는 바위 언저리에는 잉어들이 물줄기를 거스르듯 치솟는다. 물보라를 심하게 일으키는 부분에는 구멍 뚫린 바윗돌이 배치되어 있다. 사람의 앉은키만큼의 직경을 갖도록 원형으로 구멍을 뚫은 바위들이다. 이런 바위들이 연이어 7개나 수중의 군진처럼 배열되어 있다.

상류 부분에 휘몰리는 물살의 속도를 조절하려고 인위적으로 배치한 바윗돌이다. 한양의 석수장이들이 왕명으로 세상을 뚫듯 바위에 구멍을 뚫은 거였다. 이들 7개의 바위는 청계천의 상징물로 알려졌다.

정조가 7개의 바위 구멍을 연속해서 통과해 흐르는 물줄기를 바라본다. 비 내린 뒷날이라 물줄기의 굵기가 절구통처럼 굵다. 강물이 바윗돌의 구멍으로 날아들다가는 포말이 되어 소나기처럼 쏟아진다. 7번씩이나 물줄기가 바윗돌에 부딪히자 개천의 상공에는 안개처럼 물보라가 자욱하다. 잉어들이 힘을 과시하듯 주로 상류로 거슬러 오르려고 애쓴다. 붕어나 피라미는 잉어보다 힘이 약한 편이다.

정조가 혼을 내쏟듯 역점을 두고 관리하는 부대가 장용영이다. 조심태의 아버지는 해상의 제왕 같은 삼도수군통제사를 지냈던 조경(趙儆)이다. 아버지의 영향처럼 조심태는 어릴 때부터 무예 실력이 탁월하다고 알려졌다. 20대 초반에 음보로 종9품인 선전 관이 되었다. 29살 때인 1768년에는 실력을 검증받듯 무과에 급 제했다. 이후에 여러 벼슬을 거쳐 1785년에는 충청도 병마절도 사가 되었다. 그러다가 같은 해에 아버지를 계승하듯 삼도수군통 제사가 되었다.

포도대장과 총융사를 거쳐서 1789년에는 수원 부사에 제수되 었다. 그해에 현륭원(顯隆園)을 조성하고 수원성을 아늑한 성읍처 럼 잘 다스렸다. 이런 공적으로 정조가 마음으로 교신하듯 신뢰 하는 관료가 되었다. 1791년에는 병권을 장악하듯 훈련대장을 맡았다. 1794년에는 승격된 수원부의 유수가 되어 수원을 잘 관 리했다. 2차례에 걸쳐서 전후 5년간 수원을 관리한 공로로 공신 이 되었다.

1798년의 올해에는 장용대장이 되어 정조를 선계의 신선처럼 떠받든다.

정조가 조심태를 향해 물이 흐르듯 편안하게 말한다.
"석공들이 바위에 구멍을 잘도 뚫은 것 같소이다. 저처럼 엄청난 물이 흘러내려도 바위가 쓰러지지 않잖소이까?"

조심태도 공감한다는 듯 미소를 머금으며 말한다.

"전하, 누구한테나 타고난 소질이 있나 봅니다. 바위를 부러뜨리지 않고 구멍만 뚫기란 참으로 어려우리라 여겨지옵니다."

정조와 조심태가 바위에 부딪혀 파도처럼 치솟는 포말을 바라볼 때다. 백동수가 8명의 무사들과 원기를 흡수하듯 구멍 난 바위로 다가간다. 폭우처럼 흩날리는 물보라로 금세 9명의 무사들의 옷이 젖을 지경이다. 9명의 무사들이 7개의 구멍 난 바위 일대로 흩어져 선다. 정조와 조심태가 무척 궁금한 표정을 짓는다. 호위를 맡은 30명의 장용영의 군인들은 은밀한 곳으로 은신해 있다.

조심태가 정조를 향해 자신의 견해를 전하듯 말한다. 정조의 말에 관심을 나타내듯 눈빛을 빛내며 조심태가 차분하게 설명한다. 임진왜란 때까지 조선의 병영에서는 무예가 단절되듯 검술의 훈련이 없었다. 말을 달리면서 활을 쏘는 정도가 최고인 듯 평가되었다. 조직적으로 병영에서 군사들에게 무술 훈련을 시키지 못했다.

무예도보통지가 출간되면서 조선의 병영에 불길이 번지듯 무예가 보급되었다. 진법도 군대 단위로 열심히 훈련한다. 개별적인 병사들의 무예는 정기적으로 연무장에서 시연시켜 수준을 가리듯 평가한다. 시험의 성적에 따라 직급과 근무지가 달라진다. 모든 병사들이 부지런히 무예를 수련할 수밖에는 없는 체제다.

정조가 조심태의 얼굴을 바라보며 열심히 설명을 듣는다. 조심태도 혼신의 열정을 펼치듯 자세히 설명하려고 애쓴다.

　정조가 이미 아는 내용도 많았지만 새로운 사실도 적지 않다. 그래서 핵심을 파악하려는 듯 정신을 집중시켜 설명을 듣는다. 동수가 전국의 무술 교관들을 훈련원에서 주기적으로 군세를 강화하듯 훈련시킨다. 동수에게서 지도받은 교관들이 각 부대에서 무예의 달인처럼 무술을 지도한다. 이런 방식으로 전국의 병영에서는 병사들의 훈련이 활발하게 이루어지고 있다.

　동수가 근래에 미답지를 밟듯 놀라운 사실을 발견했다. 무예들 중의 검법에 관련된 영역이었다. 쌍수도, 제독검, 본국검, 예도, 왜검, 쌍검이 무예도보통지 중의 검법이었다. 각자 고유한 점과 유사한 점이 하늘의 별처럼 깔려 있었다. 각 검법의 연결 동작에서 발견된 특성이다. 다른 검법에서는 연결 동작이 호흡하듯 거북하지 않았다. 유독 본국검의 연결 동작에서 난기류처럼 어색한 동작들이 읽혔다. 괜한 편견일까 싶어 그냥 넘기려고 했다.

　시간이 흐를수록 본국검의 특이점이 신경을 흔들듯 동수에게 떠올랐다. 특성을 살피듯 왜검과 우리나라의 검술인 본국검을 비교했다. 왜검에서는 연결 동작에서 부자연스러운 곳이 발견되지 않았다. 중국 검술인 제독검의 연결 동작을 실전에서 휘두르듯 세밀히 분석한다. 역시 어느 검식에서도 부자연스런 곳이 없다.

　본국검의 연결 동작에서는 별천지처럼 확연히 다른 점들이 발견되었다. '금계독립(金鷄獨立)'이란 전환 자세가 한밤의 도깨비불처럼 특이하다. 황금색의 닭이 우뚝 선 자세라는 뜻이다. 칼을 오른쪽에 들고 있으며 왼발을 든 상태다. 총보(總譜)의 32동작 중에서 3번씩이나 나오는 동작이다.

'표두압정(豹頭壓頂)'이란 자세도 함몰된 산악처럼 특이하다고 여겨진다. 표범의 머리가 사람의 정수리를 내리누른다는 뜻이다. 좌우로 칼을 회전시키고는 껑충 몸을 솟구치면서 상대의 정수리를 내리친다. 나무 위의 표범이 껑충 뛰어서 내닫는 듯 매서운 자세다.

'조천(朝天)'이라는 자세도 괴력의 발출처럼 특이하다고 여겨진다. 아침나절의 하늘이라는 뜻이다. 햇살이 퍼져 오르듯 기운이 발산되는 동작임을 의미한다. 오른발을 들고 칼을 머리 위로 치켜든 자세다. '좌협수두(左挾獸頭)'도 일상에서 벗어나듯 특이한 자세다. 왼쪽 팔로 짐승의 머리를 낀다는 뜻이다. 칼을 왼쪽 가슴 언저리에 치켜세우고 오른발을 든 자세다. 왼쪽 가슴에 힘이 실려 있음을 의미한다.

조심태의 말이 흐르는 강줄기처럼 이어진다. 정조가 계속 신경을 기울여 열심히 듣는다. '향우방적(向右防賊)'이란 자세도 본국검에서는 장면을 바꾸듯 특이하다고 여겨진다. 좌협수두에서 오른쪽으로 돌며 칼을 우측 수평으로 베면서 왼발을 든다. 공격한 자세에서 발이 들린 상태다. 총보에서 2번씩이나 펼쳐지는 자세이다.

'전기(展旗)'란 자신감을 드러내듯 기를 활짝 편다는 의미다. 총
보의 2번째 동작인 우내략(右內掠)의 다른 이름이기도 하다. 우측
으로 돌면서 칼끝으로 땅바닥을 후리다가 칼로 상대를 겨눈다.
칼끝은 단숨에 절명시키듯 상대의 목을 겨눈다. 이때의 오른발은
들려 있는 자세다. 이 자세도 우내략을 포함하여 2번 펼쳐진다.

'좌요격(左腰擊)'은 생명을 절단하듯 상대의 좌측 허리를 벤다는
의미다. 금계독립세에서 왼발을 좌측으로 옮겨 착지하면서 오른
발을 왼발보다도 앞으로 옮긴다. 이때 칼을 우측 아래로부터 좌
측으로 올려 휘둘러 허리를 벤다. 칼끝을 왼쪽 위로 겨누고 다음
을 내다보듯 왼발을 든다. '우요격(右腰擊)'은 우측 허리를 벤다는
뜻이다. 왼쪽 아래에서 우측을 교란하듯 우측을 향해 상대의 허
리를 벤다. 칼은 가슴에 붙여 세우고 이어질 변화를 도모하듯 오
른발을 든다.

정조도 손바닥의 손금처럼 잘 아는 본국검이다. 전문 무인(武人)
의 설명을 들으니 세상이 바뀌듯 달라지는 기분이다. 조심태의
설명이 이어진다. '백원출동(白猿出洞)'이란 말은 하얀 원숭이가
동굴에서 달려 나온다는 의미다. 짐승이 동굴에서 달려 나올 때
엔 요절을 내듯 공격하는 경우다. 칼을 가슴 가까이에 붙여서 세
우고 오른발을 든 자세다.

금계독립을 비롯하여 백원출동에 이르기까지의 발이 들린 동작

들이 특이하게 여겨졌다. 차이점을 찾으려는 듯 동수가 다른 나라의 검술들과 면밀히 비교했다. 타국의 검술에서도 다리를 교차하듯 발을 든 동작들은 있었다. 하지만 선후의 동작들이 걸음을 걷듯 불안하지 않았다. 발을 들었을지라도 전혀 부자연스럽지 않았다. 본국검의 경우에는 발이 들린 동작의 선후가 다소 부자연스럽게 느껴졌다.

전문가가 아니면 검보의 흐름만 믿고 그대로 시연하기 마련이다. 동작들의 연계성을 들추듯 동작의 흐름을 분석하려는 사람은 없었다. 무술 창시자의 뜻을 추앙하듯 존중하는 의도라 여겨졌다. 동수에게는 무술의 연계성과 추앙은 해수와 담수처럼 다르게 여겨졌다. 부자연스러운 내력을 몰랐기에 동수는 마음이 심란했다.

작년 여름에 나무토막을 타고 개천에서 떠내려갈 때였다. 물살의 세기를 파악하려는 듯 시도한 통나무 타기였다. 물살에 운명을 맡기듯 통나무에 올라 물살에 떠내려갈 때였다. 물살이 험해도 강도가 비슷하면 땅바닥에서 걷듯 불안스럽지 않았다. 반면에 물살이 부드러워도 변화가 심한 부분에서는 위험이 곳곳에서 드러났다. 통나무가 뒤집히거나 개천 바닥으로 곤두박질치곤 했다.

동수는 통나무를 타고 내려가면서도 무인의 습성처럼 검술의 동작들을 연구했다. 본국검을 수련할 때마다 부자연스러운 곳에서 항상 마음이 걸렸다. 실력자와의 대결에서는 사소한 불안감마저도 치명적인 허점처럼 승패를 결정짓는 변수였다. 그런데 본국검을 시연할 때마다 문제의 검식에서 자꾸만 불안감이 피어올랐다.

통나무가 안정하게 떠내려가려면 연못을 지나듯 물살에 변화가 없어야 했다. 물살에 변화가 생기면 느린 속도에서도 통나무가 수중으로 이끌리듯 곤두박질쳤다. 본국검이 다른 검법들보다도 변화가 컸던 원인과 동작을 분석하듯 추정했다. 물의 흐름에서의 물살처럼 검술 전개에서의 검기(劍氣)의 발출과 관련되리라 여겼다. 자신의 생각이 맞는지를 검증하기 위하여 검기(劍氣) 발출을 연구했다. 검기(劍氣)란 칼이 움직일 때에 칼날에서 발출되는 기운(氣運)을 나타낸다.

발출되는 기운(氣運)은 생명체에게는 물결의 움직임 같은 파동(波動)으로 전해진다. 물결이 강하거나 약하다고 느껴지도록 하는 근원이 파동이다. 검기(劍氣)는 칼날에서 빛살처럼 발출되어 사람을 다치게 하는 파동이다. 검기의 또 다른 이름은 검파(劍波)이다.

정조는 청계천에서 계속 조심태의 말에 귀를 기울인다. 칼을 휘둘러 사람을 전문적으로 살상하는 사람들은 '칼잡이'로 불린다. 칼잡이의 다른 명칭은 검객(劍客) 또는 검사(劍士)이다. 병영의 장군을 비롯한 무관들은 다들 검객이다. 언제든지 칼을 뽑아 세상과 격리시키듯 사람들을 죽일 수 있다. 장용영 검객들 중 최고의 검객은 병영에서 공인하듯 백동수다. 백동수와 검술 대결에서 살

아날 사람은 없으리라 신화처럼 전해진다. 백동수의 명성은 신
(神)에 비유하듯 신검(神劍)이라 알려졌다.

사람들의 가슴속에는 누구한테나 시기심(猜忌心)이 아지랑이처
럼 굼틀댄다. '조선의 신검(神劍)'을 제압하려는 사람들이 위험을
망각한 듯 적지 않았다. 승부의 확인처럼 단순한 검술 대결 차원
이 아니었다. 달인을 시기하듯 은밀한 수단으로 동수를 죽이려는
사람들도 있었다. 죽이려는 이유는 단 한 가지였다. 백동수가 신
검(神劍)이라는 사실 때문이었다. 본인의 겸손한 태도는 중요하지
않았다. 신검이라는 칭호를 세상에서 부여받았다는 자체가 용서
하지 못할 죄악이라 여겨졌다.

죽을 때까지 수련해도 도달하지 못할 한계 같은 경지임을 알았
다. 그럼에도 백동수의 경우는 어떠한가? 세상에서 이미 신검(神
劍)이라고 추앙하는 상태였다.

'칼에 있어서는 신이라니?'

세인들의 시샘을 받자 동수의 가슴이 치솟는 불길처럼 뜨거워
졌다. 동수 스스로 다음과 같이 말해 본 적이 없었다.

"내가 조선의 신검이야. 불만이 있는 사람은 찾아와. 언제든 상
대해 줄 테니까."

동수는 비난받지 않으려고 들풀처럼 허리를 낮춰 타인들을 배
려했다. 동수의 마음과는 달리 동수에게 도전하려는 사람들이 적
지 않았다. 심지어는 동수를 암살하려는 자객들까지 나타날 정도
였다.

조심태의 얘기를 듣고 정조도 놀라운 듯 반문한다.

"정녕 백 첨정이 신검으로 알려졌소이까? 괜한 시기심으로 세인들이 첨정의 목숨을 노린다고 했소이까? 참으로 세상이 우습기 짝이 없소이다."

자신이 말한 뒤에 정조가 움찔 놀란 듯 마음속으로 중얼댄다.

'첨정의 상태나 내 상태가 다를 바가 무엇이냐? 첨정은 신검이라는 명예 때문에 목숨이 위태로운 거잖아? 나는 임금이라는 신분 때문에 잠행도 정말 드물게 나왔잖아? 나도 왕만 아니라면 자유롭게 살 텐데 정말 아쉬워.'

청계천의 구멍 뚫린 7개의 바위로 물살이 연이어 쏟아질 때다. 하늘에는 기포가 자욱이 피어올라 구름이 드리워진 듯 물보라가 남실댄다. 어스름이 몰려들자 물보라 주변으로 반딧불이가 박쥐처럼 떼를 지어 날아든다. 물보라가 많이 생긴 바위 주변으로 반딧불이가 술래 놀이하듯 몰려든다. 시간이 흐르자 몰려드는 반딧불이의 수도 들끓는 기포들처럼 증가한다. 반딧불이의 노란색이 물보라에 휘감겨 황금빛의 별들처럼 돋보인다.

반딧불이의 집단이 황금 구름 더미 같은 느낌마저 들 지경이다. 이때 계곡의 상류에서 낭랑한 구령 소리가 울려 퍼진다.

"검기 발출 준비!"

말이 떨어지자마자 조심태가 잔뜩 긴장한 듯 정조에게 말한다.

"전하, 신속히 나무 둥치나 바위 뒤로 몸을 감추시옵소서. 검기에 맞으면 상처가 생기거나 옷이 찢길 수가 있사옵니다."

정조가 불신하는 듯 나지막한 목소리로 조심태에게 반문한다.

"검기를 피한다고 상류에서 10장이나 떨어져 있잖소이까? 솔직히 짐은 의심스럽소이다. 검기라는 것은 결국 칼바람이잖소이까? 칼바람이 얼마나 세기에 10장씩이나 물러서 있어야 한단 말이오? 경이 하도 강력하게 말했기에 이만큼이라도 물러서 있기는 하지만 미심쩍소이다."

조심태가 걱정스럽다는 듯 조심스런 태도로 정조에게 말한다.

"전하, 곧바로 9명의 검객들이 검기를 발출하려나 봅니다. 저도 얘기로만 들었지 검기는 처음 대하는 장면이옵니다. 전하를 보호해야 하오니 느티나무 둥치 뒤로 몸을 감추시옵소서. 고개만 살짝 내밀어 살펴보시면 되잖사옵니까?"

조심태가 애원하듯 간곡히 권하여 정조도 둥치 뒤로 몸을 숨긴다. 조심태는 왕을 보호하려고 숨지 않고 9명의 무사들을 살펴본다. 이때 재차 천둥 같은 구령 소리가 터진다.

"10장 이내의 사람들은 뒤로 물러나서 나무나 돌에 몸을 감추시오."

이렇게 말하고 사람들에게 피신할 여유의 시간을 준 뒤다. 이어서 천둥처럼 커다란 백동수의 구령 소리가 터져 나온다.

"본국검 검법 시연을 통한 검기 발출 실시!"

정조도 들쥐처럼 고개만 내밀어 상류의 9명의 무사들의 행동을 살펴본다. 바로 이 찰나다. 9명의 무사들이 선발대가 진군하듯 일제히 칼을 뽑아 본국검을 시연한다. 지검대적세로부터 우내략과 진전살적의 동작들이 펼쳐진다. 정조도 너무나 잘 아는 동작들이다. 너무나 익숙한 동작들이라 정조에게 심드렁하게 비칠 찰나다.

진전살적세(進前殺賊勢)에서 금계독립세(金鷄獨立勢)로 검식이 바뀔 때 느닷없이 기묘한 파공성(破空聲)이 터졌다. 소리는 작지만 늑대가 하품하듯 기분이 나쁘게 들리는 음향이었다.

휘이익! 휘이이익!

놀랍게도 숱하게 날던 반딧불이의 1/5가량이 곧바로 강물에 꽃비처럼 떨어진다. 그리고는 강물에 검불처럼 휩쓸려 떠내려간다. 반딧불이가 검풍(劍風)에 맞아 볶은 콩처럼 갈라져 죽은 터다. 이 찰나에 얼음처럼 서늘한 바람결이 구경꾼들의 옷으로 밀려든다. 경미한 느낌이었기에 구경꾼들의 생각도 별로 대단치 않다는 견해다. 반딧불이의 떼죽음에 사람들이 놀라서 나무와 돌 뒤로부터 몸을 드러낸다.

정조도 나무에 은신했던 자객처럼 느티나무 둥치 뒤로부터 몸을 드러냈다. 조심태가 정조의 행동을 말리려고 했지만 동작이 다소 느렸다. 정조가 청계천으로 무더기로 떨어져 흘러내리는 반딧불이의 모습을 바라보며 중얼댄다.

"이야아! 이게 정녕 검기 탓이란 말이오? 밀착하지 않았는데도 칼바람으로 반딧불이를 죽였소이까? 내가 지금 꿈을 꾸는 건 아니오?"

　바로 이때다. 본국검의 시연 동작임에는 거울을 들여다보듯 명확했다. 본국검의 검법이라면 검법의 창시자처럼 누구보다도 잘 아는 정조다. 매일 아침 선정전 뜰에서 검법을 시연하기 때문이다. 9명의 무관들에 의해 펼쳐지는 동작들은 굼벵이가 굼틀대듯 느리게 느껴진다. 그처럼 느린 동작으로 어떻게 적을 공격하겠다는 건지 의아스러울 지경이다. 하지만 본국검은 차분하게 진행되고 있다.
　후일격세(後一擊勢)에서 금계독립세(金鷄獨立勢)로 검식이 변환되는 찰나다. 이번에는 귀신이 절규하는 듯 한층 더 음산한 음향이 발출된다. 이번에는 얼음물을 속살에 들이붓듯 차가운 바람결이 파도처럼 밀려든다.
　휘이융! 휘이유웅!
　때를 같이하여 대다수에 달하는 수천 마리의 반딧불이가 죽어서 떨어진다. 반딧불이의 떼죽음으로 청계천의 수면이 순식간에 황금색 비단처럼 보인다. 숨어 있던 호위병들까지 죄다 청계천으로 나와 강물을 바라보며 떠들어댄다.
　"작은 반딧불이가 칼바람에 맞아 죽은 거야?"
　"물에 떨어져서는 그대로 흘러가잖아? 죄다 죽은 게 틀림없어."

"직접 칼에 맞지 않았는데도 어떻게 숱한 반딧불이가 죽었지?"

정말 놀라운 일은 이때부터 벌어졌다. 차가운 바람에 맞았다고 느낀 순간부터다. 구경꾼들의 머릿속이 연무(煙霧)에 갇힌 듯 혼미해지면서 구역질이 터져 나온다. 조심태가 제일 먼저 중얼댄다.

"이상하다? 갑자기 왜 머리가 어지럽지?"

말을 끝내기도 전에 들개처럼 땅바닥에 쓰러져 구역질을 해댄다. 정조도 남에게 두들겨 맞은 듯 맥이 풀리면서 땅바닥에 나뒹군다. 그러면서 심하게 구역질을 해댄다. 청계천 방천에 있던 대다수의 군병들도 땅바닥에 나뒹굴며 구역질을 해댄다. 실로 어처구니없는 일이었지만 돌발 상황이 터진 거였다.

분위기가 이상해지자 본국검을 시연하던 무관들이 당황한 듯 동작을 멈추었다. 그러고는 일제히 고함을 내지르며 정조를 향해 달려든다.

"전하를 보호하라! 비상사태가 벌어졌다!"

백동수가 제일 먼저 정조에게 다가와 정조를 취객처럼 부축해 일으킨다. 그러면서 정조를 향해 말한다.

"전하, 소신들이 죽을 죄를 지었사옵니다. 전원 의금부로 돌아가서 처벌을 기다리겠사옵니다."

백동수가 정조의 몸을 안마하여 구토 현상을 완화시킨 뒤다. 백동수가 등불로 어둠을 비추듯 정조에게 자초지종을 설명한다. 모든 병사들의 상태도 다들 애초처럼 정상이 되었다. 조심태도 병영의 수장임을 각성하듯 백동수의 설명에 귀를 기울인다. 백동수가 검식에 검기(劍氣) 발출 상태의 운용 자세가 포함되었음을 알았다. 금계독립이나 좌협수두처럼 불안정한 동작들 때문에 놀라운 현상을 알아차렸다.

검식에 검기가 운용되면 불안전하게 보이는 동작들이 바람결처럼 자연스러워짐을 깨달았다. 검기의 발출 사실을 발견한 시점은 작년 12월이었다. 이때부터 동수가 2개월에 걸쳐서 검기로 발출되는 동작을 찾아내려고 애썼다. 나침반 같은 어떤 탐색 지침이 없었기에 접근하기가 어려웠다. 한계 기간 같은 2개월이 끝나가는 올해 2월의 중순 무렵이었다. 너무나 격렬하게 검술 동작을 시연하느라고 호흡이 질식할 듯 거칠어졌다. 숨결을 가다듬으려고 애썼지만 재채기가 터지고 콧물이 흘렀다.

어쩔 수 없이 장검을 거두고 호흡에만 신경을 썼다. 절명 상태인 듯 숨을 천천히 내쉬고 들이쉬기를 반복할 때다. 호흡이 멈춰지려는 찰나에 명치 언저리가 몽둥이에 맞은 듯 뻐근해졌다. 돌연 단전으로부터 뜨거운 기운이 천천히 가슴 언저리로 솟구치듯 몰려들었다. 당시에는 이 증상을 일시적 현상인 듯 가볍게 여겼다. 숨결이 햇살처럼 평온해져 책을 들려고 손을 가져갈 때였다. 손이 책을 향하자 닿지 않았음에도 책이 뒤로 밀려 나갔다. 이상한 현상에 거듭 반복해서 확인해 보았다.

책에 손이 닿지 않았음에도 가리키기만 해도 책이 밀려 나갔다. 놀라운 현상이 샘물의 근원처럼 어디서부터 연유되었는지를 백동수가 분석했다.

예상치 못한 데에 원인이 있었음을 천지신명의 가호를 받듯 발견했다. 질식할 듯 호흡이 가빠서 고통스러운 나머지 숨을 마구 헐떡거렸다. 그러던 중에 기적이 일어나듯 우발적으로 재채기가 멈추고 콧물도 멈추었다. 가쁜 호흡으로부터 편안한 호흡을 찾는 과정에서 몸에 기운이 축적되었다. 이런 기운으로 손짓을 하면 떨어진 거리에서도 힘이 미침을 깨달았다.

우연하게도 기적처럼 묘한 현상을 발견한 동수였다. 정기(精氣)를 흡수하듯 호흡을 조절하려고 산사(山寺)를 며칠간 찾았다. 산사에서 머무는 사이에 도를 터득하듯 호흡 조절의 비법을 알아내었다. 미답지를 개척하듯 이 비법을 터득한 찰나였다. 백동수는 자신이 진정한 신검이 되었음을 깨달았다. 칼을 들지 않고 손짓만으로도 사람들을 제압할 수가 있었다. 사람들을 제압할 수 있는 무형(無形)의 힘은 검기(劍氣)라 여겨졌다.

설명을 듣다가 정조가 슬며시 불안한 듯 동수에게 말한다.
"잠행을 너무 오래 나와 있어도 문제가 되외다. 일단 환궁부터 먼저 하고 얘기를 듣겠소이다. 조 대장과 백 첨정은 편전에 들도록 하시오."

왕의 말이 떨어지자 조심태의 명령이 빛살처럼 날렵하게 떨어진다.

"전원 신속히 복귀한다. 경호에 만전을 꾀하라."

30여 명의 잠행 대열이 파고드는 밀물처럼 신속히 창덕궁으로 들어선다. 장용영의 병사들은 궐내의 장용영 부대로 분산하는 새 떼처럼 흩어진다. 선정전으로 조심태와 백동수가 정조의 귀빈처럼 들어선다. 이윽고 편전 서재의 원탁으로 일행이 이동한다. 정조의 맞은편에 조심태와 백동수가 앉는다. 원탁 위에는 석 잔의 매화차가 향기를 발산하며 놓여 있다. 정조의 권유에 따라 셋이 매화차를 마신다.

정조가 봄철의 아지랑이처럼 온화한 표정으로 입을 연다.

"백 공, 여기서는 안심하고 얘기를 해도 되외다. 청계천에서는 잠행 상태였기에 조심을 해야만 하는 터였소이다."

정조의 말에 백동수가 휩쓸리는 갈대처럼 머리를 조아리며 말한다.

"전하, 정말 죽을 죄를 지었사옵니다. 여기에서 말씀을 올리고는 곧바로 의금부로 가서 처벌을 기다리겠사옵니다."

정조가 미소를 머금으며 어서 설명하라는 듯 손짓을 한다.

산사(山寺)에서 동수가 객승처럼 며칠을 머물 때였다. 우주의 물줄기를 찾듯 호흡을 조절하면서 사원의 뜰에서 본국검을 시연했다. 동작을 마치고 주변을 둘러봤을 때다. 수목들이 동수의 칼에 절단된 듯 잘려 있었다. 화단의 수목들은 마당에서 멀찍이 떨어져 있었다. 잘린 수목들은 모란과 작약과 작은 키의 석류나무들이었다. 마당과 수목들 간의 거리는 최소한 6장(18.18m) 이상의 거리였다.

잘린 화초를 향해 백동수가 손짓으로 검식을 시연해 보았다. 잘린 상태의 화초가 거듭 잘렸다. 백동수가 탄성을 지르듯 중얼대었다.

"정말 검기(劍氣)란 것이 있기는 있구나. 전설적인 것으로만 여겼는데 이렇게 재현될 줄은 전혀 몰랐어. 전국에서 탁월한 무관을 8명을 뽑아서 검기 발출을 전수해야 되겠어. 전수 장소는 화성의 외영이 아닌 훈련원에서 실시해야겠어."

신화적인 비기(秘技)를 전수하듯 올해 3월부터 2개월간 검기 발출을 전수했다. 교육 대상자들은 전국 병영에서 선발된 무관들이었다. 이들은 원래부터 재능이 달인처럼 특출한 무관들이었다. 호흡법을 전수하자마자 다들 숨을 내쉬듯 쉽게 검기를 발출했다. 이들이 손가락으로 수목을 가리키면 수목이 겨우 떨리는 꽃잎처럼 하늘거렸다. 하지만 이들이 검기를 수련했기에 결과를 동수가 조심태에게 알렸다. 조심태가 전달받고는 곧바로 정조에게 해당 사실을 보고했다.

정조도 무예에는 치솟는 불길처럼 관심이 많아서 조심태에게 곧바로 말했다.

"본국검이라면 짐도 잘 아는 검법이외다. 검식 속에 검기의 동작이 감추어졌다는 것은 이해하기 힘드오. 5월 중순에 첨정 일행을 불러 시연하도록 하시오."

기묘한 연결 고리처럼 오늘의 시연은 이렇게 하여 벌어졌다.

설명을 다 들은 뒤다. 정조가 감격한 듯 조심태와 백동수를 향해 말한다.

"오늘 일은 신경지를 개척한 공적에 해당하기에 표창할 일이외다. 추호도 의금부를 들먹이지는 말고 돌아가기 바라외다. 정말 수고들 하셨소이다."

정조가 잠시 마음의 아쉬운 잔영(殘影)을 붙잡듯 생각하다가 말을 잇는다.

"백 공, 짐이 경에게 진솔하게 묻겠소이다. 검기를 체험하고 설명까지 들었음에도 속임을 당하는 기분이 들어서 미안하외다. 정말 검기가 존재한다면 짐과 장용대장한테도 가르쳐 줄 수 있소이까? 짐이 장용대장과 함께 백 공에게 검기를 지도받겠소이다. 열흘 만에 짐과 장용대장이 검기를 발출할 수 있게 하겠소이까? 열흘 동안에는 정말 집중해서 수련한다는 전제 하에서 말하는 얘기이외다."

백동수가 강물이 흘러내리듯 시원스럽게 응답한다.

"전하, 소신이 열흘간은 아침마다 선정전의 뜰로 찾아오겠사옵니다. 선정전의 뜰에서 매일 한 시진(60분)씩 전하와 대장님을 지도해 드리겠사옵니다. 열흘 뒤에는 장검으로 풀잎을 가리키기만 해도 휩쓸려 쓰러지도록 만들겠사옵니다."

정조가 조심태와 일정을 의논하듯 잠시 대화를 나누더니 동수에게 말한다.

"모든 건 빠를수록 좋은 법이외다. 당장 내일 아침 묘시(5~7시)에 이곳의 뜰로 나오시오. 조 대장도 방금 내 결정에 따르겠다고 했소이다. 6월 초하루의 묘시에 검기 발출을 평가받도록 하겠소이다. 당장 내일 아침부터 수고를 좀 해 주시오."

세월이 섬광처럼 흘러 어느새 6월 초하루의 아침이다. 아침마다 고행하듯 정조와 조 대장이 검기 발출을 지도받았다. 백동수가 시범으로 장검을 빼들어 뜰의 국화 줄기를 겨눈다. 그러자 발로 밟히듯 국화 줄기가 땅바닥에 납작하게 쓰러진다. 칼과 국화 사이의 거리는 1장(3.03m)가량이다. 백동수가 정조와 장용대장을 향해 말한다.

"전하께서 먼저 시범을 보이겠사옵니까? 저처럼 1장 떨어진 국화를 향해 검기를 발출해 보기 바라옵니다."

정조가 느닷없이 쑥스런 표정을 지으며 중얼대듯 말한다.

"갑자기 하라니까 가슴이 되게 떨리네. 대장은 성공하고 짐만 못하면 체면이 어떻게 되지?"

정조의 얼굴에는 영락없는 개구쟁이 소년 같은 표정이 펼쳐진다. 갈등하듯 잠시 망설이다가 정조가 장검을 들어 국화를 겨눈다. 칼끝이 국화를 겨누자마자 국화가 죄인처럼 납작하게 땅바닥으로 쓰러진다. 그러다가 정조가 칼의 방향을 돌리자 국화가 벌떡 일어난다. 정조가 스스로 감격한 듯 냅다 고함을 지른다.

"이야앗! 성공이야, 성공! 정말 검기란 것이 존재하구나."

이번에는 장용대장이 전장의 결사대처럼 비장한 음색으로 정조에게 말한다.

"전하께서는 뜻을 이루었는데 저만 실패하면 곧바로 의금부로 가서 처벌받겠사옵니다. 정말 전하께서는 문무를 겸한 성군이시옵니다."

정조가 격려하는 듯 너그럽게 웃으면서 장용대장에게 말한다.

"조 대장, 설마 말로만 때워 넘기려는 수작은 아니라 믿소이다. 짐도 했는데 설마 장용대장이 못하겠소이까? 겁내지 말고 실력 발휘를 해 보시오."

조심태가 적장을 공격하듯 장검을 빼어들고는 1장 떨어진 국화를 겨눈다. 칼끝이 국화를 겨누었음에도 국화는 취객처럼 앞뒤로 심하게 흔들거리기만 한다. 칼을 거두자 이내 국화가 반항하듯 곧바로 선다. 조심태가 재차 장검을 겨누자 그제야 국화가 땅바닥에 납작하게 쓰러진다. 이 장면을 바라보자 정조와 동수가 동시에 박수갈채를 보낸다. 조심태가 부끄러운 듯 얼굴을 붉히며 말한다.

"전하, 소신은 하마터면 의금부로 갈 뻔했사옵니다."

정조가 빛살이 퍼지듯 환하게 웃으면서 말한다.

"백 공, 열흘간 정말 수고 많았소이다. 포상으로 조만간 춘당대로 불러 경들과 병사들에게 음식을 하사하겠소이다."

조심태와 백동수가 동시에 허리를 들풀처럼 굽혀 말한다.

"전하, 성은이 망극하옵니다."

조심태와 백동수가 편전에서 썰물처럼 빠져나간 뒤다. 정조가 서안 앞에 앉아 상념의 물결에 휩쓸려 든다.

'열흘 전 47살의 나이로 검기(劍氣)는 처음 체험했어. 같은 검기를 맞았어도 반딧불이는 몸뚱이가 잘려서 죽었어. 사람들은 머리가 어지러워 비틀대다가 쓰러져 구역질을 했어. 만약에 사람들도 10장 이내의 거리에서 검기에 맞았으면 어떻게 되었을까? 정말 백동수야말로 조선 최고의 검객이구나. 백동수의 스승인 김광택이나 광택의 아버지이자 스승인 김체건한테서도 못 들었어. 이런 신비한 검기의 영역까지 접근하다니 정말 놀라운 일이야.'

말로만 들었다면 단순한 허풍처럼 가볍게 받아들였을지도 모를 뻔했다. 왼발 후굴 서기로 오른발을 든 우내략(右內掠)이란 자세의 해석이 문제다. 검식을 전개하여 검기가 발출되면 위로 이끌리듯 오른발이 들린다는 이치다. 과장하듯 일부러 오른발을 들려고 해서 취해진 자세가 아니라는 얘기다. 땅을 밟으려고 해도 누가 들듯 검기로 발이 들린다는 내용이다. 우내략을 비롯한 발 들린 동작들이 검기로 인했음이 밝혀졌다. 정조마저 동수가 대단한 발견을 했다며 감탄한다.

백동수는 신화적 무인처럼 대단하다고 여겨진다. 자신만 터득

한 것이 아니라 8명을 선발하여 지도까지 했잖은가? 정조와 장용
대장에게도 검기를 각인시키듯 가르치지 않았는가? 검기가 병사
들에게까지 보급된다면 효용이 엄청나리라 예견된다.

정조가 생각에 잠겨 있다가 거듭 감탄한 듯 중얼댄다.

'예로부터 역사(力士)들은 호흡을 통해 힘을 쏟는다고 했어. 동
수가 검기를 발견한 것은 참으로 운이었어. 병사들의 규모가 커
지고 검기의 수련이 보급된다면 조선도 강국이 되겠어. 조선군에
게 힘이 있어야만 청국에게 휘둘리지 않을 거잖아?'

산비탈에서 미끄러지는 돌멩이처럼 빠른 세월이다. 어느새
1798년의 9월 20일의 한낮이다. 천지에 단풍이 들어 산야가 선
경처럼 수려하게 물결치는 계절이다. 정조가 규장각 부근의 춘당
대(春塘臺)로 향했다. 인재에게 기회를 제공하듯 초계관료(抄啓官
僚)의 친시(親試)와 시사(試射)를 거행했다. 미래를 보장받듯 초계
관료는 조정의 추천으로 선발된 관료들이다. 정조가 이들을 유용
하게 잘 채용했다. 무신들에게는 활을 쏘게 하여 성적을 정하여
채용했다.

정조는 이런 방식으로 주기적으로 우수한 자질의 문신들과 무
신들을 채용한다. 인재를 수용하듯 한낮에 채용 행사를 마치고는
선정전으로 들어선다. 근래에는 조정과 지방이 많이 안정되었다
고 여겨진다. 이런 여러 면들이 정조를 기쁘게 한다.

세월이 가파른 해안의 썰물처럼 빠른 속도로 흘렀다. 1798년의 12월 24일의 햇살이 눈부신 날이다. 승정원에서 정조가 신하들의 마음을 훑듯 상소문을 점검할 때다. 일부러 거만을 떨듯 상소자의 이름이 누락된 것이 눈에 띈다. 승지를 불러서 접수자의 이름을 확인하니 5명임이 드러난다. 정조가 5명의 명단을 확인한다. 명단을 눈으로 빨아들여 불태울 듯 정조의 눈에는 안광(眼光)이 피어오른다.

응교인 엄기(嚴耆)와 교리인 홍수만(洪秀晩)과 부교리인 박종경(朴宗京)이 주모자들인 듯 고약하다. 같은 벼슬로서 수찬인 홍낙안(洪樂安)과 신현(申絢)도 역신처럼 고깝게 비친다. 응교는 정4품이고, 교리는 정5품이며, 부교리는 종5품이며, 수찬은 정6품이다. 이들은 죄다 성현인 듯 으스대는 홍문관의 선비들이다.

정조의 마음이 우롱당한 듯 불쾌하다. 즉위했을 때부터 규장각을 세워 정치 분위기를 건전하게 이끌려고 했다. 그랬는데도 상소문에서 임금을 조롱하듯 상소자의 이름을 감추지 않았는가? 임금을 우습게 여기는 처사임이 한밤중의 불빛처럼 명확히 드러났다. 승지를 불러 교지를 작성하게 한다. 정조가 승지에게 말한다.

"상소문을 작성하면서 떳떳하지 못하게 왜 이름을 감추는가? 조정의 기강을 위해 이들은 앞으로 삼사에는 기용하지 않도록 조처한다. 이런 형률로써 유배형을 부여하는 것을 대신함을 밝힌다."

승지가 허리를 갈대처럼 굽히며 즉시 응답한다.

"전하, 알겠사옵니다. 당장 교지를 작성하여 옥당으로 내려보
내겠사옵니다."

허공을 나는 화살처럼 순식간에 며칠이 흘렀다. 12월 29일의
햇살이 물결처럼 남실대는 오전 시각이다. 편전으로 장계가 날아
든다. 평안도 관찰사인 민종현(閔鍾顯)이 삭은 고목이 바스러지듯
죽었다는 소식이다. 정조의 뜻을 받들어 평안도의 군사 훈련을
열심히 독려하던 관리다. 그 성실성에 감동하여 정조의 눈시울에
이슬이 맺힌다. 정조가 마음을 가라앉혀 승지를 불러 하교한다.
"망인은 나라를 위해 애썼다고 들었다. 조정의 위로하는 뜻을
전하도록 하라."

여운의 물결

세월은 홍수의 쏟아진 탁류처럼 거침없이 흐른다. 1800년 윤 달 4월 15일의 사시(巳時) 무렵이다. 편전에서 신하들로부터의 차 대(次對)를 마친 뒤다. 신하들이 덮쳤다가 밀려 나가는 해일처럼 편전에서 빠져나간다.

편전이 조용할 무렵이다. 금세 편전으로 떠밀리는 안개처럼 5 명의 신하들이 몰려든다. 기밀의 회합처럼 정조와 만나기로 약속 이 되어 있던 관료들이다. 편전에 들어선 사람들은 신대현, 조진 관, 이병모, 이한풍, 백동수다. 이들을 정조가 선인(仙人)들을 영 접하듯 서재의 원탁으로 불러들인다. 정조가 자리에 앉자 일행이 일제히 착석한다. 다들 자리에 앉았을 때다. 정조가 일행을 둘러 보며 찬찬히 입을 연다.

"사람이란 언제 죽을지 모르는 일이오. 살아 있을 때에 시간을 아껴서 소중한 일을 해야 하외다. 어떤 경우에도 최선을 다하는 삶의 모습을 보여야만 되오이다."

신하들이 들풀처럼 머리를 끄떡이며 정조의 말을 경청한다. 정조의 왕성한 독서 상태를 모르는 신하들이 없다. 책으로부터의 지혜를 쌓은 임금의 말이 신하들의 흉금(胸襟)으로 빛살처럼 파고 든다.

정조가 자신의 세계관을 들려준 뒤다. 신하들을 불렀던 본론에 대해 미궁의 통로를 알려주듯 설명하기 시작한다. 3달 전에도 이들이 중대한 의사를 결정하듯 정조에게 호출되었다. 그때에는 정조가 막연한 가능성에 대해서만 얘기했다. 그랬는데 정조가 구상을 구체화시켜서 신하들을 불렀다. 정조가 입을 열어 말한다.

"창덕궁에서 용산진까지는 차도로 20리의 길이외다. 용산진에서 노량진으로 한강을 남하하는데 강폭이 2.3리에 해당하외다. 노량진에서 과천과 의왕을 지나서 화성까지의 길은 대략 80리이외다. 그래서 궁에서 화성까지는 대략 100리 길에 해당하외다."

신하들이 정조의 말을 귀 기울여 듣는다. 정조의 말은 탁 튄 물줄기처럼 잘도 흐른다. 노량진에서 과천과 의왕을 거쳐야 하는 이유는 관악산을 비껴가기 위해서다. 차도는 장애물을 피하는 야수처럼 산악을 피하여 평야로 뚫려 있다. 거리가 가까운 곳도 차도로는 한참 가야 할 경우가 생긴다.

5명의 신하들에게는 정조의 말이 상당히 의미가 깊다. 살얼음 조각이 물살에 떠밀리듯 정조의 말은 막힘이 없다. 임진왜란 때에 경복궁이 불탄 뒤로 재건되지 못했다. 경복궁이 불탔듯 창덕궁이 공격당할 수도 있는 문제다. 음험한 외적의 군대가 창덕궁을 공격했을 경우를 가상하듯 정조가 말한다. 화성에 있는 장용영 외영의 지원 속도를 알고 싶다고 들려준다.

　정조의 말에 5신하들의 표정이 지표가 갈라지듯 다양하게 변한다. 정조의 속내를 파악하려는 듯 신하들이 저마다 상념에 잠기는 듯하다. 유사시에 화성의 병사들을 한양으로 동원한다는 얘기가 아닌가? 59살의 영의정인 이병모(李秉模)가 정조의 속내를 분석하려고 생각에 잠긴다.

　'정말 유사시를 대비한 군사 동원일까? 아니면 벽파들이 우려하는 군사력을 동원한 선비들의 축출을 겨냥하는 것일까? 설마 조신들을 내쫓으려고 병사들을 동원하지는 않겠지? 왕도 어느새 나이가 들어 49살의 중후한 사람이 되지 않았는가? 하지만 화성의 장용영이 북상한다면 조정이 상당히 시끄러워지겠는데? 하필 이때 내가 영의정을 맡고 있으니 상당히 을씨년스럽구나.'

　영의정 다음으로 머릿속이 헝클어진 둥지처럼 복잡해진 사람은 조진관(趙鎭寬)이다. 그는 62살의 병조판서이다. 병권을 장악하는 최고의 수장인 그다. 조진관도 마음속으로 생각에 잠겨 궁리한다.

'장용영을 5군영보다도 비중을 두어 강화시킨 왕이잖아? 과연 왕이 관심을 기울인 만큼 탁월한 위상을 보여줄까? 만약 그렇지 못하다면 수장인 내게 질책이 쏟아질 거잖아? 은근히 걱정스럽네?'

57살의 장용대장인 신대현(申大顯)은 영의정과 병조판서와는 견해가 다르다. 그가 직접 장용영을 훈련시켰기에 남다른 자신감을 갖는다. 그는 호기(好機)가 밀려든 듯 쾌재를 부르며 생각에 잠긴다.

'드디어 내게도 출세의 기회가 성큼 다가온 셈이야. 이번 기회에 장용영의 위세를 유감없이 보여주도록 해야지. 다른 병영에 비해 장용영이 얼마나 뼈 깎듯 노력했는지 알까? 진법과 무예 훈련을 얼마나 강도 높게 실시했는지 모를 거야. 이번 시범에서 인정을 받으면 병조판서까지도 바라볼 수가 있겠지?'

68세의 훈련대장인 이한풍(李漢豊)은 뒤엉킨 실타래처럼 생각이 복잡해진다.

'나도 훈련대장을 맡기 직전에는 장용대장으로 일했잖아? 왜 그때엔 이런 시범의 기회가 없었지? 그때 시범할 기회를 주었다면 나도 지금쯤 병조판서가 되었을 거야. 하여간 기분이 이상하고 야릇해.'

젊음의 활기를 내뿜었던 백동수도 어느새 초로를 맞듯 58살이 되었다. 세월을 조절하듯 조진관과 이병모와 신대현과 비슷한 나이가 된 터다. 정조가 동수를 가장 신뢰함도 동수가 지진파의 울림처럼 알아차린다. 정조가 왕이 아니면 함께 무예 수련을 하자고 권하고 싶어진다. 그만큼 정조는 문무에 통달한 신선 같은 달인이라 여겨진다. 특히 검법에 대한 관심은 누구보다도 높다고 여겨질 지경이다. 그런 만큼 검법에 대한 이해 정도도 월등히 빼어나다고 여겨진다.

예전에 청계천에서 발출된 검기를 쐬고도 나무토막처럼 견디려고 하지 않았던가? 머리와 정신력이 탁월하기에 동수가 마음속으로 신불(神佛)처럼 존경하는 터다. 검기를 이해하고 검기의 적용 분야까지도 동수와 대등하게 얘기하지 않았는가? 동수의 생각이 여기에 미쳤을 때다. 정조의 목소리가 귓전으로 밀려든다.

"다들 너무 불안스럽게 생각하지 말기 바라외다. 군사력을 키우는 의의는 유사시에 제대로 활용하려는 차원이외다. 무너진 경복궁처럼 창덕궁도 그렇게 되지 않으리라는 보장이 없잖소이까? 그래서 반드시 장용영의 능력을 점검하고 싶소이다. 작게는 나라를 지키고 크게는 주변국들에게 밀리지 않으려는 차원이외다. 혹시 경들 중에서도 시범을 부담스럽게 여기는 사람이 있소이까?"

신하들의 표정이 순간적으로 똥을 씹은 듯 참담하게 변할 지경이다. 정조의 말은 부드러웠지만 말에 담긴 의미는 너무나 무서웠기 때문이다.

"임금인 내가 이렇게까지 말하는데 그 누가 나한테 따지려고 드느냐? 죽고 싶지 않으면 시키는 대로 일해!"

위처럼 살벌한 억압감이 전해지는 말이라 느껴졌기 때문이다. 상황이 이렇게 되자 5명의 신하들이 일제히 대답한다.

"전하, 알겠사옵니다."

5명의 신하들에게 정조가 자신의 의사를 내장을 뒤집듯 확실히 밝힌다. 영의정에게는 조정에서 조신들이 엉뚱한 말을 퍼뜨리지 못하게 조절하라고 한다. 병조판서에게는 장용영 부대에게 치솟는 불길처럼 자원을 원활하게 지원하라고 지시한다. 장용대장에게는 섬돌을 쌓듯 조직 관리를 확실하게 하라고 지시한다. 훈련대장에게는 5군영에서도 장용영을 잘 후원하라고 격려한다.

4명의 조신들이 편전에서 갯벌의 썰물처럼 빠져나간 뒤다. 정조가 원탁에서 동수와 마주앉는다. 정조가 동수에게 전하려던 말을 가라앉은 물결처럼 차분히 말한다. 장용영에서 빼어난 무사들을 선발하여 검기(劍氣) 교육을 반복해서 실시하라고 한다. 무엇보다도 놀라운 점은 최단 시간에 한강을 건너도록 주문한다.

정조가 현장감을 드높이듯 지도를 펴서 동수를 향해 말한다.

"화성에서 노량진까지가 차도로 대략 80리이외다. 노량진에서 용산진으로 병사들이 건너는데 배다리를 이용하는 방식도 검토해 보시오."

배다리를 만드는 데에는 탑을 쌓듯 많은 시간이 소요된다. 전시에는 낡은 토담을 허물듯 짧은 시간에 배다리를 만들어야 한다.

생각에 잠긴 동수를 향해 두 번째의 지시 사항이 전달된다. 부대가 노량진(鷺梁津)에서 용산진(龍山津)으로 도강(渡江)한 뒤엔 기습하듯 경복궁으로 이동하라고 한다. 얼마나 빠른 시간에 경복궁을 에워싸는지를 보고 싶다고 한다.

동수한테도 정조의 마음이 손바닥의 손금처럼 읽힌다. 장용영이 창덕궁을 에워싸면 조신들이 길길이 떠드리라 여기기 때문이다.

동수가 새가 날듯 편전에서 떠나려고 할 때다. 정조가 최종적인 지시를 한다.

"경복궁을 에워싼 뒤엔 50명의 정예 병사들을 선발해 주시오. 경복궁의 뜰에서 그들이 본국검을 시연하도록 해 주시오. 검법을 시연하면서 검기를 발출시켜 뜰의 수목을 제압시켜 주시오."

동수는 확실한 의사를 파악하려는 듯 정조에게 묻는다.

"검기로 수목을 제압하라는 의미는 무엇이옵니까?"

정조가 너무 쉬운 질문이라는 듯 껄껄 웃으면서 말한다.

"잘 아시면서 시침을 떼는 거요? 검기를 발출시켜 수목의 잎을 떨어뜨리거나 수목을 밀치라는 뜻이외다. 너무 어려운 주문이오?"

동수가 천지를 제압하는 듯 자신감에 찬 목소리로 응답한다.

"전하, 염려하지 않으셔도 되옵니다. 지난 6개월간을 부단히 화성의 병사들에게 검기를 훈련시켰사옵니다. 검기의 위력은 다음에 눈으로 직접 확인하시는 게 좋으리라 여겨지옵니다."

이윽고 동수도 선정전에서 떠밀리는 안개처럼 빠져나간다. 이제 조신들의 퇴궐 시간도 임박하여 궁궐은 더욱 한산한 느낌이다.

정조가 서안 앞에 앉는다. 한지를 펴고는 목표를 제시하듯 붓으로 글을 쓴다. 때때로 여백에 그림도 그린다. 화성에서 노량진까지의 경로를 팔의 혈관처럼 간략히 그린다. 2.3리 폭의 한강도 강을 한지에 옮기듯 나타낸다. 노들나루(鷺梁津) 건너편의 용산나루(龍山津)의 위치도 붓으로 점을 찍듯 간략히 나타낸다. 용산진에서 경복궁까지의 20리 길을 붓으로 간단한 선(線)으로 나타낸다. 수원 화성에서 서울 경복궁까지의 이동 경로가 간략히 그려졌다. 정조가 흡족한 듯 그림을 들여다본다.

그림을 보다가 급류에 휘말리듯 상념에 잠겨 든다.

'여태 가문 날씨에 신경이 쓰였는데 비도 충분히 내렸으니 다행이야. 신 장군이 통솔력이 대단한 사람이잖아? 배다리는 신 장군한테 맡기면 문제가 안될 거야. 외영의 군사 4,000여 명이 움직이면 대단하게 보일 거야. 배다리만 만들어지면 4,000여 군사가 이동하는 것도 금방 이루어질 거야.'

정조의 마음속으로 약간의 근심은 밀려든다. 행군 당일에 배다리를 만들면 위험한 요소가 많음을 느낀다. 급류에 휘감기듯 배가 뒤집혀 병사들이 죽을 수도 있다. 이런 일에 대비하도록 장용대장과 병조판서에게 지시할 작정이다. 위험한 일도 돌파구를 마련하듯 대비하면 위험이 감소하리라 여겨진다.

장용영 본영의 경우에도 훈련은 혼이 이탈되듯 강렬하게 진행되었다. 정조가 춘당대에서 사열할 때에도 장용영의 질서는 산악을 위협하듯 정연했다. 진법과 무예의 수련은 어떤 병영도 뒤따를 수 없는 처지다. 정조가 장용영을 만들면서 강조한 내용이기에 병사들이 잘 준수하는 편이다.

강풍에 떨어져 내리는 나뭇잎처럼 빠른 세월이다. 1800년 5월 4일의 오전이다. 병조판서 조진관이 정조를 찾는다. 정조가 기다렸다는 듯 반갑게 진관에게 말한다.

"어서 오시오. 요즘 장용영의 훈련 상황은 어떻소이까?"

진관이 휩쓸리는 갈대처럼 공손한 자세를 취하며 응답한다.

"전하, 장용대장이 직접 노들나루와 용산나루 사이를 부지런히 오가고 있사옵니다. 배다리 훈련을 시키느라고 몰입한 자세가 이만저만이 아니옵니다."

구입 경로를 확인하듯 배를 어떻게 확보했는지를 정조가 진관에게 묻는다. 장용영의 자금으로 수영을 설치하듯 500척의 배를 제작했다고 들려준다. 여전히 소라 속처럼 궁금한 점을 정조가 진관에게 묻는다.

"경도 배다리 훈련 장면을 보았소이까? 배다리의 구축 시간이 얼마나 소요되외까?"

진관이 감탄스럽다는 듯 놀란 기색으로 대답한다.

"며칠 전에 영상 대감과 장영대장과 함께 현장을 살펴보았사옵니다. 2.3리에 이르는 배다리를 일다경의 시간에 곧바로 구축했사옵니다. 이 배다리로 4,000여 명의 외영 군사들이 걸어서 북상했사옵니다."

정조가 훈련 중에 불상사는 없었는지도 묻는다. 병조판서가 전혀 불편함이 없었다고 들려준다. 물살이 상당히 거셀 텐데 어떻게 극복했는지를 묻는다. 진관이 관찰했던 장면을 눈으로 보듯 상세히 들려준다. 정조가 감탄한 듯 진관을 격려한다.

진관이 편전에서 나간 뒤다. 정조가 확정된 일을 매듭을 짓듯 붓으로 글을 쓴다.

'선교(船橋) 문제 해결!'

붓을 놓고는 태양의 위치를 추적하듯 시각을 가늠한다. 점심 식사를 한 터라 미시(未時) 중반 무렵이라 여겨진다.

영의정 이병모가 편전으로 들어서면서 정조에게 읍한다. 정조가 꽃이 피어나듯 활짝 웃으며 병모를 향해 말한다.

"조금 전에 병판에게 배다리 훈련 상황에 대해 보고받았소이다. 장용영을 관리하는 데 따른 경비는 잘 조달하고 있소이까? 화성에서 경복궁까지의 행군 계획은 어떻게 잡고 있는지 설명하시오."

병모가 요점을 간추리듯 관련 내용을 들려준다. 장용대장인 신대현과 병조판서인 조진관과 며칠 전에 협의했다고 한다. 북진의 결의를 드러내듯 7월 15일을 행군 날짜로 확정했다고 말한다. 정조가 전권을 위임하듯 사전에 협의해서 추진하라고 하교했다. 7월 15일에 4,000여 명의 장용영 군사들이 화성을 출발하리라고 밝힌다. 의왕과 과천을 지나서 저녁나절에 군사들이 노들나루에 도착할 예정이다.

노들나루와 용산나루를 연결하는 배다리를 도화선의 불길처럼 빠르게 가설하기로 한다. 배다리를 통해서 군사들이 북벌하듯 한강을 가로지를 작정이다. 북상하여 용산나루에서 기운을 저장하듯 저녁 식사를 할 예정이다. 식사가 끝나는 대로 경복궁으로 북상할 계획이다. 술시(戌時)에는 전군이 경복궁으로 진입하겠다고 한다. 경복궁은 폐허 상태이기에 병사들이 진입하기에 전혀 불편하지 않다.

병모의 말이 산골의 약수처럼 차분히 이어진다. 정조가 중대한 관심사인 듯 귀를 기울여 듣는다. 경복궁의 뜰에 횃불을 피워 밝히고는 군사 훈련을 진행하기로 한다. 훈련에 소용되는 시간을 한 시진으로 잡는다. 자시(子時)가 끝날 무렵에는 훈련도 종료할 예정이라고 들려준다.

동원되는 기마병들은 장용영의 상징 같은 본영의 1,000여 기마병이라 들려준다. 기마병의 상징 같은 군마는 장용영 본영과 훈련도감에서 제공된다고 밝힌다. 수원에서 군마를 동원하지 않은 이유는 한강의 도강 때문이다. 군마가 배다리를 건너다가는 균형이 깨져 익사할 위험이 생기리라 예견된다.

훈련이 지속되는 내내 경복궁에는 100여 명의 군병이 횃불을 든다. 횃불을 들고 경복궁을 에워싸는 듯 포진하는 형세를 취한다. 어둠도 밝히고 유사시의 재난을 예방하려는 취지에서다.

정조가 무척 흐뭇한 듯 활짝 미소를 머금으며 병모에게 말한다.

"영상, 대단히 수고가 많으셨소이다. 그처럼 세부적인 계획을 세웠으니까 별다른 어려움은 없으리라 여겨지외다. 어쨌든 훈련 상황에 관련하여 재정적인 어려움이 없도록 충분히 배려하시오."

병모가 당연하다는 듯 분부대로 따르겠다고 말한다. 잠시 숨을 고른 뒤에 정조가 병모에게 말한다.

"영상, 군사 훈련에 대한 이야기는 이 정도로 끝내기로 합시다. 짐이 파악할 만한 부분은 충분히 파악했다고 생각되외다. 지금부터의 얘기는 다른 문제이니 편한 마음으로 응답해 주기 바라오."

정조가 문득 궁금하다는 듯 병모를 향해 말한다.

"무예도보통지에 실린 '권법(拳法)'이란 무예를 훑어본 적이 있소이까?"

병모도 한때 병조판서를 맡았던 경력이 있다. 그랬기에 무예 서적에는 관심이 많았다. 정조의 말에 기다렸다는 듯 곧바로 응답한다.

"소신도 관심 있게 읽었사옵니다. 권보에는 두 사람이 나란히

서서 수련하도록 되어 있사옵니다. 제일 첫 동작이 탐마세(探馬勢)라는 자세이잖사옵니까? 총 36개 동작으로 이루어졌으며 수련하면 위력이 강해질 무예라 여겨지옵니다."

정조가 감탄한 듯 놀란 표정으로 병모를 바라본다. 과연 영상이 될 만한 인물임을 재삼 느끼게 되는 정조다.

정조가 상당히 궁금하다는 듯 병모를 향해 말한다.

"고려 시대의 병영 무술로는 수박(手搏)이 있었잖소이까? 수박과 무예도보통지의 권법 사이에는 어떤 관련이 있겠소이까?"

병모가 생각해 두었던 듯 막힘없이 입을 열어 응답한다. 정조가 병모의 얘기에 귀를 기울인다. 수박(手搏)은 맨손으로 상대를 실신시키듯 제압하는 무술이다. '맨손'은 단어의 뜻처럼 '무기를 들지 않은 손'만을 뜻하지는 않는다. 신체의 일부로서 공격의 수단이 되면 다 해당된다. 머리, 손, 발, 팔꿈치, 무릎 등이 신체이듯 모두 해당된다. 수박은 인간이 출생한 모든 지역에서 생존을 위하여 자연적으로 발생되었다. 수박이란 용어 자체도 동양 각국에서 다 사용된다.

흙이나 돌처럼 '수박'이 우리나라만의 전유물이 아니라는 사실이 중요하다. 중국과 일본의 고서(古書)에도 수박이란 말이 나옴을 발견하게 된다. 인간은 출생하면서부터 생존의 진리처럼 각종 야수로부터 생명을 지켜야만 했다. 이런 과정에서 보호 본능으로 발생된 인간의 동작이 수박이라 여겨진다.

예전에 병조판서를 지냈던 병모의 말이 이어진다. 병판을 맡으면서 무예에 대해 깊이 연구한 듯 해박하다고 여겨진다.

신체를 무기처럼 써서 사람들과 다투는 모든 무술이 '수박(手搏)'이라 여겨진다. 고려 시대까지는 필요성이 없었던 듯 맨손 동작들이 체계화되지 못했다. 체계화되지 못했기에 맨손 무예가 없었던 듯 책으로 전승되지도 못했다. 조선에서는 1759년의 '무예신보(武藝新譜)'에서 최초로 '권법(拳法)'이 무예로 인정받듯 선을 보였다. 인간이 맨몸으로 상대와 겨루는 최초의 무예가 제시된 터다. 권법이야말로 무질서한 수박을 형식을 갖춘 무예로 격상시켰다고 여겨진다.

권법에서는 '권(拳)'이란 단어의 뜻처럼 주먹만 다루는 것은 아니다. 발로 상대를 차서 쓰러뜨리려는 동작들이 검술(劍術)이 펼쳐지듯 나와 있다. 사람의 맨몸에 달린 모든 신체 부위가 무기가 된다는 얘기다. 인간의 출생으로부터 유래된 수박이 최초로 형식을 갖춘 것이 권법이다. 수박과 권법의 사이에는 생명체의 유전자들처럼 중요한 연관이 있다. 권법은 방대한 수박의 무술 중의 일부에 한정될 뿐이다.

머리로 들이받거나 팔꿈치나 무릎으로 공격하는 부분은 머리카락을 자르듯 생략되었다. 상대를 들어서 나무토막처럼 내팽개치는 다양한 무술들도 빠져 있다. 몸을 솟구쳐 뛰면서 상대를 발로 차는 숱한 무술들도 생략되었다. 수박을 거대한 산악이라 비유하면 권법은 일부의 봉우리에 불과할 따름이다.

병모의 말이 여기에까지 미쳤을 때다. 정조가 감탄한 듯 병모를 바라보며 말한다.

"영상은 정말 문무를 겸한 달인이외다. 무예에 대한 연구를 그처럼 심오하게 했으리라고는 상상하지 못했소이다. 그런데 백 첨정이 근래에 발견한 검기(劍氣)에 대해서는 어떻게 생각하외까?"

병모가 동수를 존중하듯 탄성을 터뜨리며 나지막한 목소리로 말한다.

"소신의 생각으로 백 첨정은 타고난 무인이라 여겨지옵니다. 무술로써 그와 겨루어 이길 사람은 이 세상에서는 없으리라 여겨지옵니다. 전하께서 그런 신하를 두었다는 것은 커다란 축복이라 생각되옵니다."

잠깐 숨결을 추스르듯 가다듬었다가 병모가 말을 잇는다.

"검기(劍氣)란 단순한 칼바람은 아니라 여겨지옵니다. 칼날에서 분출되는 매서운 기운이 검기라 생각되옵니다. 검기에 공격당하면 혈류가 차단되면서 의식을 잃거나 사망할 수도 있사옵니다. 뛰어난 검술 실력자는 옥외에서도 실내의 사람을 마음대로 죽인다고 들었사옵니다. 직접 칼날이 닿지 않아도 검기만으로도 사람을 죽이는 경우이옵니다."

정조도 동수가 입신한 듯 빼어난 무관임을 인정한다고 병모에게 말한다.

상승기류에 떠밀리는 구름장처럼 빠르게 흐르는 세월이다.

1800년 5월 21일의 저녁나절이다. 인정전에서는 백동수와 정조가 기밀 모의를 하듯 대화를 나눈다. 배다리 연결 책임자가 백동수이기에 정조가 사전에 점검하듯 동수를 불렀다. 보름쯤 전에 정조가 병모와의 대화를 통해 백동수에 대해 들었다. 무술에 있어서는 세상에서 적수가 없으리라는 말을 들었다. 한마디로 무예의 달인이 백동수라는 얘기다.

정조도 백동수에 대해 많이 알고 있다. 그의 무예 스승과 사조(師祖)도 추종을 불허하듯 조선 제일의 무인들이었다. 명사(名師) 밑에서 빼어난 제자가 배출된다는 속담이 있다. 속담을 검증하듯 백동수 역시 빼어난 무인이다. 자신의 무술 실력만 빼어난 것이 아니다. 다른 사람들을 지도하는 데 있어서도 추종이 어려울 듯 뛰어나다. 그가 가르치면 서툰 무인들도 맹호처럼 날렵한 무사가 된다. 정조가 백동수를 바라보면서 숱한 생각에 잠기다가 백동수에게 말한다.

"전쟁 중에도 홍수를 만날 수 있소이다. 한강에 홍수가 져서 물살이 거세어도 배다리를 만들 수 있겠소이까?"

백동수가 마음의 소리를 읽는 듯 나직한 목소리로 응답한다.

"전하, 물론 전쟁 중에도 홍수가 나고 산사태가 생기기도 하옵니다. 전쟁이란 적과의 싸움이옵니다. 아군이 안전해야 적을 제압할 수가 있사옵니다. 홍수의 물줄기에는 엄청난 기운이 서렸사옵니다. 홍수가 길을 막으면 무조건 길을 둘러야 하옵니다. 홍수에 배를 띄우는 것은 곧바로 자살 행위에 해당하옵니다. 무조건

해서는 안될 사항이옵니다. 아군이 건재해야만 적군을 공격할 수 있기 때문이옵니다."

정조도 생각이 복잡한 듯 잠깐 망설이다가 백동수에게 묻는다.
"지금 한강에 홍수가 일어났다고 가정하겠소이다. 경의 군대가 강의 남쪽인 노들나루에 포진했다고 가정합시다. 짐이 용산나루에서 청국의 군병들한테 공격당하고 있다면 어떻게 하겠소이까?"

백동수가 잠시 난감한 듯 숨을 추스르면서 응답한다.
"그런 경우가 발생했다면 비상한 조처를 취해야 하옵니다. 소신의 경우에는 당장 20명의 자객들을 선발하겠사옵니다. 병사들에게는 길을 둘러서 북상하라고 명령을 내리겠사옵니다. 소신을 비롯한 21명의 자객들은……"

정조가 떨어지려는 돌을 받치듯 백동수의 말을 신속히 제지하면서 말한다.
"백 공, 미안하외다. 괜히 사람을 괴롭힌 듯해서 말이외다. 하지만 나는 알고 있소이다. 경이라면 반드시 해답을 제시할 사람이라 여겨져 물었소이다."

동수가 편전에서 떠밀리는 안개처럼 빠져나간 뒤다. 정조가 중얼댄다.
'정작 검기에 관해 물어보려고 하다가 엉뚱한 얘기만 나누었어. 요즘 내 머릿속이 너무나 복잡해진 모양이구나.'

계류의 소용돌이처럼 빠른 세월이다. 1800년 5월 30일의 오전이다. 의식을 치르듯 정기적인 차대(次對)를 마쳤다. 백관들이 선정전에서 스러지는 안개처럼 다 빠져나간 뒤다. 5명의 신하들이 해변의 밀물처럼 당당하게 편전으로 들어선다. 이들은 지난 윤달 4월에도 호출당했다. 영의정인 이병모, 병조판서인 조진관, 장용대장인 신대현이 호출되었다. 훈련대장인 이한풍과 훈련원 첨정인 백동수도 5장 꽃잎의 일부처럼 호출되었다.

화성의 병사 4,000여 명을 경복궁으로 휩쓸리는 강물처럼 불러들이는 훈련이다. 화성에서 최단 경로를 찾듯 의왕과 과천을 지나서 노들나루에 도착한다. 그러고는 강을 단숨에 뛰어넘듯 배다리를 건너 용산나루에 병사들이 진입한다. 용산나루에서 경복궁까지의 20리 길을 병사들이 빠른 속도로 행군한다. 경복궁에 도착해서는 한 시진가량의 군사 훈련을 실시한다는 내용이다.

화성을 출발하겠다는 날짜가 7월 15일이다. 정조에게도 그날 북상하겠다고 섬광처럼 기민하게 보고되었다. 오늘 정조가 벌을 부르는 여왕벌처럼 이들을 불렀다. 5명의 신하들이 조심스레 정조를 바라본다. 정조가 웃으면서 이들에게 말한다.

"화성의 출발 날짜를 앞당겨 주었으면 해서 불렀소이다. 지관(地官)의 말에 따르면 7월 1일이 참 좋은 날이라 했소이다. 그날은 경신(庚申)년 갑신(甲申)월 신사(辛巳)일이외다. 간지(干支) 상으로 우리말 '신'자가 3개나 붙은 날이외다. 대단히 길(吉)한 날이라고 하기에 날짜를 옮기기를 바라외다."

정조가 명분을 세우려는 듯 날짜를 바꾸려는 사유를 덧붙여 설명한다. 좋은 날짜에는 재난이 없기에 재난을 방지하려는 취지라고 정조가 설명한다. 정조의 얘기에 5신하들이 쉽게 동의한다는 듯 우렁차게 대답한다.

"전하, 알겠사옵니다."

변경된 지침을 연락받고는 5신하들이 스러지는 안개처럼 뿔뿔이 흩어진다. 각자의 위치로 돌아가서 최선을 다해 준비하려는 뜻에서다.

동수는 훈련원에서 용산나루로 군진의 선봉장처럼 병사들을 데리고 간다. 6자 폭의 배 450척이 다리의 골격처럼 배다리 축조에 필요하다. 500척의 배가 공조에서 제작되어 백동수에게 넘겨졌다. 백동수가 장용영의 부하들을 시켜서 선박들을 개인의 소장품처럼 알뜰히 관리한다. 배의 방향은 흐르는 물의 방향과 나란해야 한다. 배를 연결하기 위해서는 판자와 밧줄이 필요하다.

백동수가 산악처럼 당당한 자세로 선전관과 별장과 초관들을 불러 명령한다.

"도강 시범 훈련 날짜가 보름 정도 당겨졌소이다. 적어도 하루에 2차례씩은 배다리를 설치하는 훈련을 해야 하오. 병졸들을 불러 곧바로 배다리를 설치하시오."

초관들이 기왓장이라도 날려 보낼 듯 우렁차게 대답한다.

"알겠사옵니다. 당장 실시하겠사옵니다."

한강에는 450척의 배가 물에 떠서 강을 자르듯 기다랗게 배열된다. 한 척당 2명의 병졸이 올라탄다. 동원된 병사의 수가 900명이다. 이들이 배에서 강풍을 피하듯 신속히 판자를 연결하고 배를 묶는다. 배를 몰듯 반복된 연습으로 일다경의 시간이면 너끈히 배다리가 만들어진다. 900명의 병사들이 연결된 배다리 위를 걸어서 통과한다. 배다리가 완성된 뒤에는 백동수가 군진을 둘러보듯 상태를 살펴 점검한다. 이상이 없다고 여기자 커다랗게 구령을 내지른다.

"배다리 해체!"

동수의 명령에 초관들이 명령을 첩첩산중의 산울림처럼 반복하여 외친다. 그러자 군병들이 달려들어 판자와 밧줄을 푼다. 그러고는 배를 용산나루로 옮긴다.

동수가 바람의 소용돌이에 휩쓸리듯 생각에 잠긴다.

'현재로서는 배다리 설치 작업에 행군 속도가 결정되는 상태야. 전체적인 행군이 느려지는 책임은 자칫 내가 떠맡게 되겠구나. 절대로 그럴 수야 없지.'

작업에 동원된 배를 원점으로 되돌리듯 원래 위치에 정박시킨 뒤다. 용산나루 선착장의 북서쪽에는 연병장이 광막한 백사장처럼 형성되어 있다. 동수가 선전관과 별장과 초관들을 불러 병사들의 무예를 지도하도록 배치한다. 900명의 장용영의 병사들이 금세 연병장에서 무예 훈련에 돌입한다.

빙벽에서 갈라져 떨어지는 얼음 조각처럼 빠른 세월이다. 6월 16일의 아침나절이다. 용산나루에 별이 쏟아지듯 영의정과 병조판서와 장용대장과 훈련대장이 나타났다. 백동수가 이들을 영접하여 꿀벌이 무리들을 이끌듯 강변의 사열대로 안내한다. 이들을 영접하려고 미리 사열대가 만들어졌다. 사열대가 나무로 만들어졌지만 석성(石城)처럼 단단하다. 사열대의 의자에 앉으면 한강이 훤히 조망된다. 이들이 나타난 이유는 배다리 설치 훈련을 확인하기 위해서다.

백동수가 훈련의 상황을 예정된 흐름을 알리듯 장용대장인 신대현에게 보고한다. 신대현이 파악하고는 동수를 격려하듯 머리를 끄떡인다. 신대현이 이병모 영의정과 조진관 병조판서와 이한풍 훈련대장에게 설명한다. 다들 알아들었다는 듯 머리를 끄떡인다. 이때를 기해 백동수가 병사들에게로 구령을 내지른다.

"배다리 설치!"

동수의 구령으로 초관과 별장과 선전관이 연달아 명령을 파동처럼 전달한다. 용산나루의 선착장에서 450척의 거룻배들이 둑이 터지듯 한강으로 몰려 나간다. 거룻배당 2명씩의 병사들이 타고 있다. 거룻배들이 일시에 해일처럼 쏟아져 나가는 자체가 장관을 연출한다. 이윽고 판자와 밧줄을 병사들이 배에서 묶는다. 어느새 용산나루에서 노들나루까지 한강을 자르듯 가로질러 배다리가 만들어진다. 배다리가 완성되자 병사들이 배다리를 건너서 용산나루에 도착한다.

노들나루까지 영의정 일행이 둘러보고는 되돌아 배다리를 밟고 북상한다. 용산나루에 일행이 내릴 때 영의정이 기밀을 털어놓듯 일행에게 말한다.

"이달 초순경부터 성상의 등과 머리에 종기가 났소이다. 종기로 인해 성상의 건강이 염려스럽소이다. 하지만 성상의 건강이 어떻든지 우리의 일은 책임을 져야 하외다. 오늘의 배다리 설치 훈련은 대단히 성공적이었소이다. 화성에서 7월 1일에 출발해도 전혀 문제가 없겠소이다. 추호도 차질이 없게 꾸준히 훈련해 주시오."

일행이 죄다 그렇게 하겠다고 대답한다. 영의정과 병조판서와 훈련대장이 용산나루를 스러지는 안개처럼 떠난 뒤다. 57살의 장용대장인 신대현과 58살의 첨정인 백동수가 서로 마주 바라본다. 신대현이 백동수에게 말한다.

"백 공, 우리는 실무자들이기에 의논을 좀 더 해야겠소이다. 병사들 1,000여 명을 연병장에 집합시켜서 무예 훈련 상태를 확인합시다. 시연 날짜는 12일이 지난 28일 저녁나절에 여기에서 진행합시다. 검술의 신경지라는 검기 발출 장면도 보여 주기 바라오. 예전의 조 대장한테서 검기의 얘기는 들어서 알고 있소이다."

동수가 기다렸다는 듯 흔쾌히 그렇게 하겠다고 응답한다.

섬광의 빛살처럼 빠른 속도의 세월이다. 6월 28일의 저녁나절인 유시(酉時) 무렵이다. 용산나루 북서쪽의 연병장에는 1,030명의 병사들이 토벌대처럼 도열해 있다. 동수가 직접 병졸들을 대상으로 호흡법에 의한 검기 발출을 강조한다. 거인들이 힘쓰듯 태풍(颱風)이 공기들을 내뿜어 나무를 쓰러뜨림을 설명한다. 칼날의 파동(波動)이 공기를 진동시켜 인마(人馬)를 공격하는 현상이 검기(劍氣)임을 강조한다.

1,030명에 달하는 병사들이 함성을 내지르며 사방으로 파도처럼 흩어진다. 가로와 세로와 대각선의 어디든 병사들의 줄이 직선으로 드리워지듯 반듯하다. 산악이라도 허물듯 펼쳐 선 모습이 장관이다. 동수가 우레 같은 구령을 내지른다.

"본국검 연속 동작 실시!"

병사들의 장검이 가슴에 수직으로 세워져 태양을 가르듯 빛을 내뿜는다. 지검대적세(持劍對賊勢)라는 적을 깔아뭉개듯 노리는 매서운 자세. 폭풍 전야의 고요와 같은 장중한 자세다. 이윽고 오른쪽으로 돌면서 칼은 땅바닥에서 사선을 긋다가 적을 겨눈다. 우내략(右內掠)이란 동작으로서 이때에 엄청난 검기가 칼날로부터 발출된다. 병사들의 칼날이 적의 심장을 노리듯 연병장 가장자리의 수양버들을 겨눈다.

바로 이때다. 찰나의 시간마저도 놓치지 않으려는 듯 굉음이 울려 퍼진다.

휘이잉! 휘이이잉!

귀신이 절규하듯 음산한 음향이 발산되더니 군진에서 형성된 검기가 발출된다. 미약한 물결 같더니 이내 홍수의 물살처럼 변한 파동이 밀려간다. 버들가지들이 춤추듯 마구 나부끼다가 급기야 여기저기에서 잘려 나간다.

"어라, 이게 무슨?"

장용대장인 신대현이 기가 질리는 듯 놀란다. 검기(劍氣)의 위력이 이처럼 대단할 줄은 몰랐던 탓이다. 태풍(颱風)이 공기(空氣)들을 노도처럼 내뿜어 나무를 쓰러뜨리는 원리와 유사하다고 여겨진다. 본국검 32동작들 중에서 13동작에서 매서운 검기가 연이어 물결처럼 발출된다. 바다를 뒤엎고 산을 허물듯 장중한 기세의 검기이다. 본국검 32 동작의 시연이 끝난 뒤다. 장용대장과 백동수가 병사들을 향해 박수갈채를 폭우처럼 내쏟는다. 화답하는 병사들의 환호성도 연병장을 뒤흔든다.

이때 창경궁(昌慶宮) 영춘헌(迎春軒)의 침실에서다. 종기의 고름을 빼는데도 곧바로 고름이 차면서 정조의 머릿속이 혼몽(昏懜)해진다. 어머니인 혜경궁과 세자가 임종(臨終)을 예감한 듯 정조를 대면하고 물러간다. 의관들이 위급할 때의 보양제인 성향정기산(星香正氣散)을 정조에게 생명을 바치듯 복용시킨다. 몸이 받아들이지 못해 절반은 바깥으로 시신의 혼백처럼 흘러내리는 상태다. 문후하러 조신들도 몰려들어 울음을 참듯 고뇌하는 기색들이 역력하다.

이런 혼미한 상태에서다. 정조의 머릿속이 섬광처럼 밝아지며

멀리서 우렁찬 환호성이 밀려든다. 장용영의 5,000여 병사들이 한강을 넘어 정조에게로 달려오는 장면이 펼쳐진다. 정조가 반가움을 표출하듯 환히 웃으며 손을 흔들려고 하던 중이다. 갑자기 검은 장막이 세상을 뒤덮는 느낌이 물결처럼 정조에게로 밀려든다.

용산나루의 연병장에서 장용영의 병사들이 강물을 뒤엎듯 우렁차게 환호할 때다. 대궐에서 날아오듯 달려온 기마병이 대현에게로 다가든다. 대현 가까이에 다가들자 말에서 뛰어내리며 비보(悲報)임을 드러내듯 통곡한다. 그러다가 대현을 향해 숨이 끊길 듯 울부짖으며 말한다.

"대장님, 방금 상감마마께서 운명하셨기에 연락을 드리러 왔사옵니다."

대현과 동수도 땅바닥에 꿇어앉으며 울부짖듯 애절하게 말한다.

"전하, 그토록 꿈꾸던 강국이 목전에 닿았는데 이 무슨 변고입니까?"

"상감마마, 그간 공들인 장용영의 모습도 못 보시고 떠나시다니요, 으흐흑!"

* * *

세월이 절벽으로 추락하듯 흘러 무예도보통지가 출간된 지

227년이 지났다. 정조의 의지를 기리듯 2017년 10월 30일에 무예도보통지는 '세계기록유산'으로 등재되었다. 문헌의 소장처가 등재를 신청하도록 되었는데 아쉽게도 북한의 동작이 빨랐다.

무예도보통지의 '본국검'은 무술의 혼을 연장하듯 2019년의 충주 세계무예마스터십과도 관련되었다. 20개 경기 종목 중의 '연무 경기'와 관련되어 달인(達人)들을 기다렸다.

정조대왕

1쇄 발행일 | 2024년 10월 15일

지은이 | 손정모
펴낸이 | 정화숙
펴낸곳 | 개미

출판등록 | 제313 - 2001 - 61호 1992. 2. 18
주소 | (04175) 서울시 마포구 마포대로 12, B-103호(마포동, 한신빌딩)
전화 | (02)704 - 2546
팩스 | (02)714 - 2365
E-mail | lily12140@hanmail.net

ⓒ 손정모, 2024
ISBN 979 - 11 - 90168 - 89 - 2 03810

값 17,000원